凤起

海饼干 / 著

天津出版传媒集团
百花文艺出版社

图书在版编目（CIP）数据

凤起 / 海饼干著. -- 天津：百花文艺出版社，2024.12. -- ISBN 978-7-5306-9007-9

Ⅰ.I247.5

中国国家版本馆CIP数据核字第20243SZ470号

凤起

FENG QIN

海饼干 著

出 版 人：薛印胜　　选题策划：汪惠仁
责任编辑：张　雪　　装帧设计：任　彦
出版发行：百花文艺出版社
地址：天津市和平区西康路35号　邮编：300051
电话传真：+86-22-23332651（发行部）
　　　　　+86-22-23332656（总编室）
　　　　　+86-22-23332478（邮购部）
网址：http://www.baihuawenyi.com
印刷：天津联城印刷有限公司
开本：880毫米×1230毫米　1/32
字数：220千字
印张：9.375
版次：2024年12月第1版
印次：2024年12月第1次印刷
定价：58.00元

如有印装质量问题,请与天津联城印刷有限公司联系调换
地址：天津市宝坻区新安镇工业园区3号路2号
电话：(022)29937958
邮编：301800

版权所有　侵权必究

凤城曾是大禹的封国,因此地状如凤凰而得名。传说这里有文脉,以前本地读书人家里都会种一棵梧桐树,想以此引得凤凰来栖息,其实大家都知道这和逢年过节吃黄河鲤鱼一样,只为取个好意头,毕竟谁也没见过哪家真把凤凰引来。

第一章 槐花篇

1

  那缕微弱的光来自她头顶的灯泡,上面糊满蛾子留下的斑点,她盯着它,带着欣喜,仿佛在微弱的光里看到了什么。过了会儿,她的视线渐渐凝固,直到儿子来送饭,才发现母亲走了。儿子把她的双眼合上,看看母亲瘦小的身体,又看看眼前斑驳的灯泡,一只崭新的蛾子就像刚孵化出来那样,摇晃着浅灰色的翅膀从他身前飞过,围着灯泡飞来飞去。儿子并没在意这只蛾子,在他眼里这和门口桑林里的蚕蛾没啥区别。

  这一年是1994年,七十三岁的玉珍静静躺在炕上,任由儿子伏在身上大哭,在这座邻居养牛的老房子里,她终于在一头牛、一只老黄狗和一群鸡的陪伴下走完了一生。

  玉珍十三岁那年,家庭圆满。

  父亲姓邓,单名一个木字,也许是和树木有缘,他做的活路也是木匠。不过他不是只会推刨子打家具的普通木匠,也能给有钱人家的花园连廊和家具雕花虫鸟兽。这本是个能赚钱的活儿,以前有这样手艺的木匠除了有徒弟打下手,甚至能雇得起帮工,只是后来因为战乱,这十里八乡的有钱人越来越少,日子才大不如前了。即便这样,母亲槐花也把日子操持得比一般人家好,用殷实来说也不过分。有许多人眼红邹木的手艺,想跟着学,可他从不带徒弟,人们也猜得出他是想把手艺教给将来的女婿,就像他的岳父那样。

这一日,邹木去地主钱富贵家给他家即将出嫁的女儿做嫁妆箱子。这箱子虽只用来装嫁妆,却也不能马虎,尤其是有钱有身份的人家,箱子里面装着什么贵重嫁妆外人看不到,这些箱子也就是富贵人家的脸面。嫁妆箱子的讲究也多,上面刻的花纹装饰多是和好姻缘有关,有些人家还会加一些巧思,这就不光考验木匠的手艺,还要看他脑子是不是灵光。钱富贵以前可是双羊店,乃至凤城人都知道的大地主,后来不知怎么的,家底眼看着就和旱季的潍河水似的,缩了一大圈。有人猜是赌钱赌的,也有人猜是被贼狠狠偷了一把,可无论别人怎么猜,钱富贵都闭口不言,时间长了也没人再去说这些闲话。不过,钱家终归是个骆驼,再瘦也比马大,尤其钱富贵有三个儿子,都早已成家,就这一个宝贝闺女还没出嫁,准备嫁妆肯定不能马虎。

奇怪的是,此后厄运似乎就盯上了钱富贵。按说他也不是十恶不赦的人,不该受这样大的报应。他三个儿子前后都死在了战场上,没有人知道这三位少爷为啥脑门子一热,有了冲锋陷阵的念头,也不知他们加入的是哪个方面的队伍。当然这些都是后话。

邹木来时,钱富贵已经起床,正要下地。他穿着一件灰白色的裙子,脚上穿双旧布鞋,其中一只鞋破了,脚指头都顶出来了,邹木盯着这只鞋有些愣怔,这和他印象里的大地主形象似乎不太一样。

"木料就在西墙下,木料早就备下了,专门给闺女出嫁用的。你先去看,我去趟地里,要不了一会儿,不去看看不放心。"还没等邻木说话,钱富贵拿起锄头就朝门口走去。

樟木料确实已经处理好,放在西墙的一角。钱富贵不在,邻木才定神看了看他的院子,真是又大又方正。他又往远处看了看,眼前这排房后还有一排房,估摸牵着牲口前后院走一圈都要一袋烟工夫。邻木看着眼前的木料,用手摸摸,前后瞅瞅,装起一袋烟,坐到梧桐树下的石头上,晨风从他腋下吹过,微微有点儿发凉,他深吸了一口烟,木料他很满意。平时干活儿他就讲究,对料也有要求,总是希望能碰到好的,哪怕是工钱稍微低点儿都能接受。他对活儿要求高,对用的物件也是,他那宝贝一样的柏木箱子里,无论是锯还是刨子,哪一件拿出来都收拾得锃亮。

抽完烟,邻木看了看天,今天来得早,太阳才爬到钱富贵家的屋檐。他又站起来缓缓地围着木料转了一圈,这是足足能做十几个嫁妆箱子的好料啊。他暗暗在心里盘算着,想着做什么花样。

没到晌午钱富贵就回来了,洗完脸收拾干净就嘱咐邻木:"花样就做最时兴的,做六对够了吧?其他的你看着办。"邻木的木工活儿在双羊店也有口碑,钱富贵很放心。邻木应着回到院里,钱富贵则悠闲地在堂屋看起了账本,过了会儿,许是口渴了,端起茶壶倒了一杯,他抿着嘴里的茶,又让老婆给邻木倒碗水喝。虽是大地主,可钱富贵家只有一个年迈的佣人和两个长工,活儿多时就得请短工。

钱秀莲听说父亲找木匠给自己打嫁妆箱子,就想过去看看,她想打个新样式。"鸳鸯戏水"这样的太老套,"多子多福"的她也不稀罕,老母猪才生那么多崽。可她不好直接去看,毕竟她还是个没出阁的姑娘,还是个地主家的小姐。这样出去多言多语,父母肯定要教训,她拿着手上正在绣的枕套一时不知该怎么办。

这几年,她一直在母亲的指导下绣自己的嫁妆,当然也有些可以从绣娘手上买,比如那些时兴的被面,娘俩就做不了。可毕竟是自己的婚事,母亲当年也是小姐,不也自己绣嫁妆,这是女孩子最该做的事。

绣得累了,她不自觉伸出了裙底的脚,低头看了一眼后又赶快缩了回去。她是大脚,从小没裹,这是三个哥哥的功劳。当时他们看到妹妹裹脚疼得直掉眼泪,就告诉母亲外面都不裹了,尤其那些大地方的小姐都是天足,裹了倒是更像乡下人。母亲把这话和父亲商量后,两人就再没说什么,自此钱小姐就在他们的默许下,没再裹脚。只是等她要出嫁前,看到双羊店许多女孩都裹脚,钱富贵夫妇还是有点后悔当初怎么就能听孩子的,不给裹了,可现在说啥也没用了。好在和亲家提时,人家没说啥,钱富贵也不是不懂事的人,他决定给女儿多点儿陪嫁,省的亲家心里不痛快。

2

虽说钱富贵让邰木做主,但他可不会这么不识趣,看完木料还是来到堂屋外,冲里面的钱富贵说:"老爷,我看了木料,箱子做十二个富富有余。我看呢,花色上就做六个新样式、六个老样式的。这样呢,新旧样式都用上了,人家也不会觉得咱们乡下土。大小上如果没有特别的吩咐就按照规矩来。"

钱富贵正拿着簸箕挑米里的虫子,他把袖子往胳膊上撸了撸:"好,就听木匠的,把你喊来就是信着你。"

母亲到绣房把消息告诉钱秀莲时,她正在琢磨给爹娘再绣几副新鞋垫存着——出了门子就不能常回来了。嫁妆箱子上要啥花样她想自己做主,其实以她的性子早就该出来问邻木:"别新的旧的,就看好不好看,吉不吉利。"可她现在有顾虑,她本不是个行事思前想后的人。只是前些天回姥姥家,在村里和一个丫头争执起来,给了人家一巴掌。那丫头和她年纪差不多,可能知道她是来姥姥家住的小姐,就没计较。后来表哥连根告诉她:"那是村里邻木匠家的大闺女,叫玉珍。"

当时玉珍带着妹妹碧珍和文珍在地头上割草,母亲槐花在地里忙活,没看到这一幕。其实不为啥大事,钱秀莲从姥姥家走出来玩儿,在地头的草窝里捡到个鹅蛋。

有个声音在她身后不紧不慢地说:"是我家的。"

钱秀莲回头,看说话的是个穿藕荷色短褂、黑裤子的丫头,长得比自己身形小些,就问:"上面写是你家的了?"

玉珍回道:"这块地是我家的,我们家的鸭鹅都在这儿放,你看那边的小水池,是我爹专门把浇地的水引到这头给家里的牲畜用的,村里人都知道。"

钱秀莲根本没把眼前的丫头放在眼里,她觉得谁捡到就是谁的,听完转身就往回走。

玉珍拦住她说:"你要说清楚了,给你也行,但不能这么霸道,话都不说就拿走了。"

钱秀莲说:"你叫它,它答应,我就还给你,凭什么说是你家的就赖上了。"

玉珍说:"那真是我家的,不信咱们去找人评评理。"说着就去拉钱秀莲。

钱秀莲看走不开,有点恼火,还没人敢这么跟她较真呢。平时谁不是让着她,族里女孩本来就少,她一直是个宝贝疙瘩。看玉珍硬拉着她要去找人评理,她把鹅蛋往地下一摔,伸手就打了玉珍一巴掌,玉珍被这一巴掌打蒙了。虽说不是地主家的小姐,她也没挨过什么打,起码没让外人这么莫名打过。她脸涨得通红,死死拉着钱秀莲,不让走。

争执的声音很快引来了地头上干活儿的几个大人,两个妹妹看姐姐吃亏也去地里喊母亲。可等大家都来时,钱秀莲早就挣脱玉珍跑了。母亲看着钱秀莲的背影,摸摸玉珍的头说:"别哭了,那是地主家小姐,惹了也不好,回去也别和你爹说。"

跑回家的钱秀莲也只把刚才的经历告诉了表哥连根,连根一听就知道秀莲说的是玉珍。他和玉珍同村,早早就喜欢这个清秀又有主见的女孩,想着过几年父母能给自己去邻家提亲。他可不想表妹把这事闹大。想到这儿,他把表妹一顿吓唬,秀莲自此再没和人提起她和玉珍吵架的事。

看到邻木到家里给她做嫁妆箱子,她一点不意外,邻木可是双羊店最好的木匠。只是她不知道玉珍有没有把这事告诉邻木匠,万一他知道,在自己嫁妆上做手脚可怎么好。因为这事儿,她才老实待在屋里听母亲传话。

打箱子要个把月的光景。邻木做活儿快,活儿又好。钱富贵看他才两天就备好料了,就很满意。钱秀莲也一直关注院子里的动静,只要她爹不在家,她就从后院偷偷跑到前院看邻木匠干活儿,看着木匠脚底落下一层厚厚的刨花,她真想捡回去看看。一根干巴的木头在木匠手里想做什么就能做什么,真是神了。可她不能这样,从小娘就告诉她,闺女家笑都不能把牙露出来,更何况在人前没大没小。

邻木没注意身后的女孩,这也不是他操心的事,他只想着怎么把这个活儿做好,收了这次的钱他想去看看肺病,这是老毛病了。之前槐花也催着他去看,可拗不过他的犟脾气,非要接完这个活儿再去。他出来从不提自己的病,这事只有槐花知道。邻木的爹娘早没了,除了这个家他再没什么了,槐花固然是知道心疼他的。想到他的病,她在家就寝食难安,她知道男人对这个家意味着什么,尤其是想到三个还没成年的孩子,还是女孩,她就焦心。她不敢想如果邻木有个三长两短她们该怎么办,尤其是想到自己那游手好闲的哥哥,一直嚷着说女孩不能继承家业,要把儿子过继给她。想到他们,槐花就会有强烈的压迫感,像有块石头结结实实地堵住了胸口。她娘凡事都向着哥哥,即便槐花在家里和地里都是干活儿的一把好手,哥哥远远不如她。

3

这几天似乎累着了,邻木回来,总要咳上会儿才消停。他在东家干活儿尽量不当着人咳嗽,不能让人知道他有这病。回来又怕槐花和孩子担心,吃完饭他就躺到炕上,听着槐花在外屋洗涮,女儿们在屋里小声嬉笑,都让他踏实。这才是他一天里最舒服的时候,一会儿工夫就睡着了。

睡到半夜,邻木开始出虚汗,一身身地出,衣裳都湿透了。他口渴得厉害,看槐花睡得踏实,就从炕上爬起来,刚站起来他晃荡了两下,心里不免一紧。可他太渴了,顾不上那么多,拿起水瓢就咕咚咕咚,喝了半瓢。刚把瓢放下就感觉嗓子一腥,一口血喷到地上,那一瞬间他吓得僵住了。他不能生病,也不敢生病,这个家都要指望他。想到这,他自我安慰道:"可能是水喝急了。"他在地上胡乱抹了几下,把血抹得看不出来了,才躺回炕上。

天亮前,他又醒了,但没动,听着槐花在外屋拉风箱。槐花干活儿从不喊累,有啥好吃的舍不得吃,都攒着给自己和孩子吃,这样的女人他有啥不知足呢。所以他无论多难受,在外遭多少白眼都没多大事,只要槐花给他揉捏一下,两口子说说体己话,啥都散了。

邻木翻了个身,看着外面的光透过木头窗框一点点升起,院里渐渐热闹起来,先是麻雀叽叽喳喳地叫,之后是家里的狗,大黄是去年出去干活儿那家给他的,如今已长得很壮实,能看家护院了。大黄只要叫两声,其他鸡鸭鹅都会醒来,它们醒来第一件事就是冲着圈外扯着脖子叫唤,倒是大黄沉得住气,从没像它们那样急吼吼地乱叫唤。

邻木知道,接下来槐花就会端着破陶盆出去喂它们。当初师父把唯一的女儿嫁给自己,他很感恩。虽说舅子不成器,丈母娘又惯儿子,如果老爷子没走,这几个人还是知道害怕的。自从老爷子三年前走了,这娘俩就开始无法无天。他看在师父和槐花的面子上总是很谦让,几乎没和他们产生过冲突,但他也担心,如果自己有个三长两短,槐花娘几个就会被他们欺负,在她娘家人身上他是一点看不到人的善心。

这是槐花两口子的看法,槐花娘可不这么看。这时老太太刚从炕上爬起来,她要起来给孙子做几个野草窝窝。只要想起槐花,她就一肚子气,觉得这唯一的闺女完全不知好歹,看不出她的苦心。不过,为了把这份好心发挥到极致,她已好几次谈到要把孙子过继给邻木。他们算过,邻木的家产看着不大,其实是不露相,也是怕别人惦记,这个家里肯定有不少钱藏着呢,邻木的勤奋能干他们是看在眼里的。

再难受邻木也不会耽误干活儿,早上起来,他吃了点苞米面糊糊就出门了,走在路上他觉得昨晚吐血只是一时的,现在觉得浑身轻快得很。在钱富贵家,他依旧细致地干着活儿。可忙活了一会儿,他觉得有点发虚,明明穿着槐花给做的新鞋,却像光脚踩在棉花上一样,一点劲儿都没有。他在心里一遍遍告诉自己不能倒下,硬着头皮把头晌要干的活儿做好了。

晌午他决定歇会儿，可能是太累了，他倚着香椿树睡着了。这一觉睡得真香啊。他还做了梦，梦到自己成仙了，脚下踩着云彩，头顶还有个大蒲扇给他扇风。这么好的事，他肯定要和槐花说，可他找了半天也没看到娘几个在哪儿。正在焦急的时候，终于看到了槐花和孩子们，只是离着好远，他怎么招手她们也看不见。正在他急得不知所措时，突然醒了。钱富贵正拿着蒲扇，边扇风边冲他笑，看着他手里的蒲扇，邰木紧张地坐了起来。

钱富贵倒没说别的，只让他去堂屋跟他们一起吃饭。邰木虽是个粗人，规矩还是懂的，他端了一碗高粱饭，回到香椿树下大口吃了起来。钱富贵使了个眼色，老婆从桌上端了一碟咸芥菜丝放在邰木面前。

嫁妆箱子做了十二只，六对。三对雕着百年好合、鸳鸯戏水和才子佳人的图案，还有三对是鲤鱼跃龙门、耕读人家、悬壶济世。刻字是为了显得有文化，他知道钱富贵不识几个字，其实他认识的字也不多，有些字他是依葫芦画瓢刻出来的。刻"悬壶济世"是听钱富贵说女婿家是镇上有名的中医李家。字边上还加了一点梧桐花点缀，上的是清漆，看着特别透亮，不俗气。箱子摆成一排放在院子里晾着，家里来人都忍不住来看，都说活儿干得细致。钱富贵这么挑剔的人都没话说，看着大气还雅致，钱富贵不愿意人说他是个土财主，看着柜子上的字觉得邰木做到他心里去了，自然想着要多给几个工钱，再说邰木干活儿做人的口碑都不错。

4

邰木收拾完工具箱子，还不放心又细致地看了一遍，哪儿有瑕疵好填补一下。钱秀莲不是很喜欢邰木的眼光，可看父亲这样高兴也不好说啥。她知道反对也没用,就像这门亲事一样,是她小时候就定下的,根本没听她的意见。李家的少爷是个药罐子,自小就羸弱。只是母亲跟她说了其中的好处,李家少爷身子虽然差点,家业却大,哪有十全十美的事。真有,阎王爷都要来投胎了。自那她便不再说什么了,只没来由地觉得憋闷。

邻木这段日子全靠精气神撑着,他后来又偷偷吐过两次血,怕槐花和孩子担心,没跟任何人说。看箱子没啥问题,他准备收拾一下就回家。虽说想早点拿工钱回去,可邻木没表现出来,他是个要脸的人。

邻木从地上站起来背工具箱的一瞬,眼前一黑,就什么都不知道了。众人看邻木吐出一口血,就趴地上了,都有点不知该咋办。倒是钱富贵见识多,查看了一下,看邻木只是昏过去了,就让家里的长工把他送回去。等长工把邻木从地上扶起来,发现血不偏不倚地喷在了那只刻有"悬壶济世"的箱子上。钱富贵也看到了,他知道晦气,但也不好发作,只催着长工赶快把邻木送走。

邻木在炕上醒来时,看到槐花和孩子们的脸就明白了,他是个要强的人,很懊恼为啥会在最后没坚持住,让人看到他病了。好在槐花懂他的心思,就说:"这天下都乱哄哄的,那些大人物还常有丢脸的事,再说你是病了,任谁也不敢说不得病啊。"邻木没搭话,道理他都知道,现在已经这样了,也没办法。

看着窗外已经黑下来的天,他再没说啥。槐花拨了拨灯芯,给他披了件厚衣裳,他蜡黄的脸像个被风吹动的纸灯笼一样。槐花什么话都不敢说,可她心里比谁都明白,明天,她娘和哥哥肯定就知道了,一定会来闹事。

天亮后,邻木就感觉好多了,这病也怪,晚上更难受。槐花不让他起床,说活儿都干完了,就在家躺一天,可他哪躺得住,他要去钱富贵家说说工钱的事。

长工送郐木回来就告诉槐花:"木匠把血吐在人家新箱子上了。"槐花怕他内疚没告诉他。钱富贵看到他来,本想发火,这是结婚的东西,说不忌讳是不可能的。

他虽不想过多难为郐木,可郐木只字不提他也不太高兴,就直接说:"你昨天把血吐在新箱子上了,多不吉利,你怎么还当没事人一样,人家都说你郐木匠做事让人放心,我看也不见得。"

郐木做事很少受到东家的责怪,他听人家这么说心里一沉,就说:"我去看看。"

在钱富贵家南仓房里他看到了自己刚做好的这些箱子,有一只确实放在一边,他查看时看到血已经擦掉了,想到钱富贵可能就是觉得忌讳,这点他当然理解,如果是他,他也会的,毕竟这是孩子的终身大事。

他回到堂屋问钱富贵:"钱老爷,您家里还有樟木吗?我再做两只补给小姐。"钱富贵把茶杯放下看看郐木,他也想过这个问题。可是也看得出郐木的身体很差,前几天没发现他有病还不觉得,昨天吐完血,现在看起来那么瘦削,仿佛一阵风就能把他送走。想了想,他回道:"不用了,工钱还照样结给你,知道你养家不容易。"

郐木什么都没说,现在的他也隐隐觉得身体随时有倒下的可能,就算还没看过大夫,他也大概猜出来了,他可没有活人堂李少爷家的家底,可以让他活这么多年。

槐花带着郐木到活人堂时,日头才爬到墙上。店里的伙计还在打扫,看是郐木匠来了,告诉他:"坐着等会儿,李大夫还要等会儿才下来。"等了大约半个时辰,一个穿长褂的清瘦男人从楼上下来,李大夫和郐木见过,那是多年前,他们还都算年轻,郐木去为他父亲老李大夫做棺材。

李大夫家几代都行医,在当地颇有些名声,到了他这一代,只生了儿子李半夏一个。本来有一个也不错,奈何李半夏年幼时就患上哮喘,是把药当饭吃长大的。听人说李大夫还曾带着李半夏去看过西医,那时西医只有青城才有,西医也拿李半夏没办法,回来后李大夫也不好意思跟人提起儿子还去看西医。

其实,李大夫医术很好,不知有多少人在他手上医好了病,他一楼诊室的屋子里挂满了病人送的锦旗和褒扬他医术的匾额,可这些却对他的儿子毫无用处。他还是要经常看到儿子费力地咳嗽,喘不上来气。不过随着年龄的增长,李半夏开始表现出医术天赋,父亲交给他的验方不但能掌握,还能轻松运用、对症施治。虽说医者难自医,他也没放弃自己,常研究新的药方服用,到了二十岁这年,他终于肯接受父亲早年间给自己说的亲事,可见他对身体有了些底气。

5

邻木的脸色像一张皱巴巴的草纸,如今他再也不用遮掩自己的病了,李大夫看了看他的面色,就开始给他把脉。邻木的舌头通红且布满斑点,脉象虚浮无力。李大夫问槐花:"他是否晚上更严重?"

槐花回:"是的。"

其实在这三人心里,病都已确诊了。邻木的症状太明显了,已进入痨病的末期。李大夫给他开了三剂药,让他们吃完再来,看看是否对症。在邻木出去咳嗽的间隙,李大夫告诉槐花:"可以提前准备了。"李大夫的话把槐花最后一点幻想都掐灭了,她一时不知该怎么办,刚走到门口泪就下来了。邻木早就猜到是这个结果,可他也不知道怎么安慰老婆,想着孩子们还小,槐花性子软弱,他也很慌乱。路上两口子谁也没说话,只有邻木偶尔的咳嗽声和不知哪儿来的乌鸦不时在身后叫两声。

晚上,邻木等孩子们都睡了,和槐花说:"我的病不治了,不能把家里钱都败光了。回头你和孩子咋过?"

槐花趴在他肩膀上哭了起来,开始是小声哭,后来声音越来越大。邻木赶快捂住她的嘴说:"别把孩子弄醒了。"

槐花不敢哭了,揉着红肿的眼睛说:"别说钱的事了,只要能救你,把家都卖了又怎么样呢。"

邻木瞪着眼睛,摇着老婆的肩膀说:"你好糊涂,孩子怎么办?那我活着还有啥用?再说你不是不知道这个坑根本填不满,我也肯定救不活。你看那李大夫,家业多大,什么办法没有,他儿子也是这病,但这么多年就是治不好,我这病比他的还要厉害,他顶多就是先天的哮喘,我呢,可是痨病,你听过痨病能治好吗?"

槐花再一次无助地哭了起来。这一次邻木没拦她,他自己也偷偷抹着眼泪,他也不想死,这不是没法子嘛。

天刚蒙蒙亮,村子还藏在浓雾里,鸟鸣时断时续地传进院子,槐花早早就起来了,在院墙下架了两块砖头熬药,她把麦秆一点点续进两块砖头之间,在它们烧旺以后又续了一点,就这样忙活了一个时辰才把药熬好。邻木早就醒了,他趴在窗上看到老婆在熬药,也看到她不时用袖子擦脸,他知道她在哭,可也不知怎么劝,只觉得本来还有些奔头的日子突然就泡进了苦水里。

槐花娘家离槐花家不远,她娘来时全家还都在吃饭,玉米面野菜糊糊就着槐花腌的咸菜疙瘩。槐花看到母亲,要去给她盛一碗。她摆了摆手说:"今天你哥在集上买的炉包,吃饱了。"槐花听她这样说就没再问,其他几个人也不看她,只专心吃着碗里的糊糊。

坐了一会儿,槐花娘从炕里往边上挪了挪,似乎意识到这不是自己做主的地方,小声说:"你哥说,过阵子挑个好日子把德子过继来,这种事还是早点办好。"说这话时她看了一眼邻木。

邻木也看了她一眼,那眼神里透着对这个人的不解,能说的话,能讲的道理,他都和丈母娘说了,可是没用,说多了老太太就拿族里的规矩压他们。

那些规矩包括族长本人都在村东头的祠堂里,那是玉珍姐妹路过都要绕着走的地方。祠堂包括年迈的族长,在他们眼里还都封印在一种古怪的样貌里,看上去通体漆黑,一点光都透不过去。

"现在到处都在闹革命,女孩还有去学堂上学的,将来也可以找个上门女婿,咋就不能继承家业。"邻木夫妇和老族长说这些话时,老族长看看他们,手上拿着根油光锃亮的拐杖戳着墙上历代祖宗的画像:"真是反了,祖宗定下的规矩能改?外面的咱管不着,你们脑子里再生出这样的念头就是违背祖宗的规矩,再提那些革命党你们就和他们一样了。"说这句时,他朝门外看了看。两口子被吓得没再说什么,缓了会儿,族长又大度地说:"我知道你们也都是老实人,抓紧过继个儿子吧,只要是咱族里的男娃就好。"

这些日子,槐花熬药都很精心,可邻木的病却没见好。玉珍看着父亲一天天瘦下去,她无法劝服自己相信父亲没事,可她也不知该咋办,只是头顶着乌云一般,天天都不见晴。连根知道她的心事,可他也没办法,他能做的就是陪着玉珍放牛,把自己割的草一捆捆放在玉珍家的牛背上,即便有时他因为这事被后爹打。平原地带能烧的柴火本来就少,草除了能喂牲口,晒干了还能引柴。这块土地上的孩子,从懂事起就知道把能当柴火的东西捡回家,这对一个家来说有多重要从连根后爹打他的程度就知道了。为这样的事挨打,他娘都不能替他说情。

邻木是硬撑着一天天熬下去的,他知道自己的身子,感觉就快撑不下去了。他不敢想那时候会啥样,只要回头想想那些盯着他们家的人,除了丈母娘一家和族长,还有那些现在还没跳出来的,他就害怕,就像看到女儿和老婆会被怎么样欺负。

6

端午节的前一天,小雨已浸湿了远近的土地。邻木一早就和槐花说:"玉珍她娘,我想吃卷饼。"槐花这天真就做了卷饼,还把仅有的几个鸡蛋煮了。吃饼卷鸡蛋是凤城端午节的习俗,可现在,凤城没多少人能吃得起饼卷鸡蛋,玉珍长这么大也没吃过几次。煮熟的鸡蛋要在盐面里轻轻滚一下,然后用饼把鸡蛋碾碎,顺势卷起来。玉珍姐妹看着娘把卷饼递给爹,烙饼时她们就流口水了,更何况现在还裹上了香喷喷的鸡蛋。邻木说:"你们也吃,今天就当过节了。"槐花给邻木和孩子卷好饼就去收拾灶台,玉珍看到娘没吃,就悄悄下地去。看到娘在灶台边拿起那两块已经熏黑的砖去了院里。

"娘,我去给爹熬药。"玉珍刚要伸手,她娘就说:"回屋吃吧,你估摸不好时候,我来。"

端午节后,邻木还没见好,甚至有了越来越重的趋势。槐花心焦得很,但除了找李大夫抓药,她实在不知还有啥办法。端午节那天她在给孩子们手上拴五彩线时,也给邻木拴了一根,她想用这根线把丈夫留住。不知道老天爷有没有听到她每天的虔诚祷告,反正最近邻木是越来越不好了,脸色潮红,出的气多,进的气少,一晚上起来摸摸他身下的褥子都是湿的。盗汗让他的身体更虚弱了,吐血也更频繁了。

有时实在没办法,槐花就找个没人的地方狠狠地哭一场。以至于这几天她都有些魔怔,她一边给邻木熬药,给他擦身,细致地照顾他,一边又不得不听了邻居二婶的话,去把寿衣买了。她是一路哭着把寿衣拿回来的,快到家时甚至想着把它丢掉,太晦气了,毕竟邻木还活着,她怎么就能听了邻居的劝说去把这东西给拿回来。可稍微平静一会儿她又知道这东西扔不得,万一真有那天总不能让他穿着旧衣裳走。邻木一辈子劳碌,她不能这么对不起他。

邻木比任何人都知道自己的病。经历了这些日子,他已经看开生死的事了。只是担心老婆和孩子在他死后要面对什么。最近他明显感觉到身体已是一天天走下坡路,他更要抓紧为她们想想出路。

端午节后的第五天,邻木趁着孩子们出去割草的工夫想和槐花交代点事:"玉珍她娘。"

槐花放下手里的药罐子,她正打算把药倒出来。

"我可能真快不行了。"

听邻木这么说,槐花又拿起药罐子,举到他跟前:"你一直在吃药,李大夫说了,能好。"不知是这样说话自己都不信,还是绷不下去了,没等邻木再说啥她就举着药罐子哭了起来。

"你别哭,听我说。我走以后你万万不能过继大哥家的德子。你告诉他们,要给玉珍招上门女婿,我知道她和连根好,只是没捅破这层窗户纸。等我走了,你就去找连根娘,说不要彩礼,还把家里的牛给他们,连根娘肯定会答应。连根家是后爹,她娘和后爹生的俩弟弟肯定要继承家业,虽说他家穷,也没啥好继承的,但让连根做倒插门女婿对他们来说是好事,更何况他们还能得一头牛。就算他们有其他想法,你也尽量答应,我看得出这俩孩子过日子错不了。"

槐花知道这是孩子她爹在为她们以后的日子打算,她点着头,这点她和邻木想法一样。

"你万万不可听你娘的,舅子也随师娘,只有师父疼我。"说到这儿,槐花明显能听出邻木带着些气愤。她何尝不是这样想,从做人这点来说,她随爹。

"玉珍的事定下来咱家就垮不了,两个小的不急,还能缓缓。切不可没主见听人家的,摊上事就要撑起门面,咱家里以后都指望你了,不能光知道抹眼泪。"说着邻木擦了擦槐花的脸。

第二天一早,槐花把邻木托给玉珍照顾就去隔壁吴官村了。她听说吴官村有人有祖传的偏方能治这个病,治好过好几个人,这个消息是隔壁二婶来串亲戚的兄弟说的,还说那人长得丑还古怪,不一定肯给她。

死马当活马医,槐花顾不得那么多。她把陪嫁的银钗和银戒指都包在布里带着了,想着只要那人肯把方子给她用,这些东西就都给他。也许是很少做主,也许是别的原因,这一路上槐花都觉得心慌得很,开始她只是快步走着,后来她几乎是小跑着往吴官村去。

进村时,槐花已跑出一身汗,她向坐在村口一户房子门前的老人打听这个会治痨病的人,她只知道那人姓吴,可只简单问了几句,老人就直接指着不远处一户说:"那儿就是。"

7

槐花拍了拍门,站在门口她就看到两间土房歪歪扭扭地站着,仿佛随时会倒下去，一米多高的土墙勉强把房子围了起来。没一会儿，槐花就看到有个五十岁上下的男人从屋里出来。槐花想起出门前二婶说这是个绝户，连闺女都没有，老婆也早死了。

"是吴大爷吗？"槐花轻声问。

她记得二婶兄弟说他很古怪，心里有点打鼓。男人确实也和人家说得差不多，很丑，但看着还算和善。

"干啥？"那人站在门口打量着槐花。

槐花把邻木得病的事都说了，可能是怕人不好说话，不把偏方给她，她把和邻木没生出儿子被族里看不起的事也说了，边说边哭。

那人打量槐花好久，反复看，仿佛验货一般，只是没让她进去坐，可能是考虑到自己是鳏夫，也许是别的原因。听完槐花的话，他沉默了会儿，就说："就算给你偏方也不见得能救他，尽尽人事罢了。"

偏方是用醋煮猪肺，煮好后切成小块，继续浸在醋里，两天后，每天饭前吃一小碗。这偏方比她之前用的方子都简单，简单到她甚至觉得这个男人在骗她，可听二婶兄弟说那人虽脾气横得很，为人倒是实在。槐花已无路可走，她不管这方管不管用，也知道自己不是第一次用偏方给邻木治病，她觉得世上有些事做了有可能成，不做肯定不成。

回来的路上，也许是刚才出了一身汗，也许是拿到了偏方，槐花走得格外轻快。路过道里沟时，看着深渊一样的大石坑，石坑里的水湛蓝，像谁的眼睛般盯着她，她竟生出几分恐惧，她不知道为啥会突然生出恐惧来，心又慌了，脚心不住地出汗。

到村口时槐花的鞋都湿透了，可她没直接回家，要先去集上买猪肺。她去时也是运气好，正好有个别人定的猪肺没来拿，人家禁不住求就卖给她了。拎着猪肺回家的槐花好久没这么轻松了，仿佛她手里拎的不是猪肺,是邻木的救命药。

槐花回来时玉珍在灶上烧火,她说:"爹要吃饭,他饿了。"刚才听爹说饿了玉珍就赶紧烧火做饭了,爹病的这些日子都瘦脱像了。槐花想着可能是邻木的病见好,也高兴起来,她摸着他的额头问:"怎么样?饿了?"邻木没回答她,又闭上了眼,似乎睡着了。玉珍一脸奇怪地说:"刚才爹精神头可足了,说要吃猪肺。"槐花听孩子这么说一时愣住了,她去找偏方的事邻木不知道,更不知道自己买了猪肺,他咋莫名地想起吃猪肺。

虽说有点疑惑,槐花还是赶快把猪肺先用醋煮熟,切好用醋泡上了。她想也许这是冥冥中注定邻木的病要好,毕竟他们夫妻可一直都是好人,没做过啥坏事,老天应该看得见。

吃了地瓜粥早早睡下的邻木,突然醒了,他坐起来,眼睛睁得溜圆看着槐花,她正在给孩子补衣裳,邻木又转过头看看孩子们,眼神那么陌生,仿佛在那一刻他就和她们不再有什么关系了。还没等槐花反应过来,他就猛地吐出一口血,向后直愣愣地躺下了。孩子们扑到邻木身上大哭,槐花愣在那儿,她除了闻到血腥味,还感觉到浑身湿乎乎的,仿佛她又掉进了大石坑。

十五岁那年,她和邻木就是这样见面的,他跳进石坑救了她。上来以后,她躺在石头上打着寒战,他把包袱打开,拿出仅有的衣裳给她披上,就是这种湿乎乎又热乎乎的感觉。现实把她又硬生生地拽回来,她看着哭作一团的三个闺女,看到曾救过自己命的男人躺在那儿,眼睛瞪得溜圆,她颤抖着把手放在他的鼻子上,啊啊地叫了起来,在那一刻她似乎忘记了怎么说话,只能发出啊啊的叫声。

邻居听到邻木家的哭声,就纷纷起来,披起衣裳朝邻木家走来,穷人之间就是这样帮衬的。听到有人敲门,玉珍嘱咐两个妹妹把衣裳穿好,又给母亲披了件衣裳,小声问道:"娘,咱们给爹换换衣裳吧?"槐花看看玉珍,又看看两个小的,说:"玉珍,去拿出来吧。"玉珍知道娘说的什么,其实她们三个都知道,只是谁也没说。玉珍从娘的陪嫁箱子里拿出叠好的寿衣。"去烧水。"听娘这么说,玉珍快速下地去烧火了。碧珍和文珍把门打开。邻居们进来时,看到槐花拿着块布,在给邻木擦嘴,边擦边说:"都吐到衣裳上了,要好好洗洗。"那神情仿佛母亲在说淘气的儿子。二婶从玉珍手里接过热水,递给槐花,她接过热水,继续给邻木擦洗。就这样擦啊擦,擦到二婶把她抱到一边,指挥另外两个女人帮邻木穿上寿衣。换上寿衣的邻木在油灯下像是又睡着了,那张脸依旧像黄纸似的,没有半点血色。

槐花看着穿戴一新的邻木,嘴一咧才哭出声来,她一哭,孩子们也哭,邻居们也跟着抹眼泪,门四敞大开着,哭声从门里跑到门外,随着乡里乡亲不断进来,哭声开始在夜里进进出出,仿佛失去方向的人。

天亮后,浸在醋水里的猪肺还没意识到自己没了用处。玉珍看着村里人一拨拨到家里来,平时爹的人缘好,她知道,只是她看着这些大人的样子心慌。可能多半是看到这些人里有她的姥姥和大舅,不知谁给的信,反正天一亮他们就跑来了,屋里屋外照应着来人,就像自己家一样。

槐花没空想这些,她脑袋嗡嗡的,不知下一步该怎么办,只得由着她娘家人把邻木的棺材从仓房里抬出来。这口棺材是邻木第一次从李大夫那回来后慢慢做的,槐花当时还劝他不要准备这些东西,晦气。可她后来也开始偷偷准备起邻木的寿衣。想完这些,她又想到大石坑,她觉得上次路过时和大石坑对视是一种召唤,不知为什么,自从邻木在那儿救了她,她就对大石坑生出些奇怪的感觉,觉得那儿将是她最后的归宿。

此时,邻木的红柏木棺材已停在梧桐树下,树上的花还没落完,剩下的都蔫蔫地挂着。刚升起的日光,今天也格外刺眼,人的痛苦被这强光无限放大,似乎无处可逃,只能硬生生地在这块土地上认命。

槐花坐在炕上,光刺破窗户纸爬到她的脸上和身上,才一会儿工夫,她就觉得自己老了,她再不是那个站在清晨的庭院里忙碌的妇人了。邻木走才不到一天,她就变成带着三个孩子的老寡妇了。她甚至觉得已经生生比隔壁二婶矮了一截,人家还有二叔。这个她要托付一辈子的男人抛下她提前走了,这世上再不会有人给她熬甜水喝了,剩下的日子她都会泡在苦水里。她再次想起自己掉进大石坑的那天,她在水里挣扎没一会儿,他就来救她了,可以后,无论她怎么在苦水里挣扎,他都不会来了。

出殡当天,无论槐花怎么不情愿,德子还是作为儿子为邻木披麻戴孝。他走在队伍的前面,双手抱着个瓦盆东张西望的,这个六岁的男孩对这种仪式有些莫名的好奇。他不时回头打量众人,像个来看热闹的。槐花和玉珍姐妹跟在后面,槐花的脸有些浮肿,她的小脚戳出的每一步都透着疲倦。

埋完邻木,她眯缝着眼睛抬头看了一眼,天空灰茫茫的,像她以后的日子一样。

8

这是槐花办完邻木的葬礼后第一次站在院子里打量这个家。三个女孩看着母亲,想到她们的爹,从家的顶梁柱变成坟地里的土包,心里的恐惧和无助让她们又默默哭了起来。槐花看着孩子哭才想起,这个家以后都要靠她了。她晃荡着瘦弱的身体去给牲畜们添食,几天都没好好喂了,它们看到槐花过来都把脖子抻得很长。为了孩子们也要过下去,她不敢想邻木,只想按照他交代的,把日子过下去。

还没等她回过神来,家里就来了一群人,槐花不用细看就知道是娘家人。还没等她开口,她娘就张嘴了,槐花看她两片薄薄的嘴唇像说书的快板似的一上一下地吧嗒着:"槐花,你还年轻,三十来岁的女人守寡太难了,娘心疼你,托二婶给你说了门亲事,她说你们还见过,就是隔壁吴官村的老吴,虽说是个绝户头,可家里过得殷实,你改嫁过去不会吃亏的。"

槐花盯着这两片嘴唇,她先是怀疑自己耳朵出了问题:"我男人刚送走,坟土还是新的,你想让我改嫁?"

看娘点了点头,她瞬间觉得眼前的女人变成了狼,想到小时候她给她讲的狼吃人的故事:"狼披上人皮,骗得人的信任后,把那一家人都吃了,吃得嘎嘣嘎嘣的,和吃萝卜一样。"

"你是狼变的吧?"她忍不住问,"你是不把我娘吃了?"说着她站起来,去撕扯坐在炕上的女人:"你肯定是个畜生!你说你把我娘弄哪儿去了?"槐花越说越来劲,她把女人的大襟领口撕了个口子,像个伤口般咧着,哥哥一开始没反应过来,紧接着就跑上来拽开她。"你也是狼变的吧?你是不也把我哥吃了?"说着槐花又转身扑向他。

人们看着她猩红的眼睛,都往外跑。"槐花疯了,咱们先回去,过几天再来。"她娘边跑边说。

他们再来是十多天后,许是畏惧槐花上次的反应,这次他们请了族长同来。族长自从被选上,就很少离开祠堂,就像与祠堂长到了一起似的。如今他已经很大年纪了,仿佛走一步都要掉渣。他半闭着眼睛坐在炕边上,手搓着一串褐色的佛珠,静静听着槐花娘的哭诉:"上次我来,刚和她提起改嫁的事,就上来打我,族长,您老评评理,我这当娘的难啊!"说完槐花娘就抹了抹眼睛,自顾自号了起来。她哥瞪着眼珠子告诉槐花:"改嫁不是你说了算的,丈夫在从夫,丈夫死了没有儿子的,只能听哥的。"族里其他人也在边上应和:"你要听我们的。"一时间,一群人有唱有和,说的说,号的号。

文珍和碧珍被他们的阵势吓哭了,玉珍小声嘱咐娘别慌张,槐花在女儿的提醒下,才想起邻木之前说的话,她像是用尽了全部的力气说道:"族长,我不改嫁,玉珍她爹临走前告诉我,让我给玉珍招个上门女婿,这样我家里日子都能过下来,你们别想占我的家,我也不是好惹的。"

族长睁开眼睛,把佛珠放在桌上捋着稀疏的胡子,对槐花说:"我说个折中的法子,不如你过继大哥的儿子德子,这也是你的亲侄子,你过继了,他们也不会再难为你了。"

槐花记着邻木留下的话。她站起来,郑重地说:"族长能出面调停自然是好事,我也感激您老人家肯为我们出头,只是我家闺女能招上门女婿,真不用过继侄子。还盼着您老看我们孤儿寡母的帮帮我们。"

还没等族长再张嘴,槐花娘就从椅子上蹿了起来,像条咸鱼似的指着槐花说:"现在过继都不行,晚了。槐花必须嫁人,至于这几个丫头片子,玉珍都这么大了还不嫁人留着做啥,碧珍和文珍去给人做童养媳,这个家还是要听娘家人的,邻木说的也不算,他一个上门女婿有啥说话的权利?"

槐花看母亲这样不讲理,就和她吵了起来。屋里屋外的邻居们也议论道:"脚下这块地是槐花爹作为陪嫁给槐花的,后来起房子,置办什么都是木匠两口子攒的,和他们有什么相干?"吵着吵着,槐花看娘和哥哥一点亲情不顾及,族长又默不作声,几个孩子缩成一团,气得往后一仰昏了过去。

槐花娘趁势抱起女儿,给儿子使了个眼色,让他把妹妹抱到炕上去。看着几个扑在娘身上哭的女孩,槐花娘厌恶地扫了一眼,和族长说:"您看看,这家都乱成什么样了,我不来主事不行啊。"族长看了看他们啥也没说,缓缓站起来整了整袍子回去了,祠堂才是他该操心的地方。"这种家里的是非还是让他们自己定吧。"他边走边嘟囔。

槐花半夜想来,头疼欲裂。看到孩子们都睡了,她披着短袄就下地了,她要去看看门锁好没,鸡鸭喂没喂,老牛前阵子也病了。一出门,看到大黄狗蹲在院子里守着,槐花踏实多了。她把家里看了一遍,样样都稳妥,门也关好了,可能是闺女们看她昏睡就把活儿都做了。槐花心里慢慢踏实了起来。虽说想起娘家人她就浑身发冷,止不住地打激灵。但她知道为了孩子们也要硬撑起这个家。

槐花娘再来时,邻木刚过四七。槐花看是她娘本不打算开门,但槐花娘似乎忘了前些天的不痛快,说话软和了许多。打开门后槐花看到娘身后站着个人,愣住了,是那个给她偏方的老吴。她回想一下娘说过的话,瞬间就明白了。

槐花堵住门对娘说:"你进来就进来,我一个寡妇,你不能领着男人进来,让人说闲话。"

槐花娘回头冲老吴笑笑说:"她不懂事,我和她说说。"

槐花看娘这么说,就趁他们说话的空当把门关上了。槐花娘一看闺女这样对她,顿时火就来了,边拍门边扯着嗓子骂。她骂人的本事大,这村里村外的都知道,只是槐花似乎铁了心不给她开门,随她怎么骂。

二婶从墙头上探出头冲要回屋的槐花喊:"槐花,不让你娘进屋可不孝啊。"槐花瞪了她一眼,拍了拍大襟短袄说:"母慈子才孝。你少说偏话,你说的那个有偏方的人到底什么人,跑到寡妇家里来。"槐花急了嘴也不饶人,二婶一听槐花冲她来,气哼哼地从墙头下去了。

9

掰着手指头算算还有一百多天就到婚期了,钱秀莲的心里天天像爬满了蚂蚁似的焦心。按说这么大的女孩哪懂焦心,只是那天爹娘在堂屋说话让她听到几句。她爹说:"李家的少爷最近又不太好,李大夫说实在不行就把婚期延后吧。"听到这话,她脑子嗡嗡的,直接从门外蹦到门里说:"我是不是你们捡来的?就这么不心疼,想让我进门守寡啊!"秀莲娘看她那么难受,赶快站起来哄:"我和你爹,哪能让你去遭罪,我们不也在商量吗,再说退亲也不是那么容易的,哪儿都要考虑周全,再说你爹在外面都是说话算话的人,哪能一看到人家儿子生病就马上退亲呢?"

"我不管,你们赶快去给我退,不然我给哥哥们写信,让他们回来。"

钱富贵磕磕烟袋瞪了老婆一眼:"都是你惯的。"说完就回屋歇着了。秀莲娘又把利害关系和女儿说了一遍,钱秀莲才慢慢不作声了。可自那天以后爹妈再没啥动静,她想到婚期将近,满屋都是成亲准备的东西就越来越心焦。有时还做噩梦,梦到李少爷穿着新郎官的衣裳追她,她整夜都在跑,可是怎么跑也跑不出洞房。

李少爷李半夏也在发愁自己的婚事。李半夏和伙计说:"这几天我总觉着耳根子热。"伙计回道:"这是新娘子在想少爷呢。"听伙计这么说他陷入了沉默。吃完药,他转身从床前的一本书里抽出钱秀莲的照片,听说是她二哥带她去青城的照相馆照的。照片上的女孩有一双丹凤眼,眼角稍稍向上挑,皮肤虽不算白皙,但很细致,眉眼间透着一股英气。这是个有着旺盛生命力的女孩,像那些长在山顶或洼地里的草药一样,李半夏感觉得到,他期望这种旺盛的生命力可以传染给他,让他也能变成一个有旺盛生命力的男人。

"你们到底去没去给我退亲?"钱秀莲站在堂屋说这话时,钱富贵两口子刚要吃早饭。看孩子在早饭前闹脾气,钱富贵刚要发作,母亲赶快瞪了秀莲一眼说:"先吃饭。"秀莲噘着嘴坐到母亲身边,把一块窝头放进嘴里机械地嚼着,她在等父母吃完饭。可这俩人吃完饭连看都没看她就匆匆出门了,气得秀莲把在嘴里嚼了半天的窝头吐了出来。

哪有不心疼女儿的爹娘,钱富贵从家出来就奔李大夫的诊所去,路上他反复琢磨着咋说,不得罪人还能把亲事退了就行,打定主意后他步子明显快了些。很快,钱富贵眼看着沿小西庄往前再走两里地就到李庄了,他身上已开始冒汗,汗衫渐渐吸在了身上。

这次出来他没骑驴,往常去看庄稼啥的,只要走远一点他都骑着驴。主要是刚才出门前,他的主意还没打定,骑驴的话,秀莲肯定能猜到,闺女就会期盼着这事,要是亲事退不了,孩子肯定要哭闹,这样先去探探口风,了解一下亲家咋想的再说。

李大夫看到亲家来,自然是热情地让伙计端茶倒水。一时间也没机会说,钱富贵不免有些着急。他把汗衫向上撩了一下说:"我去后面洗把脸,天太热了。"李大夫纳闷以前他来都是骑驴,今天来透着些不同的地方,只是哪儿不同,他也说不出。听钱富贵这么说,他赶快让伙计带着去后院,钱富贵有自己的心思,他是想去看看后院的少爷,让他爹喊过去难免端着,他想亲自去看看。

他和伙计沿着青石板铺的甬路向后走,前院和后院之间有道窄门,推开窄门伙计说有事就先离开了。可能是因为家里没有年轻的女眷,也没啥不方便的地方,李大夫对这个亲家一点儿都没设防。

后院收拾得很清雅,有些他也叫不上名的花爬满了墙,还掺着些青藤,墙边有一尊石磨,可能是磨药粉的,也可能是磨豆腐的。钱富贵沿着墙边一条细细的水流往前走,水流蜿蜒着汇聚到正房边上的小水池里。池里有几条鱼,在水草里钻来钻去。院子中间有口井,井周围晒着些他也不认得的草药。

还没等他去打水洗手,就有个老年女人从屋里出来,看到钱富贵,女人愣了一下。钱富贵说:"我是李大夫的亲家。"女人听到亲家两字就知道是钱富贵,赶快回道:"钱老爷,您找少爷吧?"在凤城,钱富贵的名字很少有人没听过,要说当今大总统是谁也许他们不知道,钱富贵可是这里的名人。女人说完转身就要回去喊少爷,钱富贵赶快向她招招手,让她别喊,然后自己朝屋里走去。

李半夏刚吃了药,正在翻书,钱富贵敲了敲门,在这人世走了几十年,他自问是有些看人本事的,今天他要亲自看看这个女婿。李半夏很意外钱富贵会来,有点紧张,突然感觉脑子空荡荡的,站在桌边不知该说什么。倒是钱富贵很自在,他打量着眼前的青年,个子比自己略高一点儿,脸色和身形虽有些清瘦,但不失风采,甚至觉得配自己那个野丫头是绰绰有余。闲说了几句钱富贵就要起身出去,李半夏突然想起了什么,从桌上拿起一本书递给钱富贵,略有些羞涩地说:"给小姐看看,都是些志怪故事,权当解闷。"钱富贵把书翻过来,他识字也不多,但这本书他大概知道是清朝的一个书生写的,讲鬼狐故事。

从李少爷屋里出来,钱富贵抬头看看天,墙外的梧桐树探进一片枝叶,上面有两只鸟,他越看越觉得像喜鹊。回去时李大夫让他带了些人参和黄芪回去,说是秋天快到了,给家里人补补气血。钱富贵的脚步明显轻快了不少,他手上拿着一包药,一边走一边还哼起了小调。

10

几天相安无事的日子过下来,槐花的心才慢慢定了,她开始整理院子,里里外外忙活,她想让日子和男人在时一样。可很快,这个拉扯着三个闺女的寡妇,就知道邻木虽没离开多久,但日子却变了。这种变化是悄无声息的,男人们开始有意无意地和槐花保持距离,再没哪个男人到她家去了。女人们的眼神也在变,她们的眼神让槐花觉得自己带着晦气。即便是走得很近的人家也开始疏远她们,他们受到过邻木帮助,也是前些天才抹着眼泪把邻木抬走的人。他们似乎在默契地等待,这个家即将到来的变化,田间地头,房前屋后,这种无声的变化把槐花压得喘不上气。半夜醒来,只要想到没了男人,又没有婆家和娘家的依仗,她就会浑身发冷,仿佛门外到处都是想算计她的人。

这让她再次想到大石坑,想到那个下午,她坐在石坑边洗衣裳,有两个伪军路过,两个人嘀咕几句后,走过长长的堤坝向她奔来。看着他们身后背的长枪,槐花想跑,腿却不听使唤,眼看他们离她就差几步远了,她脑子一热竟直接跳进了石坑里。两个伪军看槐花的举动显然是没想到,住在双羊店的人都知道大石坑深,但没人试过,更没人敢跳进去。槐花不会游泳,伪军看她在水里扑腾没再上前,转身往前走了。槐花呛了几口水就渐渐失去了知觉。恍惚间,只觉有人把她托起来,放到了石头上,石头很热,阳光让她睁不开眼,等完全醒过来,槐花才明白是个小伙子救了她。槐花道了谢,就抱起衣裳和捶衣棒往回走,看她走路还不稳,救她的人不放心,就在身后不远不近地跟着,好在槐花家就在石坑不远。

后面的事似乎就变得顺理成章了,槐花爹看这个叫邻木的外乡孩子无依无靠,就收他当了学徒。日子久了,槐花爹对邻木的人品满意,就把女儿嫁给了他。想到过去,槐花越发觉得大石坑是她的归宿,那里有她最亲近的人的痕迹和气息,有她摸不着却能感觉到的温暖,只是现在还不行,她还有孩子,等孩子成家了,她就要去那儿,陪她的邻木。

一大早,玉珍就领着妹妹们去地里除草了。槐花刚把牲畜喂完,就听到院墙外响起了迎亲的唢呐声。槐花从门缝向外看,如果不是槐花娘走在前头,槐花会以为这是去村西头枣花家接亲的,枣花的闺女最近要出嫁。可现在,这些人却来到自家门前。

"槐花开门,我是你娘。"

槐花没开门,她大概已经猜出他们要干啥,可光天化日的,他们真就没王法了吗,转念又一想,现在还有什么王法,槐花还在心里盘算有什么办法,槐花娘就开始敲门。

看闺女不给开门,槐花娘就说:"撞开,算我的。"

轿夫是两个身材结实的男人,他们几乎没费什么劲儿就把槐花家的木门撞开了。这道门是当年房子盖好后邻木精心做的,连挡板也处理得很精巧,但现在半扇门被撞的掉了下来,像个伤口一样。

槐花被这阵势吓到了,可很快她又被愤怒点着了,冲着娘大喊:"你这是干什么?你和你儿子是想对我们娘几个吃干抹净啊?"

槐花娘几步走近闺女,拉着说:"以后你去过好日子就不会这样说娘了,你和你哥打断骨头连着筋,都是从我肚子爬出来的,我们怎么会害你。"

说着就让人把槐花架着往外走,槐花只能不断挣扎,她慌张得几乎忘了喊叫。周围的人都在看,这些平日的乡亲们不会,也不敢管人家的私事,尤其是寡妇的事。槐花几乎是被拖出去的,她的小脚在地上像锥子般划出两道深深的痕迹,上轿前她绝望地看着眼前的人。

玉珍和两个妹妹跑回来时,家里已没人了。隔壁二婶告诉她们:"你们娘嫁人了。"

玉珍一时觉得胸口憋闷,似乎天要塌下来砸在她身上。看看妹妹,她抹了抹眼泪,现在爹娘都不在,她如果不坚强,谁能替她坚强呢。平静下来她安慰妹妹:"你们在家等着,我去打听一下娘被带到哪儿去了。"她从听到这个消息就知道是姥娘家人捣的鬼。以前虽说厌恶姥娘和舅舅,但没恨过他们。现在,她觉得对他们的恨已经硬生生从她的肋骨里冲出来了。

她先把半倒下的门扶起来,用棍子抵住,想起刚才还趴在墙头上和她说话的二婶,她记起娘话里话外说过二婶和姥娘的关系好。二婶看到玉珍来,放下了手里正在喂鸡的瓢,她黝黑的脸在日头下晒得油亮。玉珍想:"戏文里长得黑的都是忠臣,她这么黑咋还这么坏。"

二婶向她走来:"玉珍这是咋了?刚才不是跟你说你娘嫁人了吗?回头你就跟着你舅过日子,是你亲舅还能待你差了?"说完就用黑漆漆的手来摸玉珍的头。

玉珍把头一甩:"我娘去哪儿了?你这个骗子,和姥娘是一伙儿的。"

"这孩子咋说话呢?怎么连自己姥娘都骂呢?"说完她又往前凑了凑。

玉珍不耐烦地拿手扫了一把,把她刚伸过来的手打落:"你说我娘去了哪儿?不然我今天把你房子点了。"

二婶一听这话笑了,这个小黄毛丫头哪是她的对手,再说除了她姥娘的媒人钱,她做人可是清白得很。她说:"有事就去问你姥娘,不要在我这撒泼,撒泼还轮不到你来……"还没等她说完玉珍就冲了过来,两只手死命地撕扯她的大襟棉袄,本就不太结实的旧袄,被她扯了个口子。二婶看玉珍眼睛猩红地看着自己,像中了邪一样,有点害怕了,如果玉珍说的话传出去,她也脱不了干系。

想到这儿,她赶快往屋里跑,毕竟是个壮实的大人,把一个孩子拦在门外还是能做到的,她把门死死顶住,任玉珍像疯子般在院里骂她。过了会儿,玉珍骂累了,想着还是要找娘,转身就朝姥娘家跑去。

11

这是位于村东头的一处院子,即便现在看起来不那么阔气,也能从门前的石墩和房子的框架等细节看出,这家曾经日子殷实。她来到门前也不敲,直接用脚踹。

邻居看到玉珍就告诉她:"他们都去吃喜酒了,家里没人,也不能说没人,就德子在家。"

玉珍突然生出个想法:拿德子去换娘。院墙不高,她轻车熟路地爬到墙头一翻就进了院子。玉珍说要带德子去吃灶糖,他一听说去吃糖,马上就忘了爹和奶奶临走时的嘱咐,跟玉珍走了。

玉珍拉着德子回了家,这是她换回娘来的筹码。玉珍把德子领走告诉了邻居,晌午时,她把家里的畜生们都喂了一遍,做好了随时去换人的准备。她让隔壁二叔把门修好了,其实只是卸下来了,复位就行。看着二婶还是没好脸色,但也没再骂她,毕竟乡里乡亲的,她爹妈平时和这家人关系都不错,二婶除了喜欢贪点小便宜,没啥大毛病,玉珍这样想对她的气就消了些。

忙完,玉珍迷迷糊糊地睡着了,她梦到了爹娘,爹在当院干活儿,娘在烙饼,阳光从房子上洒下来,妹妹们从外面打猪草回来,一切都是家里以前的样子。

咣咣……密集的敲门声把玉珍从睡梦中惊醒了。她赶忙到院子里看,是大舅骂骂咧咧在捶门,他的拳头一下比一下声大,玉珍要说不害怕是假的。

她忐忑地走到门口问:"干啥,你们把我娘弄哪儿去啦?"

大舅也不解释,只说:"死丫头,赶快开门。"玉珍想着早晚要面对,抄起手边的木棍,就把门闩抽开了。

大舅看她那样连理都不想理,直接冲着屋里走去,现在这个家里再没人能阻拦他了。玉珍在后面紧跟着,她知道手里的棍子对大舅来说啥用也没有。大舅进屋就把炕上的德子抱了起来,德子还没睡醒,刚才玩得太累了。他抱起睡眼惺忪的德子就往外走,玉珍赶快跑到他前面说:"你把我娘交出来,不然今天别想走。"

他看着玉珍的样子就差笑起来了,这丫头片子也跟他摆架势,伸手就把玉珍推倒,嘴里说:"别挡路,你再这样我要你好看,这个家现在是我说了算,你弄清楚自己处境,看现在谁能帮你。"

"你把我娘还给我!"玉珍从地上爬起来又捡起了那根棍子。

大舅用脚一踹棍子就断了:"回去老实待着看好家,回头我忙完再来收拾你们几个。"说完几步就走到门口。

手上抓着半截木棍的玉珍气得不行,她用尽力气把棍子冲大舅扔了过去,却不偏不倚打在了德子头上。这下打得不轻,德子一下被打醒了,大哭起来。大舅把德子放下就冲玉珍扑了过来,玉珍知道闯祸了,赶快往回跑,她到底是孩子,动作灵巧,在大舅抓到她之前把中门关上了。大舅回头看看德子没啥大事,也没再去敲门,看得出他不想和玉珍纠缠,家里还有事,他要回去处理。临走时他还不忘把大门带上,就像爱护自己的东西似的。

妹妹也被吵闹的声音叫醒了,她们坐在炕沿上,无助地看着姐姐,玉珍也觉得很无助,因为年纪大,懂得多些,她比她们恐惧更深,想想她就哭了起来,妹妹们看到姐姐哭了,也跟着哭了起来。

玉珍这几天都在想尽办法打听她娘的消息,总算在李寡妇家听到个有用的信儿。本来这婆家是说给李寡妇的,可男人没看上李寡妇,说长得太丑。玉珍听到想知道的消息后,也不想看李寡妇那张丑脸了,可她不好意思说,只是边应和边朝外挪去,李寡妇可能是家里太久没来人,喋喋不休地说个没完,全然没意识到人家不想听,最后她还提醒玉珍:"你是个女孩家,今天不早了,还是等明天,天一亮再去,带些干粮,顺着道里沟走,渴了还能喝点水。"

玉珍答应着,从李寡妇的破屋快步出来,又回头看看,心里嘀咕:"没有男人的女人是不是都这么可怜?可村里已经有许多家没有壮劳力了,几次征兵把村里的壮年男人征得差不多了,剩下的不是家里使了钱就是年老体弱。"

回去和妹妹商量妥当后,玉珍把家收拾了一遍,她不知道明天能不能把娘接回来,她一点底都没有,实在回不来该怎么办?她回头看看两个妹妹,突然觉得很难受,难受得胸口疼,可她不敢继续难受下去,家里现在是她主事,她不能垮。

天还没亮,可一听到大黄狗起身,玉珍就跟着起来了。烧上火,煮了几个地瓜,这还是爹在时种的。这几天,她们三个就靠吃这点地瓜活着。煮好地瓜,她喊两个妹妹起来吃,她吃完一个又在小包袱里塞了两个小的,这是应急用的,她不知道此一去能不能找到她娘,更不知道会遇到什么。她又想起李寡妇说世道不太平,她男人就是被征兵后死在战场上的,连尸首都没给运回来。想到这儿,玉珍从柜里翻出一套爹的外衣,摸着衣裳玉珍的眼泪又掉下来了。自从爹走后,日子太难了。哭完擦擦眼泪,日子还要过,娘还要找回来。爹的衣裳太长,玉珍换上衣裳,前后看看,把褂子的袖子往里卷卷,裤子长点正好能挡住她的小脚。把一切收拾停当,她本想带着大黄狗壮胆,可两个妹妹在家她不放心。她索性拿起家里的一根拐棍,扮起腿脚不好的人,拐棍还能防身,这还是她爹在时做的,拄着拐棍在院里试着走了一圈她才出门。

挎着个小包袱的玉珍,出门就沿着村北边的路上了道里沟,看着陡峭的沟边,她有些害怕,手心都在出汗。她尽量看起来像个残废的男人。听李寡妇说要走到晌午才能到,她其实刚从村里出来没多久就累了,即便脚每走一步都疼得她吸溜,也不敢停下。她不再是那个在父母膝下承欢的玉珍了,这样想她的心就会堵得慌。过会儿,她开始劝解自己,这阵子她就像身体里住着两个人,一个低沉时,另一个就在旁边打气,这样配合着,玉珍就不是特别难受了。

12

玉珍不知不觉走出好几里地,直到背上都是汗,风一吹凉飕飕的。她口渴了,看前面下沟的路平缓些,想下到里沟喝口水,洗把脸。看四下没人注意她,她胆子大了些,顺着坡边蹲下去,缓缓滑了下去。沟下有条小路,玉珍小心地沿着路朝水边走去,阳光照在水面上,越走近越觉得晃眼,水边立着许多巨石,比两个她还高,就到沟跟前了,水却在巨石的阻拦下很难靠近。在道里沟上走时,她没觉得石头这样高大,难以跨越。此时,回头再看沟上的路和路上的人,她觉得那么遥远,仿佛她刚才在遥不可及的地方。

绕过几块巨石,玉珍才接近了水,只是眼前这水太安静了,一点波纹都没有,玉珍觉得这水像是死了,这让她迟疑了一下,不过很快她就把手伸出去,伸到水里,好凉啊,现在的天气很暖和,水怎么还这么凉呢,她在心里嘀咕。她对着水搓了搓手,捧着喝了几口,倒是很甜。喝完她抹了一把脸,真凉快啊,刚才积攒的汗都消了。可玉珍是个心思细密的孩子,她想着不能把脸洗得太干净,早上出门时她就擦了点锅底灰,这个办法是寡妇无意间告诉她的,她再次把脸涂上灰,又冲了冲手才心满意足地往路上走去。

走到吴官村,日头正好升到头顶,看来李寡妇说得没错,这也让玉珍更加笃定没来错。她四下打量着村子,看起来比双羊店小不少,人倒是都差不多,对生人都好奇地打量。

有个蹲在房檐下的老头儿甚至问起了玉珍:"这个后生要去哪儿?"

"叫我后生?"玉珍一时有点蒙,不过她很快就反应过来,回道,"去老吴家。"

"老吴家就在那儿。"老人顺手一指,就像前阵子槐花来时给她指路的人一样。指完路老头还嘀咕一句:"老吴最近挺忙乎啊。"

玉珍听老人这么说,边走边觉得眼眶发热。虽只有两天没看到娘,但她觉得这两天比两年还要难熬。到了老头儿指的房子,玉珍也是四下打量了一下,房子虽很破旧,但收拾得很干净,看得出主人是个利索人。

她没敢冒失地敲门，打草惊蛇就不好了，这还是爹教她的。她先是假装路过，围着房子转了会儿。院墙和她家院墙差不多高，探探头就能看到里面，娘没在院子里，倒是有个长得很丑的男人在院里磨刀。看到那人的长相，又看到他磨刀，玉珍心里的恐惧像灰尘似的腾一下就起来了，她赶快躲到门口的树后，想着找个什么理由进去一趟。

老吴听到有人敲门，就把刀放下打开门，一个孩子站在门口，肩上背着个小包袱，灰头土脸的。

还没等老吴问，孩子就说话了："大爷，俺走路走得口渴，能不能给俺碗水喝。"

老吴一听就把孩子让了进来，嘴上说着："兵荒马乱的，谁在外也难免会遇到点难处。"玉珍道谢后就随老吴来到院里。

老吴指着地上的板凳说："坐吧，我去端水。"老吴从屋里倒了水，端出来，却看到玉珍扒着窗户往里看。

"哎，你这人，看什么看？不是说讨水喝吗？"老吴已带着明显地不高兴，不过看她没有进一步的动作，而是慌张地坐回板凳上，就没再说啥。

看老吴没再说啥，玉珍壮着胆子问："大叔，你一个人过日子吗？"

老吴倒是没反感被人这么问，带着炫耀说："刚成亲没几天，没想到我还能娶到老婆，只是爹娘都不在了，也看不到。"

玉珍按捺住心中的冲动问道："咋没见新娘子呢？"玉珍看老吴没接话，就不知该怎么问下去了。

老吴突然从板凳上站起来说："娃，别怕，我知道你是来看你娘的，我也想装下去，可我嘴笨，装不下去了。其实你进来时我就知道你是槐花的孩子，你和她的眼睛长得一样。"老吴说着就伸出手想摸摸玉珍的头。玉珍被人拆穿一时有些尴尬，往后退了退。

老吴没摸着的手悬在空中也有些尴尬,就赶快收回来说:"你娘在屋里,你进屋看看吧。"

听到老吴这么说,玉珍一刻都没犹豫转身朝屋里跑去。在西屋的炕上躺着一个人,背对着玉珍,看着这背影玉珍扑了上去。槐花缓缓睁开眼睛看着眼前的玉珍,嘴里念叨着:"这是梦吗?我的孩子,玉珍,是你吗?"

才两天工夫玉珍看到娘明显瘦了一圈,她心疼地把娘的手放在脸上说:"是我,这不是梦啊!娘!"

槐花转身爬起来抱住玉珍放声大哭。她从没觉得这么荒唐的事会落到自己头上。以前她过着让人羡慕的日子,从小也是个要强的人,凡事不肯落人后,尤其嫁人后,邻木对她一心一意,他们的日子过得那么好,即便是在这个不太平的世道下。可现在她竟然这么无助,这几天她想到三个孩子在家,几乎要愁白了头。好在老吴是个好人,答应三天后,她可以回门看看孩子们,以后的日子也可以商量,如果孩子们跟着过来也行。这些都说通了她才放下要一死了之的心,她舍不得自己的孩子和那个经营了这些年的家。

才过两天玉珍就找上门,除了心疼还没成年的玉珍,就是惦记两个小的。听到玉珍说她们都好,槐花才放下心来。

老吴这时也进来了,说:"明天就是三天回门的日子,让玉珍在这儿等一夜,明天和你娘一起回去看看,实在不行就把你妹妹也接过来过日子。"

看老吴这么通情理,玉珍也不觉得他长得那么丑了,娘说过看人要看心,不能只看皮囊。可玉珍不能住在这儿,她要趁着天还早回去,不然两个妹妹在家她不放心。老吴坚持三天才能回门, 就商量让玉珍先回去,明天他们再回去。虽说有许多不舍,槐花还是让孩子回去了,到什么时候说什么话,她既然已经到了这里就知道回不去了。她能做的就是尽量护住孩子,好在老吴是个好人,这一点让她踏实。

回去的路上,玉珍走路轻快多了,她把一根狗尾草抓在手上,叼在嘴里,行人看到一个小小的身影拄着拐杖在夕阳下挪动。这是玉珍没想到的结果,来之前她想过许多凶险的事,甚至做好了搏命的准备,反正不管怎么样她都要救出娘来。如今她也接受现在的事实了,想着娘一个寡妇能有这样的结局也不算太差,起码比村里其他找了男人的寡妇强,老吴看起来是个靠得住的男人。

13

潍河水在渐渐暗了的日头下闪着微光,玉珍到家时,四周已黑得像盖了锅盖般严实。这难不倒她,她闭着眼睛也能找到家,可刚要敲门时却发现门开了。

门怎么没关,玉珍心里慌了起来,叫道:"大妹、二妹,你们在哪儿?"叫了几声没动静,进屋一看也没人,家里的牲畜也没了动静,只有大黄狗热切地围着她,像有话要说。"大妹和二妹去哪儿了?"可大黄狗不能告诉她,一会儿工夫,她就觉得嗓子要冒烟了。她的喊声惊动了隔壁二婶,这个女人在墙上一探头,如果不是那俩乱转的眼珠和她雪白的牙,玉珍还以为是鬼呢。玉珍刚要骂她,可一想也许她知道妹妹们去哪儿了,还没等她开口。二婶就说:"别找了,都被你姥娘和大舅领走了,家里的牲畜也赶走了,今早你前脚刚走他们就来了。"玉珍还没等二婶说完,转身就往姥娘家跑去。

到院门口时,玉珍停顿了一下,她要想一下怎么应付姥娘家人,他们可不是善人。

玉珍敲了两下门,大舅不耐烦地问:"谁啊?天都黑了。"

"大舅,是我,玉珍。"玉珍决定好好和他说话,这声音听起来和前几天的玉珍判若两人,毕竟现在是来求他,而且这人也不是善茬。

"你怎么来了?"大舅上下打量了玉珍一下,开始也许他也没认出这个男孩打扮的人是玉珍。

"我来找妹妹。"玉珍扒着门框,没有要进去的意思。

"你妹妹我送走了。"

"送走?送哪儿去了?"舅舅这句话直接让玉珍头嗡的一声像炮弹般炸开了。

"送给有钱人家了,还能送去哪儿。"

"舅舅,你怎么能这样?"

"叫唤啥!"舅舅推了玉珍一把,"先回去睡觉,有事明天说。"

玉珍还想争辩,但想到妹妹真被送走了,她也没有办法。她扑通一声给舅舅跪下了。"舅舅,求求你,别生我气,把妹妹还给我,没有她们我咋活啊!"玉珍说到这,放声大哭起来,大黄狗在玉珍身后狂叫,像是帮腔一般。

"你也该嫁人了,这么大姑娘了,哭啥。"说完又推了她一把,把门插上回去了。

玉珍站在门口不知该去哪儿,该怎么办。她不敢回想,短短几个月时间,她经历了这么多。玉珍回到家里和衣躺在炕上流着泪,她在想父亲在的日子。她不知道为什么父亲走了家就要被拆散,一个没有男人的家就能任人宰割。整夜她都没咋睡,快天亮时她听到隔壁二婶家的鸡叫了,才迷糊了一会儿,又在恐惧中醒了。醒来后,她琢磨今天还要去找舅舅,把话问清楚。

玉珍推开舅舅家虚掩的门,看到德子在香椿树下蹲着,不知道在鼓捣什么。玉珍轻轻走进去,站到德子身后,德子转头看到表姐,咧着嘴笑了,鼻涕把他的脸糊得脏兮兮的,玉珍把他袖子拿起来,蹭了蹭他的鼻涕。也许是听到了动静,姥娘从屋里出来,看是玉珍,也没多说什么,而是问她要不要吃点儿,家里煮了野菜糊糊。

玉珍也没客气,端起姥娘递过来的碗就喝了起来,她已经好几天没正经吃顿饭了,吃完她把碗递给姥娘。

姥娘冷着脸子说:"就这一碗,等会儿你大舅回来就没吃的了。"

"大舅去哪儿了?"玉珍问。

"去夏庄了,那有个后生家里日子过得好,要给你寻人家。"

玉珍一时愣住了,她突然觉得这家人比狼还狠,吃肉还不算,还要敲骨吸髓。气得她差点把眼前的碗摔了,可看看姥娘,她知道这不是发火的时候,她心里对姥娘还留着一点期盼,希望她能心软一点,毕竟她是个女人。

"我妹妹给送哪儿去了?"玉珍问。

"都挺远的,光坐驴车都要坐上半晌午才到,你问这干啥?我们当时跟人说了,再不去看,也不问死活。人家是要童养媳,你去看算咋回事。"姥娘说着把德子剩下的半碗糊糊端过来吃了。

"你们为啥非要拆散我们家,就这么容不下我们吗?"

"这说的什么话,还不是为你们着想,女人能当家?你看看那些死了男人的寡妇哪个日子过得好?我当时给你娘寻的亲事,那是找了多少人家,鞋都走破了几双。你大妹找的那家人也是有钱的富户,二妹找的虽不是富户却也是在集市上做生意的,绝不会短了她们吃喝。女人,不就是图有口饱饭吃,她们是找到最好的归宿了。"说完她舌头一转把德子碗里的糊糊舔得干干净净。

玉珍看着她,觉得眼前的女人又不像狼了,倒像吃人不吐骨头的饕餮,可她能做什么呢,在姥娘没把她也处理了之前,她想赶快逃掉,逃到娘那儿去。

这样想着,她就慌张地站起来,边往外走边说:"姥娘,我家里还有点活儿没干完,就先回去了。"

毕竟是个孩子,她脸上的慌张都看在姥娘眼里,她可不能让玉珍跑了,那边已经收人家的定钱了。她一把抓住玉珍的手说:"陪德子玩会儿再走,你家里还能有啥活儿,急着回去干啥。"姥娘心里也打鼓,玉珍都这么大姑娘了,要是硬跑,她也拽不住。渐渐地,她也焦急起来,想让儿子赶快回来,不然等玉珍跑了,儿子肯定要怪她。她又想起族长已经答应,把邻木留下的房产和田地都归在他们名下,族长只一个要求,要善待槐花母女几个,为她们寻一个好的去处。

玉珍看跑不脱就说不走了,她领着德子来到院里。德子吵着要和姐姐玩藏猫猫。玉珍让德子去大门外的墙边捂着眼睛,等她在院里藏好再进来找,德子乖乖出去了。看德子站在墙边捂着眼睛数数,玉珍从他身后默默往后退,直到德子看起来像个小黑点那么大时,她才撒腿跑。

玉珍后来提到这段经历时说:"都是命,逃也逃不出去的。"她在村口遇到了从外面回来的舅舅,舅舅一看她就大概明白是怎么回事,他刚和夏庄的那家谈妥,可不能让她跑得不见了踪影。玉珍哪是舅舅的对手,挣扎几下就被他像抓鸡崽似的揪了回去。

回去时,德子还捂着眼睛,嘴里还在问:"姐姐,我可以去找你了吗?"

玉珍也不搭他的话,舅舅把玉珍往院子里一丢,冲门口喊:"德子,回来,到院里玩。"

德子也不知怎么了,只得从门口进来,看着他爹把大门关得严严实实。

14

玉珍坐在香椿树下,她此时还不知道这两天发生的事验证了之前算命先生给她算过的命,也是其"艰难跋涉一生"的开始。德子全然不知道发生了什么,他只顾围着玉珍吵着要玩藏猫猫,看着他不懂事的样子,玉珍又想妹妹了,她在心里偷偷记下了姥娘之前谈到的两个地名,等她安稳了,要去找她们。如果爹看到我们几个如今的样子该多心疼啊,稍微让她安慰的是娘的处境还不算太坏,可只要又想到两个妹妹她便再也忍不住眼泪,哭了起来。

姥娘忙着手里的活计,嘴里却一直在说玉珍:"我们还成了坏人,难道还让一个寡妇惹出事来败坏家里的脸面?带着三个闺女,将来找婆家都成问题,现在给她们找的可都是好人家,简直是不知好歹,辜负了我们的一片心。"说到这,她竟委屈地哭起来,边哭边把鼻涕往她那条已看不出本色的裤子上抹。

玉珍听姥娘这么说,也不再辩白,这不是她能改变的,这次她认命了,全然不像前些天那样,对家和亲人抱有期盼了。

舅舅没给玉珍机会再跑,紧接着夏家就来接人了。姥娘说:"今天是六月初五,是个吉利的日子。"玉珍无心关心这些,她只想在上轿前看看娘,至于连根最好还是不见了,这辈子没这个缘分,其实爹娘是想连根做女婿的,谁知爹一走,日子就颠倒着过了,这就是命,这样想着玉珍的脸上又多了两行泪。

看了看等在一旁的姥娘和舅妈,她站起来,把炕上的新嫁衣穿上,家是回不去了,家里的东西也都被舅舅收走了,娘给她预备的嫁妆什么的都没了。这套新嫁衣是夏家定做的,可能是玉珍太瘦、太小,穿进去像戏服似的。按说娘早该回门,如果回门还能见她一面,可为什么没回来呢。玉珍担心之余,回想了老吴这个人,看得出他是个有善心的人,应该不会不让娘回来看看吧?会不会出什么意外了?玉珍不敢想下去了,自从爹走后,这个家就被拆散了,她的心也被这些事揉搓碎了。

玉珍被一顶小轿接走的事传遍了双羊店,连根已经两天没下地了。连根娘看着儿子水米不打牙心焦地团团转。玉珍嫁人的事已成定局,连根娘只能劝着儿子想开:"到秋天,你爹把粮食卖了,咱就去李铁匠家求亲,他家的二丫长得结实又肯干活儿,过日子是一把好手。"连根不应他娘,也不说啥,只把脸抹过去,把脊梁对着她。

玉珍还不到十五,长得虽说秀气,可身子还是小孩子的样子。新郎是个精瘦的后生,大玉珍五岁,单名一个寂字。夏寂本有一门亲事,小时候就定好的,只是世道不好,那女孩家里遭了难,娘舅在她几岁时就接她到外省去了,再没回来。夏寂等了几年,后来又去城里读师范,有了新思想,想晚点成亲,可他爹娘心急得不行,既然定亲的女孩没了音讯,就另找一门亲事。正好玉珍舅舅托人给玉珍在外寻一门亲,听到玉珍家里原是不错的就答应了,毕竟才没了爹,也不至于有啥不好的品行,如果是寡妇娘养大的那要另看。

玉珍本是忐忑的,谈不上对人还有什么期盼,这些日子的事让她认命了。许是太惦记娘和两个妹妹,她看着越发瘦了,仿佛一阵风就能把她带走。夏寂读过私塾,又被家里送到城里读过两年师范学校,是有文化的人,知道了这些,玉珍心里踏实了些。

过日子容不得她多想,嫁过来就是成人了,没人心疼她还小。丈夫在村里的小学任教,有许多事要忙,十余天才回家一次。她在家要伺候公婆,要照顾家,要下地送饭,零零散散的事都要她这个新妇来做。她勤勉地做着这些,没有过怨言,家还是婆婆来当,用钱的地方她都要小心地说明出处,婆婆也不过多难为她,顶多生气了就让她跪着。即便如此,玉珍还是偷偷攒下点小钱,她想等盘缠够了,去看看两个妹妹。娘,她就不担心了,有老吴照应。她成亲没多久,娘和老吴就找来了,玉珍的婆婆也没难为他们,还客气地让留下吃了再走,只是看到老吴时,眼神里稍稍透着些不屑,娘俩也顾不得其他,回玉珍屋里说了会儿体己话。

玉珍听娘说完才知道,那天他们一早就起来收拾,想着早点回去看孩子。路过道里沟时正碰到有军队在抓壮丁,也不管老吴怎么解释,上来就要拖人,槐花被吓得不敢动,倒是老吴没太慌张,拽看起来是管事的军爷到一边,把出门带的一点钱都给了他,那人看后还嫌少,槐花赶快把头上的簪子拿下递上去,那人又看了看槐花手里的包袱也一并都拿去了,才放两人走。他们看那伙人堵在路上也不敢再走,再说手上啥也没有了咋出门?两人就打算第二天再去,结果听村里人说他们还在抓人,提心吊胆地不敢出去。后来也许是受到惊吓,槐花受了风寒,在家歇了几天才去。去了一打听才知道这回事,这不就找过来了。

"俩妹妹被舅舅送去给人做童养媳,娘也知道了?"

槐花说:"我当时恨的就想让德子给拐子拐去才消气,只有这样他们才能尝到骨肉分离之苦。"

玉珍知道娘心软,不会这么做,只是心疼得跳脚又无奈而已。

槐花说:"去找了族长和族里的老人,他们嘴上说了娘家这样做不对,但却不给说法。你妹妹们的下落说还要等几年,她们成亲圆房了才告诉。"那一日,看着娘和哥哥的脸,槐花有说不出的恨,对双羊店再没留恋。

等冷静一些槐花又说:"听说连根放牛被抓了壮丁,他娘哭得死去活来的,可有啥用呢,他后爹只顾心疼一起丢了的牛,听说是才从别人手上买的。"

玉珍听到这话心里一阵搅动,可她没表现出来,能怎么样呢,这世道,人如柳絮般随风漂泊,走到哪儿算哪儿。玉珍说:"他如果命好,会活下来的,要是没那命,我哭也是枉然。"

娘嘱咐了玉珍一些事,就去和她婆婆道别,趁着天亮还要回去。看着娘和老吴消失在远处,玉珍才慢慢往回走,零散的光打在她额头上,又从额头落在身上,风把她身后的高粱叶子吹得哗哗作响,如奔涌的水流一般。

15

这一年对玉珍来说是痛苦的,她饱经挫折,一次次感受到绝望,好在命运没给她致命一击,这个家虽没多少温暖,但总算稳定下来,她不怕苦,也不怕累,只要日子能过得下去,和娘能走动,再和妹妹联系上就够了。

想完这些,她摸了摸渐渐隆起的肚子,一个新生命就要来了。夏寂没表现得很激动,高兴还是有的,倒是公婆欢天喜地的,还给老吴和槐花送了信去,很快槐花就让人捎来个包袱。她又病了,出不了门,可能是这一年多来担惊受怕身体损耗过多,槐花的身体大不如前。玉珍打开包袱,里面是套和尚领的小衣裳、小开裆裤,还有个小虎头帽,看到小虎头帽玉珍才想起今年是虎年。她也惦记娘的病,把自己攒的钱拿出来给娘买了二两黄芪,让帮忙的人再带回去,这人是到夏庄附近来采购的,和老吴是远亲。

玉珍生产,婆家请了曾给夏寂接生的产婆。产婆看起来很老了,走起路弓着腰,像只煮熟的大虾似的,她手上拿着一个包袱,用她那三寸小脚,从隔壁村的晨光里走过来,看她走路的劲头,倒不像快六十的人。产婆是远近有名的接生婆,她生完自己第一个孩子后就给人接生,如今已不知接了多少孩子来到世上。有时接生下孩子,她会说:"造孽啊,世道这样你来干什么。"

"孩子是横着的,就算生下来也要遭一场罪。"产婆摸完玉珍的肚子对婆婆说。

婆婆有些颤抖地走到祖宗牌位前,扑通一声跪下来,开始对着牌位念念有词。夏寂在外面等着,他还不知道玉珍生产这么凶险。他站起来时,是听到玉珍凄惨的叫声,可能是等太久了,他觉得屁股都坐麻了。听到玉珍叫的一声紧似一声,他有些不知所措,想起小时候他被父母丢在佛堂罚跪,人都走了,只有他一个人,看着空荡荡的屋子,觉得这间屋要吞下他。现在,他觉得这屋要吞下玉珍,而自己毫无办法。

天渐渐黑了,玉珍也许是没了力气,好一会儿没再叫唤。婆婆从佛堂出来,到产房看看再回佛堂,如此反复,仿佛她不在其中穿行就会有什么坏事落到家里。公公也从外面回了,两个男人相对坐着,又各自看向一旁,院里的牲畜们叫起来了,今天玉珍没喂它们,别人也忘了。听着牲畜们的叫声,公公嘟囔:"这一大家子都习惯了有玉珍,要是没了还真不习惯。"儿子突然抬头看看父亲,带着点怨气。公公则像没看见一样,到厨房里去拿老婆给他留的饭。

后半夜时,忽听一声惨叫,本来夏寂还在椅子上枯坐。听到惨叫的他,身体弹了起来。恍惚间他仿佛看到玉珍,从远处奔向他,是怀孕之前的她,没有大肚子,也没有孕期浮肿,是个健康清秀的女孩。不过想到这样的情景也很奇怪,玉珍从没这么奔向他,就算夫妻之间的事也没很热烈,也许那时还不开窍。母亲依然不让他进产房,说那样会有血光之灾。他只能在窗下急得团团转,看着产婆从屋里端出一盆盆血水。

听到婴孩的哭声时,婆婆已做好最坏的准备,起码在她经历过的生产从没这么凶险。

"是个小子。"产婆显然也是累坏了,忙活完就坐在门口的板凳上,脸上洋溢着得意的笑,这算是从阎王爷手上抢人成功了。

玉珍看着身旁的儿子,他刚被产婆包好放在她身边。婆婆进屋把几支蜡烛吹灭,只留下一支。玉珍亲亲婴孩额头,轻轻地说:"额头这么饱满,和你爹真像。"她说这话时,头发湿漉漉地贴在额头上,在烛光下散发出母亲的光辉。

婴孩被婆婆抱出来,给祖父和父亲看,他们脸上带着不可置信的喜悦,尤其夏寂,觉得这种喜悦来得极其艰难,却很踏实——他有后了。他从母亲手上接过孩子,这个从黑夜中被接到家里的孩子困了,在黎明到来之前,和他母亲一样沉沉睡去了。

朝阳照亮夏庄时,玉珍已在学做母亲,给孩子喂奶。婆婆说夏寂月子期间都不能进来看她,这没让她觉得难过,她知道女人的命就是这样,她甘于接受这些。即便没半个月她就要出来干活儿——婆婆病了,听夏寂说是生他时做下的病,一到夏天就犯,整夜的咳嗽,只要一咳嗽就尿裤子,所以不断需要人浆洗。对玉珍来说就像生了俩孩子,每天起来就是一大包衣裳和尿布,婆婆和儿子的衣裳洗好还要做饭,还要给牲畜们喂食,忙活得几乎忘了自己才生完孩子没多久。好在她年纪小,恢复快,没多久就和生前看着差不多了,精瘦却有一把子力气。

夏寂换了个学校当教员,这样就更忙了,常常是天全黑了还不回家,只要公公和夏寂不回来,她们婆媳在家就摸黑说话,只有夏寂看书时会把蜡烛点得久一点。

日子就这样过着,外面越来越乱。

一天,夏寂回来说:"日本人要打过来了。"

公婆听后同时愣在那儿了,他们听说日本人所到之处烧杀抢掠无恶不作,看着襁褓中的孩子,一时都沉默了,玉珍则把摇床上的儿子抱起来,像谁要和她抢似的。

转眼儿子到了百天,按照族规该起大名了,他是德字辈,经长辈商量后起名夏德义。德义才半岁,他们担心的事就发生了,日本人正在攻打凤城,他们的镇子离凤城只有几十公里,镇上的人能跑的早跑了。公婆一商量,决定让夏寂两口子带孙子去青城避避难,青城的英租界住着公公的堂妹,日本人是不会去租界闹事的。前阵子公公就写信问堂妹,家人是否能去,并说好都不要她贴补生活。堂妹回信说同意了,毕竟他们这一脉也没剩下多少更亲近的人了。

16

夏寂听了爹娘的打算,先是沉默了会儿,接着说:"二老带着玉珍和孩子去青城吧,我留下。"

父亲听儿子这么说很意外:"为啥不跟玉珍去啊?爹娘留下是为了咱家这宅子,这是你太爷爷那一辈盖的,几辈人都住在这里,实在是不忍心毁于战火。"

玉珍说:"全家都去吧,爹娘也去,房子自然重要,可爹娘的命更重要。"

夏寂看爹娘听完玉珍的话沉默不语,又说:"我留下也能保护宅子,还能跟着保护凤城。"

夏寂这句话一出把家里人都吓愣住了。在此之前,夏寂只是个书生,在学堂教教孩子,赚点微薄的薪资养家。爹娘也不指望他能赚钱,夏家还有些田产,虽不能大富贵,吃饭总不成问题,这兵荒马乱的世道,只要一家人平安在一起比啥都强。夏寂在爹娘眼里,还一直是有点娇惯的独子,可眼前他能说出这话让他们隐隐有了担忧。不知为什么,他们马上就想到那些被杀的共产党。

他们不希望儿子落得那样的下场,几乎是同时说道:"不可,不可!"

夏寂娘拉着儿子的手说:"爹娘在堂,老婆儿子都有的人,怎么能这么草率对待自己的命?"

"娘,国家都没了,哪儿还有家,你希望德义长大后就做个下等人吗?"

"娘什么都不管,不管那些家国大义,娘只想要自己儿子活着。"

夏寂又问:"你儿子活着,别人的儿子难道就可以死吗?"

母亲一时无话可说,全家陷入沉默。

第二天,夏家人开始收拾行李,做好去青城的准备。这是一家人商量的结果,全家都去青城避难。玉珍心里惦记娘,就托人捎信给老吴,让他们也赶快找地方避难。她还惦记两个妹妹,可她连她们在哪儿都不知道,也只能偷偷抹抹眼泪。

傍晚时分夏寂回来,抱着德义在院子里转悠,不时亲亲,透着不舍。晚上,他把头埋在玉珍胸前一言不发。

玉珍摸索着他的头发,说:"我知道你要怎么样,你且去,我不拖累你,爹娘和儿子我尽力照料好。"

夏寂没想到妻子会看出自己的心思:"我其实已经决定明天送你们后就回来,我要参加游击队。"

游击队玉珍倒是听过,只是她埋头生活,并不知道这支队伍与其他队伍有啥不同。她只是相信夏寂,和他成亲这一年多,她已熟悉他的品性,他骨子里的血性和外表的柔弱是那么不一样,她能感受到他的踏实,也在心里无数次感谢过上苍待她不薄,这可能是爹在天之灵的保佑,想到这儿她鼻头一酸,转过身去。

夏寂从身后抱住她:"我知道你吃了不少苦,我也曾想过这辈子都不让你吃苦了,但我们生逢乱世,必然不能像太平盛世那样只顾及儿女私情。"说到这儿,夏寂停顿了一会儿,又说:"我若不在了,你要照料好爹娘和儿子。"

玉珍听他这么说,把身子转过来,用手堵住他的嘴说:"呸、呸,这种话不算数,以后不要说了。"

两口子就这样抱着整夜不舍入眠,天亮就要启程去青城了。

婆婆看玉珍的眼睛红肿就问:"这是咋了?吵架了?"

"没。"玉珍转身就去拿包袱。

夏寂找的马车已在门口等着,此去有百余里的路程,车夫是牢靠的人,大家七手八脚把行李码好,用绳子围着车捆了一遍才纷纷上车。爹娘都没留意夏寂坐在车尾,到了村边的大道,再走就是上青城的路了,夏寂麻利地从车上跳下来。夏寂早就嘱咐过赶车人,所以马车没作停顿还是一鼓作气向前奔去。

只有他爹娘看他下车了,一时着急大喊夏寂的小名:"明儿,这是咋了?"

看夏寂的身影在尘土下渐渐小了,才转身问玉珍:"你们商量好的?"

玉珍早就知道会这样,就把他的心思和公婆说了,公公叹了口气,婆婆抹了抹眼睛,都没再说什么。

出门时天还没亮,到青城姑奶奶家已是深夜,城里的石板路上还有人在巡逻,也有人在敲梆子、叫时辰。进城时也遇到巡逻的,给了些好处就让过了。

等全家安顿好,天都蒙蒙亮了,玉珍透过玻璃窗向外看,从没进过城的她,看到了从没见过的景象。姑奶奶穿着绣花旗袍,一双大脚裹在和旗袍一个颜色的绣花鞋里,此时她正和公公说他们小时候的事,婆婆坐在一旁听着,玉珍看得出她已经困得撑不住了,不时打着哈欠。

姑奶奶看了一眼嫂子,就说:"你们先去歇着,如今有的是工夫叙旧。"

玉珍暗暗看过,这栋房里错落成两层,楼上两间,楼下三间,平时只有姑奶奶和一个叫翠林的女佣住,实在显得空荡。他们来了,明显热闹了许多,这从姑奶奶的笑脸上就看得出。

夏寂回家后,又整理了一番,把能收拾起来的物件都放到了地窖内。这是太爷爷盖房时就挖好的,地窖每年都要晒,只要家里没外人时,夏寂爹就会打开它,让新鲜空气进去。因为保护得当,这些年地窖一直都干爽爽的。外面兵荒马乱的,家里难免要有些准备,所以地窖里有好几袋晒好的地瓜干。夏寂把物件放好,把地窖口用一块黑木板盖上,上面又放了一大盆月季。这盆花是夏寂娘种的,此时正好盛开,花朵如拳头般大小,十分娇艳。

夏寂其实是地下党员,他在学校除了教学,就是协助同在学校当老师的另一位党员工作,他们和上级联系的方式是单线的,接任务都是从学校花坛的第五个花盆下面拿,偶尔也会换地方,但都是先从第五个花盆下拿出指示,按照上面的指引工作。夏寂最初接触共产党是他在省城读师范学校时,他的老师就是地下党,经过一段时间的接触,老师成了夏寂的入党介绍人,在党组织的培养下,夏寂成长得很快,这也让老师很高兴,觉得自己没看错人。

前几年,在接到要到夏寂家所在的地域开展工作后,夏寂就和另一位同志一起回来了,组织把他们安排在了城关小学。他们刚到时,城关小学还有点旧式私塾的影子,但已开始接受新式教育,方便的时候他们也会给孩子讲一点新知识和进步思想。因为夏寂是本地人,知根知底,校长也认识他爹,所以没人怀疑他是共产党,就连他爹妈和媳妇也不知道。

17

玉珍是个勤快人,这些天,不等公婆提醒,她就和家里的女佣一道忙里忙外收拾。姑奶奶和公婆则没事就逗逗德义玩,小家伙长得越发招人喜欢了。小日子虽谈不上多好,但也算安稳,老两口只是惦记儿子时才长吁短叹,看花销不小,就拿出些钱贴补姑奶奶,姑奶奶也不推让,顺手拿着。这家里唯有一个人不太快活,那就是家里的女佣翠林。

听姑奶奶说,翠林以前成过亲,有过一个儿子,只是丈夫在儿子三岁时去了,公婆说她克死丈夫,她受不了打骂就跑了出来,儿子也不敢带,怕婆家追来跟她玩命。不过她婆家可能觉得她跑了正好省了养活她,所以没人来找。自从离家后,翠林就给人带孩子,先是在一家做木材生意的人家,可没过多久她就开始有意无意地对男主人献殷勤,这家的女主人是个厉害角色,周围都有名的,只是翠林也没打听过,她差点被这母老虎活吃了,打得死去活来还不算,还要把她卖去做暗门子,是一个老妈子看她可怜,把她放了。话是这么说,当然也有可能是主人家不想把她打死惹官司,总之她顺利逃了出来,跑远后她才想起,白做了半年多没给工钱。自那后她又在一家做过,把人一岁多的孩子烫伤了,也是被打得不行。后来不得不露宿街头,街上自是不太平的,有男人对她动手动脚,正好姑奶奶路过,救了她。姑奶奶也吃过苦,是一个有钱男人的外室,被原配吃了什么药,总之是没生过孩子,翠林哭诉自己的不幸让姑奶奶觉得同病相怜,正好她的佣人也回乡下嫁人了,就把她领了回来。

只是翠林的品行姑奶奶不全知道,日子一长,翠林骨子里的东西又枝枝蔓蔓地生出来了,干活儿时,对玉珍横挑鼻子竖挑眼的,玉珍开始还不知为什么,时间长了大概也能猜出几分。

玉珍知道这事不能跟姑奶奶说,也不能跟公婆说,心里琢磨着要想个办法,治治她的毛病。翠林不知是会看人眼色,还是看出玉珍不好惹,态度转而倒是好了许多。这一日天气好,姑奶奶说许久没下楼了,要去透透气。楼下有个小花园,和楼一样都是西洋工程师建的,种的花花草草也不是寻常能见的,看姑奶奶兴致好,玉珍就抱着孩子和她一起下去了,婆婆从窗口看到景致好,也跟着下楼闲逛去了。二楼只有玉珍的公公在休息,翠林不知在不在房间,反正吃过饭,玉珍就没看到她。

刚玩了一会儿德义就哭闹起来。婆婆问:"是不是困了,你带他回去睡吧。"

玉珍抱着德义往楼上走,德义一路哭闹,声音颇大,走到楼梯拐角,玉珍看到有个人影从公婆房间闪出来,像是翠林,可她去公婆房间干什么?手上的德义还在闹腾,玉珍也没想太多,回房间哄孩子睡觉去了。

刚吃过早饭,玉珍和翠林在洗刷收拾,楼下有人叫来信了,玉珍赶忙擦擦手下楼去,送信的是个十多岁的男孩,玉珍最近常看到他,是负责这片的报童。玉珍拿过信看到了熟悉的笔迹,这是夏寂寄来的,玉珍识字不多,看信不是很顺畅,就拿给公公看。

公公拿过信在手里反复看了几遍说:"明儿都挺好,让我们不要记挂,家里虽被鬼子搜过,但没被烧掉,有些人家的房子被烧了,人被杀了,"说到这儿公公嗓子像被堵住了,缓了缓接着说,"还有就是和玉珍说的,那几句你自己看吧。"说着把信递给玉珍,玉珍有些不好意思,赶快接过信回屋去了。

玉珍回屋后,婆婆看四下没人就问:"没说让我们啥时回去?在这儿也不是长久之计。"

"可能一时还回不去,孩子报喜不报忧,我看现在不太好。你想想日本人到处烧杀抢掠的能消停?还不知道折腾成啥样呢。"公公说完深深叹了口气。

婆婆又说:"听说租界外面天天都饿死人,好多都是孩子,连件衣裳都没有,这大地方咋还过得不如我们乡下?"

"咱们乡下就吃上饭了?那是你不出门不知道饿死多少人,这是什么世道啊!"说完公公不再说什么,而是站起来,他要下去透透气。

看着公公下楼,从厨房出来的翠林转身就跟上了,谁也没看见他们一起出去。大概过了个把时辰公公才回来,脸上明显带着疲倦。该做饭时才看到翠林匆匆回来,她只说去见老乡了,姑奶奶也没多问。吃饭时,翠林偷瞄公公,公公似乎知道她在看自己,也不抬头,只把头放低些,专心吃着碗里的饭。

玉珍在洗碗,翠林抱着德义在楼梯间转悠,不时朝楼下看一眼,似乎在等什么。姑奶奶从屋里出来,轻声喊:"过来,玉珍。"玉珍赶忙擦了一下手,跟着到了姑奶奶房间。

姑奶奶从抽屉里拿出张纸,看起来有些旧了,说:"玉珍,你去药店抓三副中药,按照这个方剂抓。"

玉珍有些意外,以前这些事都是翠林去做,她也不好说啥,就满口答应着。

"别让翠林看到。"姑奶奶又说了一句。

"好。"玉珍没再问啥,如果姑奶奶想让她知道会说的。这么想着她看了看还在楼梯间抱着德义溜达的翠林就出门了。

姑奶奶常去的德仁堂就在租界里,离家走上一炷香的路程就到了。玉珍边走边看,她还没独自出来自在地看过这个城,挂在百货商店的时髦女郎画报,橱窗里的各色衣裳,男人、女人和孩子的都有,还有许多她见都没见过的东西,她感叹原来世上还有另一种样子。

渐渐地,她的眼神也不那么畏惧了,这里没人认识她,她大胆地看着那些陌生又新奇的物件,各种各样的布料,街上的女人,打着领带的小男孩。这张脸咋这么熟,等她再回头看,那位穿着入时的妇人也在回头看她。

"你是钱小姐?"玉珍看妇人也在看自己,就问了一句。

"是邻木匠家的玉珍吧?"秀莲说这个话时明显带着些惊喜。

"是啊。"玉珍对她没多少好感,毕竟那巴掌的感觉还在。

倒是秀莲快步走回来了,说:"在这儿能看到你真好。"

看秀莲很热情,玉珍才放下拘束,迎了上去。两人虽没交往,之前只能说认识,还有些不愉快,不过后来父亲去世前在钱老爷家干活儿的事,她娘都告诉她了,她觉得钱老爷家有钱,但人不坏,和以前听父母说的那些有钱人不一样。

两个都没啥城府的女孩在异地见面,格外亲热。从钱秀莲的话里玉珍才知道,秀莲带着父亲给做的嫁妆箱子和李大夫的儿子成亲了。成亲后,李少爷的病时好时坏,她常跟着忧心,好在夫妻感情好。她话里话外的没看出半点后悔。

"女人的命就是这样,男人对我好就知足了,只是身子有些弱,哪有那么多好事都给我一个人的。"秀莲说这话让玉珍对她刮目相看了。

玉珍也把遭遇简单和秀莲说了。秀莲握着她的手,拍了拍,她不知该怎么安慰她。玉珍看着眼前这个已为人妇的女孩,又想起了她表哥连根,自从被抓了壮丁,连根就再没音信了,也不知道是不是还活着,玉珍不敢往下想,也不好问。两个人站在路边说着话不觉时间已久,等她们都意识到时,腿都站酸了,就留下住址,想着回头再见。

和秀莲分别后,玉珍匆匆来到德仁堂,拿出药方后伙计看完打量了她一眼,这种外来的药方不要坐堂的大夫看,直接抓就行。拿着药往回走时玉珍不觉回忆起刚才伙计的眼神,她又看了看药方,认真记了一遍,以后有机会她要找人问问这是治啥病的药方。

和秀莲说话,耽误了时间,玉珍回去时都到了该吃饭的时候,姑奶奶和婆婆都在忙着端饭,玉珍赶快放下手里的药来到厨房,奇怪的是她没看到翠林,嘴里嘀咕道:"翠林去哪儿了?"

姑奶奶似乎看出了她的疑惑,回道:"她出去了,这丫头也不知在忙活些啥,天天的心都飞出去了。"

玉珍点点头,没再说什么,这是姑奶奶的丫头,她不好说啥。公公坐到桌上,婆婆抱着德义也坐了下来,姑奶奶喊玉珍:"别忙活了,快来吃吧。"全家人在沉默中吃着饭,似乎都有点心事,除了德义嘴里发出点小声响,没有人因为他咿呀学语而逗他玩,德义看看他们,又看看正望向窗外的妈妈,用小小的手指头指着玉珍喊:"咦咦。"玉珍这才看到儿子,从婆婆手里接过来,轻晃着往屋里走去。

翠林几点回来的玉珍不知道,再见到,她的眼角多了块瘀青,但看她说话做事如常,就没问。

18

此后一个多月,他们再没收到夏寂的信。公婆每天都守在姑奶奶的收音机旁,听着前方的消息,玉珍表面上不好表现得很慌张,她怕加重老人的担忧,可听到收音机里隆隆的炮声和急促的播报声,她还是觉得像被一双无形的手紧紧扼住了脖子般呼吸困难,没一会儿工夫,她的脸就憋得通红,不得不紧走几步到楼下花园坐会儿。楼下的平静如常也无法抚平她的情绪,才相隔百八十里地,就像是两个世界,不,应该说租界内外就是两个世界。这段时间他们都没离开过租界,甚至除了她,他们都很少外出,免得发生意外,他们的境地可禁不起一点儿风吹草动。

时间就像姑奶奶家的老座钟那样缓慢地走着,看着熟睡的德义,玉珍会产生一种错觉,她和德义在不同的世界。这个小小的人心里都是甜的,他在笑,即便睡着了,酒窝还在他圆滚滚的脸上,唇上还有些奶渍,他心满意足地进入了梦的世界。而玉珍的世界是成人的,焦虑和不安像瘟疫般禁锢着她的身体,没有一刻停歇。她心里住的人也多,妈妈和两个不知在哪儿的妹妹,夏寂更是让她的心揪着,不得舒展。还有家,她才感觉到温暖的家此刻也在日本人的掌控下,它随时可能被炸掉,人随时会被杀。想到这儿,她揪着的心似乎又被向下狠狠拉了一下,她叫了一声,把孩子抱得更紧了,德义睁开惺忪的小眼睛,看了看母亲,紧接着,睫毛再次舒展开,带着笑又睡着了。

这些日子玉珍就这样煎熬着,德义越来越胖,她却越来越瘦。一身藏青色的衣裳在她纤细的身体上晃荡,公婆也瘦了些,姑奶奶也劝说过,让他们想开些,也许过几天,战事又对咱们有利了。

有天姑奶奶说:"最近怎么总看不到翠林,这丫头又上哪儿野去了?"姑奶奶这一说,玉珍才回顾了一下四周,最近确实没太看到她,这段日子谁也没精力注意翠林。晚上几个人吃过晚饭,翠林才回,脸上依旧带着点伤,这次是在下巴上。她没跟任何人解释,只是默默把碗洗了后,回阁楼间去了。姑奶奶在她开门的一瞬间说了声:"到我房间来。"语气不容置疑。翠林没敢说什么,转身下来,朝姑奶奶的房间走去。

早上玉珍奶完孩子就去厨房做饭,看翠林还没起来她也没说啥,和了点玉米面煮糊糊,又用地瓜面揉了几个死面饼子。做好饭她就去请公婆和姑奶奶出来。从头到尾没看到翠林出来的玉珍有点犯嘀咕,心想是不是姑奶奶把她教训得生气了,不过她没表现出来,而是朝着阁楼间走去,敲了几下门也没人开,推开虚掩着的小木门,玉珍看到小屋空无一人,窗户也没关,窗帘被风吹的朝上卷着,她冲楼下喊了一句:"翠林走了!"

姑奶奶似乎早就知道,啥也没说,而是冲玉珍一招手示意她下去吃饭,玉珍从婆婆手上接过孩子,喂小德义吃糊糊,三个人眼睛都不时瞟着姑奶奶。

姑奶奶嘴一咧说:"你们别看我,人家是奔好日子去了,我有啥拦的,再说了,就算是去寻死,我也拦不住,毕竟阎王都拦不住要死的鬼。"听姑奶奶这么说,几人都没再说什么,现在这世道他们能说什么呢,都自顾不暇了。

夏寂的信终于在一个沉闷的午后来了。狭长的楼梯上是玉珍轻快的脚步声,婆婆在楼上就看到报童来了,听到玉珍的脚步声她更加确定是儿子的信。夏寂在信中说了当下的战况,除了说家中遭到流弹袭击,其他都好,还说战事已呈现对我方有利的局势,把鬼子赶出凤城、赶出华夏领土指日可待。几人像是被这封信提了气一般,之后的几天都没来由地喜滋滋的。

姑奶奶说:"要真赶走日本人,我就打三天麻将庆祝。"

租界似乎也能看得出局势的变化,之前在租界外耀武扬威的日本人最近有点丧气,这话是姑奶奶听牌友说的。吃过晚饭,几人坐在一起数着这样提心吊胆的日子已过了六七年。

"如今国共合作驱赶倭寇,也许将一举成功,那时我们的日子就好过了,小德义可以去学堂了。"听公公这么说,玉珍似乎看到了儿子穿着周正地去学堂的样子。

雨后的阴霾从空中悄悄褪去,天空一点污迹都没有了,仿佛从没被乌云遮蔽过。玉珍看着楼下街道上的行人,他们的脚步似乎顷刻间也轻盈起来,她莫名感觉到在华夏的每个角落,人们都是这个状态,尤其在家乡,夏寂的脸上肯定也荡漾着幸福,她甚至相信周遭的人都是这样欢喜,这些年的阴霾让昨天那场雨冲刷得一干二净。这样想着,她就急不可耐地要回到家里,她想着先去看看母亲,再找找妹妹们,她有太多事要做,一刻也待不下去了。还是姑奶奶见识多,看着几个人开始收拾行李,让他们不要急,看几人还在收拾,索性把手上把玩的坠子摔到地上,随着嘣的一声,小玉件碎成几块。几人看看,都停下了动作。

"我也不是不让你们回,还没个准信儿就急成这样,现在是打仗局势对咱们有利,不是已经胜了,咋这么沉不住气!"

婆婆见状径直走过去拍了姑奶奶一下:"你咋还生气了?这不是好事嘛,都知道你为咱们着急,可总在你这儿,吃你的喝你的,我们于心不忍。"

"我招待你们几餐饭还管得起,就你们几个亲人了,不是怕你们这样急着回去有个岔头吗,再说我侄儿在信里也没说现在就能回去,还让你们安稳待几天呢。"

"姑奶奶说得是。"玉珍说着就把包袱又放回床前的小柜里。倒是小德义根本不知要去要留,把满是口水的嘴在朝姑奶奶的脸凑了过去,姑奶奶顺手抱过他,朝楼下走去,边走边说:"咱俩不跟他们玩了,姑奶奶带德义去玩,去捉蝴蝶。"

19

吃过晌午饭,玉珍收拾停当就带德义到院里学走路。她松开德义的手,德义会张着嘴,快走几步扑进母亲怀里,看着怀里的孩子,玉珍有说不出的满足。日本人退出凤城后,他们已经回来有一阵子,只是夏寂比之前更忙,从早到晚看不到人,家里都是玉珍在操持,她倒不怕累,只是心疼夏寂,他越发的黑瘦了。公婆回来后还惦记姑奶奶,想让她跟着回来养老，毕竟那边不比老家，凡事都要靠钱撑着，怕她晚年没钱了过得苦，在家里都好照应她。谁知姑奶奶就是不回来，还说再有啥还让他们去住，公婆一看她的态度如此坚决也就作罢了。

夏寂回来已是深夜，玉珍还没睡，在锅里还热了地瓜面饼子和一点虾酱，看玉珍把饭端上来夏寂才想起没吃饭，拿起饼子大口吃了起来。玉珍看着他，心里有说不出的心疼，他已经从他们最初结婚时的青涩的学生变得成熟了许多，脸上的轮廓也开始硬朗了起来，但想到这种变化她又有些隐隐的担心。

这种担心源于听夏寂说，两党合作已经谈崩了，现在国民党正在大肆清理共产党，被抓的、被枪毙的大有人在，这由不得她不担心。好在她看夏寂事事都很谨慎，才稍稍心安，即便如此她也不敢懈怠，总等着他回来吃了饭才踏实。

这些年，她吃过太多离别的苦，她不能再失去夏寂，这会让她遁入无边的黑暗，尤其孩子还小。这就是为什么她总嘱咐夏寂出门在外一定要当心，不为自己，也要为家里的爹娘和孩子想。她说的这些，夏寂自是清楚的，事实上他也怕家人跟着遭殃。可没有大家哪有小家，国民党腐败那么严重，即便日本人被赶走，普通老百姓还是过着穷苦的日子。

想到这些，他摸了摸玉珍的头说："别总这样唠叨了，像个老太婆了。"

玉珍白了他一眼，又笑了笑说："咋了，嫌我老了？"

"不老不老。"夏寂推开小炕桌，把玉珍搂在胸前。

窗外的一切似乎看起来那么安静。

怀孕的事让玉珍懊恼，可她也没办法，女人必然要经历这些，哪个女人不生几个孩子呢？玉珍懊恼不为别的，动荡不安的日子里，全家的吃喝都不一定有，还要养孩子，真是太难了。倒是公婆和丈夫喜上眉梢，还说:"德义也离手了,可以再要了,一个孩子也孤单。"婆婆说:"能生就能养,你不要操心这些。"看着家里人这么说,玉珍也踏实下来,索性就生吧,反正孩子都投奔咱来了。

老吴来送信时,玉珍已有五个月的身孕,所以即便老吴说玉珍娘病得厉害,爬不起炕,公婆也没同意玉珍去看看。

看到玉珍急得掉眼泪,婆婆又说:"等明儿回来让他送玉珍去,看病人对孕妇也不好,去去就回。"

老吴说:"我去学校一趟,把姑爷带回来吧?"看到玉珍公婆没反对,他就匆匆赶着车出门了。

夏寂在上课,听到敲窗就看了一眼,第一眼他没认出是老吴,毕竟很长一段日子没见了。听老吴把事情原委说完,夏寂就跟校长告假回家了。他们回夏家接上玉珍就出发了,一路上老吴的车赶得又快又急,这让玉珍越发觉得娘的病不轻,恨不得飞回去。

夏寂看她在抹眼泪,就安慰道:"别这样,多大的人了,孩子还都指望娘呢。"说着看了看玉珍隆起的肚子。

玉珍看丈夫这样说,就把眼泪擦擦没再哭。她从上次来找娘到现在已经两年多没到老吴家了。平日有事都是他们去她婆家,下车的玉珍看着眼前的光景,不免更难过了,村里衰败了不少,老吴家的墙还倒了一面。老吴看玉珍盯着那面倒下的墙就说:"那是日本人炸的。"玉珍没说什么,急匆匆进屋了。

"娘!娘!"玉珍喊了几声槐花才醒来,看着瘦得只剩一把骨头的娘,玉珍又哭了起来,"娘,你咋了?身子咋这么不禁事了。"看玉珍来了,槐花是说不出的高兴。玉珍知道娘的身子是怎么垮掉的,她一直无法从爹的去世中走出来,又被亲人卖给老吴,孩子们被逼着嫁人、送人,这些事她实在是想不通,也走不出去,每日里就是唉声叹气的。倒是老吴对她很体谅,也照顾,槐花心里有数,她能遇到老吴,玉珍能嫁到夏家都是在绝望日子里的曙光。槐花觉得这是邻木在天有灵保佑着她们娘儿几个,可那两个小的却一点消息都没有,娘家人还不告诉她,只要想到这些她就过不下去。她知道自己的身子一天不如一天,除了觉得对不起老吴和孩子,她是盼着早点死了的,老吴说她已经好多天不肯吃饭了,一心想着去见邻木,说他正在另一个世界等她。

老吴把玉珍两口子拉到门口小声说:"大夫说心病还要心药医,你娘的病根在你俩妹妹和你爹身上。"

提到她爹,玉珍能明显感觉到老吴的迟疑,他心里不愿意承认,玉珍自然听得出,就答应着。

他继续说:"你爹是没办法了,唯一的办法是能不能从你姥娘家那边打听到妹妹的下落,你娘看到她俩兴许就好了。"老吴艰难地把话说完看了看两个人。

玉珍知道丈夫还要回学校上课,就嘱咐他早点回去,夏寂看情况如此已做好留下帮把手的准备。玉珍看他不走就说:"家里你不回去照应我哪能放心,孩子还小,爹娘年纪大了。"

"可你在这边咋弄?你都五六个月了,这样回去爹娘肯定要说我。"

"你就跟爹娘说我回趟姥娘家,离这儿不远,我去去就回。我答应你,保证不去找妹妹,去姥娘家问着信就回来。"

夏寂看玉珍如此执拗就同意往回走。老吴驾上车送他,看着老吴憔悴的脸,玉珍也不知该说什么,只催着赶快走,天黑之前老吴还能赶回。

老吴赶着驴车经过一片已经打穗的高粱地,看着眼前的庄稼,他说:"庄稼人要是在太平年间有两亩地、两间房,日子就能过好,到时房前屋后种上点瓜果梨桃的,那日子更好,要是媳妇身体好,能养点鸡鸭就是好上加好了。"说完他甩了下鞭子,叹了口气。他说这话夏寂爱听,他说:"我也是想种点地,教教学生,带着娃去河里捉鱼。有头牛,漫山遍野地放着,看着天色晚了才让娃爬上牛背,牵着牛回家。老婆在家里早就烧好了饭,就等着爷俩回来,襁褓里的小女儿已经会咿呀地说着什么。"听夏寂说完,老吴笑着说:"还是姑爷有文化,比我想的日子美。"

两个人就这样有一搭没一搭地说着,快进夏庄时,他们看到有地保拿了一家人的鸡不肯给钱,看主人脸色不好,还骂骂咧咧,主人忍着怒气也不敢回嘴,任由他骂。两个人看到这种情景也不知该说啥。为避免暴露,夏寂在外尽量不与人起争执,他只让老吴把车停在路边,等那人拎着鸡走远,下车给了那家人点钱,仿佛那鸡是他买下了。

老吴把夏寂送到家再路过时,看到那户人家烟囱里有烟冒出,就嘟囔道:"总是还能活下去,这个世道能活下去就不易。"再想到槐花还病在家里,他就抓紧甩着鞭子催驴子快走,那驴似乎感觉到了主人的焦急放开蹄子朝家的方向奔去。

老吴回来,玉珍也把饭做好了,看着她身子不便,老吴说:"陪着你娘就行,不用干活儿。"槐花可能是看闺女回来了,身体明显有些起色,能从炕上爬起来了。她靠着墙边,嘴里嘟囔:"现在的天气已经转凉了,吃了一小碗玉珍做的棒子面糊糊。"看着槐花娘俩,老吴像个孩子似的笑起来了,看到这样竟也能让老吴欢喜起来,槐花娘俩也笑了。

晚上老吴很知趣地去了隔壁厢房睡,娘俩躺在炕上诉说着这几年的事,听到玉珍经历过的那些事,槐花也放心了许多:"孩子是真的成人了,能顶起一个家了。"接着她又像自言自语般说,"我最近总梦到大石坑,我和你爹就是在那儿认识的,我觉得这是你爹在叫我,让我去找他。"玉珍说:"娘别这么想,你为我们也要好好活着。""没想,睡吧。"快天亮前,听着娘均匀的呼吸,玉珍心里踏实极了,她知道只要娘尚在,她就还有家,还有个温暖的怀抱,她不想也不能再失去什么了。

想到这儿,两个妹妹的身影又出现在她眼前,现在她们应该一个有十四,一个有十岁了,她摸着隆起的肚子,想着等生下老二就去找她们,看看她们过得怎么样,如果实在活不下去,就接来。如果姐妹们能在一起多好啊,离娘住的也不远,这可能是玉珍憧憬的最美的日子了,这样想着她迷迷糊糊又睡着了,天大亮了才醒。

玉珍醒来没看到娘,但听到娘说话的声音,原来娘在喂鸡,槐花的身体好像突然就恢复了不少,还能下地喂鸡了,老吴自是高兴得不行,那张僵硬的脸上又挤出很多纹路,娘俩看他那样都笑了。看槐花这样,玉珍也能放心回去了,槐花知道女儿惦记家里的孩子就催老吴吃过饭,把玉珍送回去。

在路上,老吴刚要拐到去夏庄的大路,玉珍就喊住了他,她说:"吴大叔,能不能去我爹坟上去一趟,自从他下葬,我们几个就分开了,再也没去看过他。"

老吴没说什么,只吆喝着驴换了个方向,奔着坡下的窄路下去了,两个人路上什么也没说,玉珍看着路两边熟悉的一切,想到这几年的遭遇偷偷抹着眼泪,道里沟的水还是那么深,仿佛只要盯着看就能把人吸进去,玉珍把头转向另一面,这边是片豆子地,豆荚已经开始鼓起来了。

郐木的坟在玉珍姥爷的坟不远处,郐木是外乡人,又是玉珍姥爷的徒弟,生前他们就情同父子,此刻他们的坟就隔着十几米,玉珍看着他们挨得这么近似乎感觉到一点安慰,只是他们的坟上都长满荒草,看上去像是许久没人来过,玉珍猜测自打家里有变故就再没人来过了,除了母亲和她谁会想起邻木呢？

玉珍把坟上的草都拔了一遍，又用袖子把墓碑擦了擦，想想最近世面上都不太平，她又把杂草堆在了坟上，掩饰了一下，她想起前些天听说谁家的坟被盗了。拔完草又这样折腾了一会儿，她明显感觉到有点累了，就把头轻轻靠在父亲的碑上，像父亲活着时那样，恍惚间她似乎又回到了过去，泪从她的脸上滑下去，老吴站在不远处看着前后的人，又不时看看玉珍的动静。玉珍就这么闭着眼靠了会儿，上车前，又看了看这块土地，她知道一时半会儿不会再来了。

到家，玉珍就睡了，夏寂看着她疲倦的样子有点心疼。就在当晚槐花去世了，他们是第二天知道的，老吴把槐花葬在了邻木和她父亲的身边，这期间她的母亲和哥哥还要反对，毕竟这是他家的祖坟，但他们也说不出啥理由，只说槐花应该埋在老吴家的祖坟，最后还是玉珍抱着德义回去和他们吵了一架才同意，他们看着玉珍如今过得不错，也不敢招惹。

玉珍抱着孩子回去的路上什么也没说，她的家在母亲死后似乎彻底没有了。老吴赶着驴车回去时也和她有一样的感觉，以前他一个人活了半辈子，以为就要这样过一生时槐花出现在他生活里，只短短几年槐花又走了，像个过客一样，只在他的日子里待了一阵，剩下的日子他还将一个人面对。有时他想，如果他是槐花爹的徒弟，年纪轻轻就娶了她，生了那几个孩子，他的身体好，不会离她而去，他们能过一辈子，这样的话即便再穷他也不怕，起码能天天看到槐花和孩子们围着他，哭着，笑着，闹着，该多好。

日子没有如果，老吴知道这辈子过不上他想要的日子，但他还要这样想，这样想让他有奔头，哪怕今后的日子里都没有槐花，但槐花一直在他心里,他就不怕晚上面对黑暗,不怕炕是凉的,这样想得久了,他甚至会闻到空气里真就有了槐花的香气,就像槐花感觉到了他的想念,变成香气回到了他的日子里。他的日子就在这样的念想里越来越沉,直到解放后很久他还活着,那时玉珍已经有了四个孩子,他那时已经很老了。作为五保户,他的生活是有保障的,即便在三年自然灾害时期,他也有地瓜吃。这事儿,玉珍最小的女儿——桐花最有发言权,她七八岁时,母亲就把她放在老吴家门口,让她自己去,老吴只要看到桐花就明白是啥意思——玉珍家又揭不开锅了。他总是快走几步,抱起小桐花,把她放在炕上和他玩会儿,其实也就是问问家里都怎么样了,毕竟玉珍一个人带着一家子人不容易。桐花已经会学话了,学话就是照着大人的样子,照葫芦画瓢地说说家里的事,哥哥干啥去了,姐姐干啥去了,娘干啥了,老吴从这咿呀学话里也就知道个大概。

玉珍有难处从不肯来,老吴说过家里有吃不完的地瓜干子,让她来拿,她不好意思来,但实在过不下去了,她会让桐花来,桐花从刚会走路就领下了这个任务。每次在吴姥爷这里吃饱了,就会拎起他递过来的包袱,这包袱对她来说太沉了,可老吴知道,玉珍就在不远处接她,自从需要老吴接济后,他就再没见过玉珍,这就像他们之间商量好的似的,每次只把桐花送出去就关上门,这样玉珍就走过来拉起桐花回家去。

一路上桐花会因为吃饱了,一路哼着谁也听不懂的调调回去,而每次玉珍都会把那个包袱缠在腰上,毕竟现在都吃不饱饭,带着这样一包熟地瓜干子,是多让人眼红的事。她还嘱咐孩子们不能把这事说出去,回去以后她就会把门关上,把腰上缠着的包袱拿下来,轻轻打开,里面会有煮熟的地瓜干子和一点儿地瓜面,这对她来说就是宝贝,对村里其他人家来说何尝不是。接下来他们就能吃上些日子好饭了,把地瓜干加点野菜就能煮上一锅糊糊饭,靠着这些掺进去的地瓜干,孩子们就不会饿得哭了。过一阵子该怎么办呢,过阵子再想过阵子的事,现在要做的是先过眼前的日子。

就这样,在老吴的照应下,玉珍和孩子们在那几年艰难岁月里过得稍微轻松些,相较那些吃了观音土饿死的乡亲总归是好的。熬过那几年后,玉珍打算好好孝顺老吴,让他晚年的日子别那么孤单。不知从什么时候开始,她已把老吴看作父亲。可老吴的身体却在日子渐渐好过后快速垮下来了,仿佛他活到现在就是为了帮衬一下玉珍。

玉珍带着老吴去找村里的赤脚医生打了针也不见好转,又带着他去公社医院看了病,医生只说让他多增加营养,玉珍听到这话也茫然起来,如今哪个人不是缺营养呢?即便不知该怎么办,她还是尽力把家里的好吃的给老吴送来,就连桐花都知道有好吃的给姥爷吃。可老吴的性格却变得越来越古怪,他先是不让玉珍每天来,后来又不吃玉珍省下的营养品——不过是几个鸡蛋。看着一再发火的老吴,玉珍有些茫然,但很快又明白了,老吴是怕给她添麻烦,毕竟她一个人带着几个孩子过日子,紧紧巴巴的。为了让老吴心安,她都是隔几天才来一趟,给他洗洗晒晒,像亲闺女那样,都浆洗一遍晒干了,收拾利索了再走,但老吴从不说啥好听的,每次都是催玉珍快走。

这阵子玉珍是真不来了,这让老吴心里一下子空落落的,他腿脚不灵便,早就不能出门走动,勉强照顾着自己。那些天他吃过饭都会坐到院子里,耳朵听着外面的动静,可一天天过去了,玉珍真的就没再来。老吴的心里开始打鼓,这么些年过去了,他早把玉珍当成自己的孩子了。玉珍对他也很孝顺,这孩子的懂事和忍耐都在他心里放着,想想玉珍娘过世这些年,他们互相帮衬着走过来的日子,老吴竟躺在炕上偷偷抹起了眼泪。直到过了这一年的端午,玉珍才挎着篮子来了,老吴看到孩子来,心里欢喜,只是嘴上还说:"忙就别来,我都好。"玉珍似乎看到了他的心思,也不多说,放下篮子,把里面的野菜团子拿出来就忙活开了,老吴也不言语,拿起小马扎坐到院子里,就像玉珍没来之前那样坐着,不同的是他脸上带着笑。

他不知道自己正带着笑,像天下所有的老父亲那样,看着闺女里里外外地忙活。正好老吴的地瓜面还有点儿,玉珍临走前还给老吴包了野菜干粮。吃着野菜干粮,老吴说不出的踏实,这让他又想起了槐花那张消瘦的脸,这是槐花给我带来的福气,这么想着,笑模样又一次挂上了他的脸。玉珍知道老人盼着她来,可最近家家户户学大寨,她一个女人家,除了要忙着去队里出工分,还要照看几个孩子,好在德义已经能当壮劳力使了,德玉和德芬也能干活儿了,看着孩子们一点点长大,她开始觉得日子有了盼头。

第二章　玉珍篇

1

玉珍不知道自己是什么时候长大的，记得她爹病时会说："玉珍啥时候能长大啊？要是来阵风就能把她吹大就好了。"如果说她爹邻木去世后的经历是她第一次长大，那她娘槐花去世了就是第二次，短短几年的工夫玉珍就这么长大了，像一棵被过度施肥的高粱般细长。如果至亲离世是她必须经历的成长，她宁愿永远长不大，甚至会希望自己如果是个傻子就好了。夏寂有个堂弟夏棍就是个傻子，夏棍的爹是公公老夏的五弟，因为这个傻儿子，两口子都不敢死，怕哪天他们不在了，傻子要活活饿死。

那天操持完娘的身后事，玉珍就病了。回到家她把德义往炕上一放，人就整个瘫软下去了。谁也想不到一天前，她还抱着德义和姥娘家的人大吵了一架，与其说姥娘家的人最后做出了让步是顾念她娘，不如说是玉珍把他们镇住了。玉珍当时说的话，有的人多年后还记得，她像参与一场演说那样激昂地说："在场的爷爷奶奶，伯伯叔叔，大娘大婶，我邻玉珍是你们看着长大的,我姥娘和舅舅为了霸占我们家的家产把我娘强行嫁出去,把我和妹妹们像处理牲畜一样嫁的嫁、送人的送人,没有人为我们主持公道,我今天就想问问,他们这样的强盗行径就没人说吗?族里有族长,村里有地保,我爹娘做人从没亏欠过人,为什么就会遭这样的难,是不是好人就没活路?怎么就没有人把他们抓起来,自此他们不再是我的亲人。我恨他们,今天我娘下葬后,再不会跟他们有什么来往,如果人不抓他们,老天会报应他们的,我娘说人做坏事肯定会有报应,你们对血脉相连的亲人都这样狠毒,你们都是畜生!"说完她就觉得全身发软,但趔趄了一下后她又站稳了。

玉珍说这些,姥娘家竟无一人出来应战,只有围观的街坊四邻议论着,同情在这一刻才在他们口中涌出,在玉珍看来,这同情来得太迟,就像腌菜缸发酵了似的,散发出难闻的味道。玉珍不想要,可她不能说。

直到隔壁二婶说起大黄狗:"那时他们一家人死的死,散的散,只有大黄还在。大黄是只狗,谁也没在意它。"

"可不,"王大娘接过话茬,"邻木不在了,还有槐花,槐花不在时还有玉珍姐妹几个,可它有天从外面回来,家里人都不在了,怎么叫都没人出来。"

隔壁二婶接过话继续说:"后来你舅也想让它看家护院,可它没听进去,也再没吃过什么。打那以后,大黄天天蹲在门口,等着你家人回来,饿得动不了就趴着。有天早上,白露刚过,霜降还没到的时候,我起早出来就看到大黄躺在地上,两只眼瞪着,就这么死了。"说完,二婶摊了摊手。

玉珍在炕上躺了几天,直到德义用小手薅她的头发,肚子里的孩子在踢她,她才慢慢从那股巨大的悲伤里爬起来,她一遍遍告诉自己,还有更重要的事要去做,她也是娘了,不管怎么样,她要照顾好她的孩子,让他们少受点苦,虽说这世道让人不知明天在哪儿。

德义的两个妹妹德玉和德芬是一对双胞胎,婆婆从玉珍快生时的肚子就看出来了,那肚子大得像扣了个大簸箕,让本就瘦的玉珍看起来像个怪物,一个精瘦的人挺着个大肚子。婆婆不放心,提前请接生婆来看。

接生婆细致地摸索她的肚子说:"这涨得都快透明了,肯定是俩,最少是俩。"

听接生婆这样说,公婆自然是欢喜的,可夏寂有些担心,毕竟女人生孩子是过鬼门关,要是两个的话,这鬼门关就更难过了。玉珍知道他担心,摸着他伏在她身上的头说:"我觉得没事,他们很老实,不怎么折腾我。"和玉珍说的差不多,这是两个贴心的闺女,姐姐德玉出生时都没哭,还是接生婆拍了两下才叫了两声,妹妹德芬倒是哭了,也是两三声就没动静了。看着两个安静的小闺女,一家人有惊奇,有欣喜。月子里也听不到她们哭闹,以至于有些听到信的人还特意跑过来看。

过了百天,这庄上唯一的双胞胎就尽人皆知了。

有人说,世道不好,孩子都不敢哭闹,也有人说不是啥好事,说不好是灾祸,反正不管别人说啥,夏家人从不说啥,只笑笑就过去了。好在俩孩子没像有些人说的那样是灾祸,倒是很懂事,从会走路就帮着娘和哥哥照看家,做点事。可能是因为和夏寂见得少,她们对爹有些陌生,尤其是妹妹德芬,她爹一抱就哭,本来很安静的院子就会因此响起哭声,乡亲们就知道夏寂回来了。

转眼,夏寂又好多天没回家了,玉珍知道他忙,也大概猜得出他在忙啥,但她不能仔细琢磨这件事,只要想到那是要被杀头的罪,她就觉得像是脖子骤然被人勒住了。可夏寂的身份还是有亲戚知道的,毕竟他就在附近的小学教书。其实大家心里都明白共产党是为老百姓打天下的,再说夏家是族里大户,族长是夏寂爹的堂兄,村民们又都是乡里乡亲的,谁会去说什么,就算夏寂的堂哥夏田是国民党也没人说什么。不过夏田的身份可不是隐形的,如果说夏寂一直隐藏身份,那夏田就怕别人不知道他是为国民党当差的,不但如此,他还经常羞辱夏寂没出息,对玉珍和孩子也满眼瞧不上,不过这也不奇怪,他除了对他爹娘,对其他人都是一副谁也不配跟他说话的架势。

夏寂上次回家嘱咐玉珍没事不要去学校找他,但他已经十多天没回家了,这还是头一次。玉珍在家里坐立难安,学校就在离家四五里地的地方,那里靠近镇上,房子都密集些,还有条街,街上也热闹。玉珍想去街上转转,哪怕路过学校看看也好,这么想着,她就给德义换了件没有补丁的衣裳,拉着孩子朝夏庄小学校的方向走去。

2

走上潍河大埂,正好看到夏田从远处过来,手上还拎着只鸡。玉珍想,他家也养了几只,为啥从外面又拿回来,莫不是抢的吧?夏田自为国民党卖命后就开始明目张胆地看不起夏寂。在他眼里,夏寂在外面上完学却没学到赚钱的营生,更没混个一官半职,只在学校里做个教师,一个月连一块钱都赚不上,这些年夏寂的日子都是吃爹娘老本。

看着眼前这娘俩,他往地上吐了吐沫:"这是去哪儿啊?德义,去看你那没出息的爹吧?"他边说边摸了一把德义的头。

玉珍赶快把儿子抱起来,快步向前走去。夏田看着娘俩的背影,清了清嗓子,吐了口痰才转身朝庄里走去。

玉珍在学校门口转悠了三圈都没看到夏寂,等累了,她索性在学校门口蹲下来,直到有个细高个的男人从学校的小门走出来。

玉珍看他灰色的长衫上打着厚厚的补丁,人看起来精神,也干净,就迎上去问:"先生是在学校教书的吗?"

"是啊,你找谁?"

看先生问自己,玉珍赶快把德义放下,回道:"我就想问问这里有个夏先生,也是教书的,我和他一个村,他家人托我带点吃的过来。"说着玉珍从腋下拿出个小包袱。

那人打量了一下玉珍说:"他这几天不在,等他回来我就让他回家,你不要急,没事的。"

看先生这么说,玉珍又想起之前夏寂的嘱咐,没敢再问,转身带着德义就往回走,那人看娘俩要回去了,又把干粮塞给她,安慰了几句。玉珍突然萌生出一种悲伤的情绪,抹了抹眼角,拉起德义往回走。

还没到家,玉珍就看到了蹲在门口的公婆,她出门时没说要去看夏寂,看样子他们猜到了。看着儿媳妇和孙子回来,儿子没回,他们也没说什么。其实玉珍与夏寂成亲前,他们就知道儿子加入了共产党,只是平日里都装着不知道。救国救民的人生大义他们都懂,只是独生儿子做这样的事,他们怕万一有闪失会后继无人。夏寂也不同意成亲,怕自己耽误了人家,可看着爹娘一天天愁苦下去,他又不忍心,后来他让爹娘答应,如果他有个三长两短,要让媳妇改嫁。老两口就怕他不成亲,自然是什么都答应。

晚上吃饭时,德义嘟囔:"爹怎么还不回来,怎么还不回来。"

德玉说:"娘说吃饭不要说话。"

德淑也跟着说:"不要说话。"

玉珍像没听见孩子们说话似的,快速吞咽着手里的菜团子,这本来是给夏寂带去的,又带回来了,吃着吃着就感觉心口堵得慌,一种说不出的滋味被菜团子堵在胸口吐不出又咽不下。

德义盯着玉珍:"娘你咋哭了?"

德玉站起来拿袖子擦了擦玉珍的脸:"娘,吃饭吧。"

德淑马上也说:"吃饭吧。"

玉珍点了点头,硬对着孩子们挤出点笑来。德淑也学娘那样冲大家挤了个笑脸,这下把众人都逗笑了。

夏寂是后半夜回来的,连玉珍睡觉这么轻的人都没听到他进来。他看了看炕头上的儿子和边上的俩闺女,德淑小嘴噘着,仿佛梦里有让她不高兴的事。他躺下后,将玉珍轻轻揽进怀里。玉珍也在做梦,她梦到一只很大的狗,伸出热烘烘的舌头舔她,这梦很真实,热气烘着她的脸,她吓得睁眼看了看,才安稳地闭上眼睛,任由男人把滚烫的嘴唇贴在脸上。现在,她踏实了,像一条小船被拴到桩上般踏实。不知道从什么时候开始,夏寂的怀抱成了她最踏实的地方,这个不善言语的男人,有着细密的心思,心像棉花地里刚采下的棉花那样软。

"那位先生告诉你的?"

"嗯。"夏寂应着,嘴唇依然在她身上游走,含混地说,"他是校长。"

"哦,那他没怪你吧?我知道你不想让我去。"说着玉珍把身子一扭要转过去。

夏寂一把把她扳过来说:"没怪你,是他催我回来看你们的。"

玉珍细细地"嗯"了一声,便不再说什么。

夏寂继续说:"你是不知道现在多凶险,要是被谁盯上,命说没就没了。前些日子,后庄铁匠的老婆到集上去卖菜,跟收税的要菜钱,就被打了,上哪儿说理去,这个世道。"

玉珍一把捂住夏寂的嘴,她知道,她什么都知道,可她不想让他再说下去,那会让她想到万一哪天他们知道了夏寂的身份,这个家该咋办?她不敢,也不想往下想。他们便不再说什么,黑暗中她感受着他滚烫的身体。

天还没亮,德义被尿憋醒,哭了起来。德玉和德淑被他哭醒,皱着眉头看他,仿佛他才是弟弟。

玉珍起来给孩子把尿,让男人再睡会儿,和早起的公婆说了夏寂回来,才回到屋里,夏寂此刻正踏实地睡在炕上,他可能是很久没这么踏实地睡了,睡得很沉,像个孩子似的。

玉珍给男人掖好被子就开始忙着抱柴火做饭,德义看到爹回来也高兴,跟在玉珍身后跑进跑出,德玉和德淑则跟着奶奶进进出出,一时间这家里就热闹开了。玉珍看着婆婆给菩萨上过平安香,丝丝袅袅的香气蔓延到她鼻下,这味道也平添了些喜庆气氛,像要过年了似的。玉珍想起她娘年三十都要烧炷平安香,这样想着她眼前就生出一层雾气,紧接着有两行泪淌下来,她顺手抹了一把,对德义说:"儿子,再去拿点干草来。"别看德义才不到五岁,对这种事还是在行的,他转身就朝草垛跑去了。

"这不是德义吗?还能帮家里干活儿了。"

正在烧火的玉珍听声就知道是谁了,不由得低声道:"他怎么来了?"虽说玉珍不愿意看到他,但总归是亲戚,也不好说什么,再说她也知道自己应付不了这个货,就对着公婆屋里喊了一声:"爹!娘!来客了。"她的声音很大,她知道这么大嗓门喊完,夏寂在屋里肯定就醒了。听她说来客,德玉和德淑姐妹就从屋里抬着个板凳出来了。夏田也没客气,一屁股坐了上去。老夏从屋里出来前就知道是谁来了,夏田平时在亲戚之间一点好名声都没有,他原来在庄上就是个二赖子,偷鸡摸狗的事没少干,只是自从他在国民党的县大队找了个差事,就越来越猖狂。现在,亲戚们对他除了原来的厌恶,又添了一点畏惧,都知道他什么事都做得出,听说最近这个货又晋升了,至于当了什么官,也没人关心,只是躲着他,没想到他今天一大早就跑来。想到儿子在家,老夏有点忐忑。

老夏问:"贤侄今天怎么有空来,吃没吃?你嫂子正在做饭。"

夏田没看老人,而是扫了一眼院子,说道:"这块地原来是我家的,是伯父那年用钱买的,也怪我爹没本事,谁让我家穷呢,我打算以后把这块地赎回来,您老看可好?"

看夏田还咬文嚼字地和自己说话,老夏抬头看了他一眼,老夏纳闷的是,这衙门真出息人,以前满口脏话,嘴里不是爹就是娘的那个二赖子夏田不见了,转身就变成会打官腔的夏田了,这让走南闯北见过些世面的老夏也不好随便轰走他,这要是以前早一脚把他踢出去了。

"贤侄说这话就欠妥当了,我当初和你爹可是白纸黑字写了卖房契约,我给你爹的也是五条'金鱼'啊,真金白银。"

夏田抖了抖绸褂子说:"话是没错,可毕竟今时不同往日了,我,夏老三的儿子,如今也有那么点出息了嘛,想着把祖产恢复恢复,我也不难为伯父现在就卖给我。不过,要是你们家卖房子肯定要卖给我,不然可没好。"这么说完,夏田把脸往后一仰,抹了抹他刚才炸起来的那撮毛,又恢复了以往那副模样。

老夏看看夏田没说什么,转身就往屋里走,他现在一句好听的都说不出,不过他又担心像以前那样对待夏田怕是行不通了。他也不知道夏田如今在外面混成啥样了,不想贸然骂他,可看着他那副模样又怕忍不住骂,索性回屋吧。只剩下玉珍还在屋里屋外的忙活,她想听听夏田的口风,夏田嘴里说的房子她倒不很担心,眼前他还拿这份家产没办法,只是她感觉夏田今天敢上家里说这些,说不定是知道了什么,她总感觉这事和夏寂有关,这么想着她心里像三伏天点了一把火般炙热难受。

3

夏田临出门前扫了一眼玉珍说:"嫂子,你是真能生啊,肚子里揣着一个,还有这对双棒。"说着他指了指德玉和德淑。

德玉说:"你才是双棒。"

德淑跟着说:"你才是。"

夏田从鼻子里哼了一声,说道:"也不知道能不能长大。"

听夏田突然这么说,玉珍身子一抖,转身就抄起一根木棍奔着夏田去了,夏田边说:"好男不跟女斗。"边朝门口退去。等他消失在影壁墙后,玉珍突然肚子疼得蹲了下去。

玉珍的叫声让屋里的几个人都跑了出来,他们在屋里一直盯着夏田在院子里的动静,猜测这无赖为什么来。离产期还有半个多月,玉珍就见红了,这让夏寂有点手足无措。

夏寂娘说:"都生三个了,还慌张啥,赶快去叫产婆。"

产婆的家在村头,离夏家有两里地,夏寂也顾不上什么,一出门就开跑。有村里的长辈在路上看他这么着急,就问:"明儿,这是去哪儿?"他也不回。夏寂很快就跑到了产婆家,可她不在家。她儿子告诉夏寂:"老太太去了地里。"他又朝地里跑去。

离棉花地还有百把米时,夏寂看到了正在地里忙活的产婆,才放松了些。德义兄妹三个都是她接生的,她听到玉珍要生了,就要回家拿产包。夏寂说:"你儿子刚才都给我了,咱们别浪费工夫。"说着就搀起产婆朝家里走。产婆来时,玉珍已经躺到炕上,身下换了条干净的单子。兄妹三人被玉珍的公公领到他那屋去了,婆婆在给玉珍烧热水。

玉珍躺在炕上,肚子一阵紧似一阵地疼,她不是第一次生产,德玉和德淑出生又出奇的顺利,可这次一上来就凶险地疼,她隐隐有些不好的预兆,想起生德义时,心里就开始慌乱。只是此时她没想到二十多年后,她女儿会和她经历一样的生产鬼门关。让人无法理解的是,那个年月,物质生活十分匮乏,这娘俩竟都生出巨大儿。她们怀孕时都肚大如鼓,身子却异常瘦,就像婴儿把母亲身上的营养都吸了去,生下来都白胖饱满。产妇生完孩子后却因没了大肚子,形容消瘦,仿佛随时都能被一阵大风吹走。后来周边的人,回忆起这样怀孩子就像在肚子里种下吸血的生物,他们出生那天母亲就要过鬼门关。

"孩子太大,怎么这么大!"产婆跑出来说。

公婆和夏寂三人一时慌张,还没等说啥,产婆又跑回去了,仿佛她刚才是和夜空里谁说的,也许是这样说能给她带来力量。就这样,她来来回回说了几遍,一次比一次说的无力。她是整个潍河附近有名的产婆,她都能这样说,让夏寂心都提到了嗓子眼,他想到了生德义的时候,产婆也是受了惊吓般这样感叹:"孩子太大了!"她和上次一样的是说归说,却一直在想办法怎么让孩子生下来。

后来,玉珍的女儿生产的那个夜晚,产婆为了产道润滑,甚至用豆油当润滑剂,那是生得太久,羊水流干,孩子又因为太大死死卡在生命之门。可惜她女儿没碰到这么好的产婆,让她的苦难又多了一笔,她生产过三次,每次孩子都有十斤,下体每次都被撕裂,那个时候产婆无法缝合撕裂伤,只能尽量避免撕裂,一旦撕裂也只能靠产妇自己愈合。可这就难为了产妇,她们会因为伤口愈合不上而被丈夫嫌弃,这些痛苦都是无人可倾诉的,只能默默忍受。

玉珍算幸运的,即便这样凶险,玉珍还是苦熬了一夜后生下了她和夏寂的第三个女儿。白白胖胖的小闺女躺在玉珍怀里吃奶时,玉珍仿佛一具被掏空的躯壳,变得干瘪瘪的。等出月子后,她感觉只要一出门身子就会被风哄抬着走,仿佛要把她当个风筝放了。凤城有放风筝的历史,等人们都过上好日子,有闲心和闲钱了,会把各种各样的东西放到天上去。如果玉珍生活在那个年代,她突然飞起来,人们可能会觉得是创新的风筝,绝不会想到是个生完孩子后太瘦弱而被风哄抬着飞起来的人。

可现在,夏寂因为再次看到了媳妇遭了这样的罪,决心不再要孩子了,再说四个也够了。夏寂在外所受的教育用现在的话说叫开化,这让他和这里的人有着明显的差异,即便公婆也心疼儿媳,但他们更关心的是孩子能不能平安降生,既然降生以来,好好对待儿媳就是,谁家女人不生孩子,啥时候她能像下蛋一样轻松就行了,他们总不信生产会一次比一次凶险。

都收拾利索后,产婆把孩子从屋里抱出来,男人不能进产房,进了就运气不好。夏寂不用遵循这样的习俗,他是丈夫,不过特别迷信的家庭还是会觉得这样不吉利。

夏寂没管这些,他坐在炕边摸着玉珍湿漉漉的头发说:"够了,以后不生了。"

玉珍虚弱地握起他的手:"谁家女人不生孩子呢,只要孩子一降生下来,我就觉得之前的疼都是值得的。你看她小脸多好看,红扑扑的,一点不像跟着我经历过那么多事,一点没耽误她长。"

夏寂在家待到第三天,玉珍就让他回学校了,她看得出男人心里有事,也知道他心里想的都是家国的大事,和夏田嘴里的事不是一回事。就这样,夏寂又回到了夏庄小学校,过着家人眼里的神秘日子。玉珍在家坐月子,这次坐月子婆婆明显对她更细心了,在一起过了这几年,儿媳妇为人处世让她没话说。可即便如此,玉珍还是会在夜里悄悄流泪,她想娘,尤其是生娃时,这种感觉尤其强烈,娘的脸,当然还有爹和妹妹的,时不时就在她眼前出现,这让她常哭得泪眼模糊,婆婆大概是猜出了她的心思,就说:"月子里这样哭是伤眼的,回头出了月子会留下病根。"

出了月子,玉珍请公婆为孩子取名。

老夏看着窗外的梧桐花正在盛开,就说:"叫桐花吧。"

"桐花,你有名字了。"玉珍说。

桐花似乎听懂了娘的话,竟咯咯地笑了起来。玉珍看公婆心情很好,就说:"爹、娘,我想再过两个月去打听一下两个妹妹,她们离开家时一个十岁,一个八岁,还是孩子,我不放心她们现在的日子,想着去看看,如果过得好我也就踏实了,要是过得不好,我也好去给她们撑撑腰,这样起码人家知道她们也是有娘家人的,不好太欺负她们。"

老夏夫妇知道儿媳妇的心事,也不好阻拦,就默许了。

4

当晚玉珍就做了个梦,以前她就是再想妹妹都没梦到过她们,这个梦像是得到公婆准许后才做的。在梦里,玉珍先看到的是小妹文珍,她是农历三月初一生的,和离家时比个子长高了不少,只是身上穿的破烂,脚上的鞋几乎要包不住她日益长大的脚。小妹笑着看她,玉珍也看她,摸她的头,问她,吃了不少苦吧?说到这儿,她们就哭了起来,仿佛哭是她和妹妹见面的仪式,很快又见到了二妹碧珍,仿佛她们都在等着见她,只要想见就能见到。碧珍和她长得很像,也成了亲,只是她看不清妹夫的脸,也看不清周围的环境,仿佛有一股神秘的力量把小妹和二妹送过来的,她拉着她们不停问,她太想知道她们过得好不好了,她边问边哭,眼泪像决堤的河坝那样止也止不住。她拉起她们的手要去给爹娘上坟,爹娘看到她们能一起来,还都活得好好的,肯定很欣慰,这样想着她脚下的步伐越发快了,快到她的脚不停地蹬,把被子蹬掉了也不觉得,直到她冻醒,才知道刚才在做梦。这个梦做的太真了,她摸着哭湿了的枕头想。这一年是1947年,德义六岁,德玉德淑四岁,桐花刚出生。

这天晚上睡不着,玉珍又想起那些在青城避难的日子,想起姑奶奶和她的女佣翠林,不知道她们怎么样了。自回来后,报了平安就很少联系,只记得几个月前姑奶奶来信说要回老家来,青城住不下去了,可说完并没回来,也不知是什么缘故。老夏不放心还曾去过信和电报,但都没有回音。姑奶奶似乎突然消失了,家人惦记姑奶奶,常念叨她,感念她在青城对一家人的照应,这让玉珍又想起一个人——秀莲,秀莲应该也早回来了,她的婆家距玉珍婆家不过十几里地,可一点消息都没有。不知为何,玉珍有点惦记这个地主家的小姐,她总觉得这人不坏,就是家里惯的,有点脾气,不过嫁给李医生那样家教甚严的人家,不知她过得好不好,李少爷还对她那么好吗?

夏寂这些天在青城,来信说估计还要待上一阵子,玉珍觉得有些可笑,日本人在时他不避险,日本人被打跑了,他却跑到青城去常住了,也不知是干什么,只说是去教学生,青城难道也有他的学生吗？转念,她又开始想姑奶奶家的吃食,青城离海更近,出了城就是海边了,可凤城离海边有近百里。所以青城人靠海吃海来得更彻底,他们顿顿要吃鱼虾,即便啥也没有虾酱总要有的,更何况那时姑奶奶住在租界,日子过得殷实,顿顿都有煎黄花鱼和带鱼这样的菜,这些菜成了玉珍回来后的美好记忆,尤其是饿得饥肠辘辘时。

当时还不觉得,只是觉得好吃。回来后,即便婆家日子在村里还算殷实,也不敢那样过。顿顿有虾酱蒸蛋已是非常难得,村里没几家能有这样的日子。每次做饭,玉珍都挖半碗虾酱,打上一个鸡蛋,再加上一汤匙猪油,她笃信一到饭点,她家门前路过的人都会停下来闻闻味。

整个晚上玉珍就这么胡思乱想,一会儿想想这个,一会儿想想那个,不知不觉鸡都叫了。她把衣裳穿好,头发挽起,娘当年干的活儿,如今她都驾轻就熟,起来先喂鸡,家里还养了头猪,夏家日子再紧巴,过年杀年猪的习惯不会变,此时它还只是小猪崽,是老夏从亲戚家抓的。

玉珍起来先上猪圈把它放出来,小猪崽看主人来了,立时觉得不孤单了,围着玉珍的裤腿转悠来,转悠去。喂完鸡和猪崽,玉珍才忙活着煮玉米野菜粥。凤城管玉米粥叫糊涂,自古学子们赶考啥的是不能吃它的,怕糊涂。婆婆起得也早,此时正支起鏊子要烙点掺着地瓜面的煎饼。这是好东西,大人舍不吃得,是专门给孩子们吃的,这在左邻右舍都是好日子了,四个小孩此时正齐刷刷围在鏊子边看奶奶烙煎饼。

知道夏寂出事是刚入伏的时候,今年天气热得不像话,人们越穿越少,尤其是男人,顶多下身穿条破裤子,下地干活儿时恨不得扒了皮才凉快。怕公婆中暑,玉珍就尽量多干点儿,这些日子她都是天一擦亮就起来去地里拔草、除虫、松土,只要看到日头缓缓从地面上升起,就往回走,即便如此,她回到家也是汗湿的像从水里捞出来一样。

回到家看孩子们热得难受,不肯穿衣裳,玉珍就把家里没用的咸菜坛子洗干净灌上井水,把他们放进去。刚放进去,就让公公给拎出来了,说:"井水太凉,这样会拔坏的。"说着他把井水又倒出来,用木盆晒了会儿,才把他们放进去。几个小家伙在坛子里玩得欢实,时不时还撩水洒向对方。门外传来敲门声,外面不太平,玉珍平时都是把门关得严严实实。

玉珍问:"是谁。"

"是我啊,嫂子。"

真是怕啥来啥,一听到夏田那个无赖的声音,玉珍头皮都发麻。看玉珍没开门,夏田又在外面添了一句:"嫂子快开门啊,日头要晒死人,我有大事和大伯说。"

玉珍只好把门打开,夏田上下打量了一下玉珍。玉珍白了他一眼就回院里了,门没再关,仿佛这门的开关只为了防他。

看一家人都在,夏田拿起个小板凳坐到老夏面前,亲切地叫着:"大伯。"

老夏说:"你挨这么近干吗,热死了,有啥话快说吧。"

夏田脸忽就红了一下,朝外坐坐,说道:"大伯还不知道吧?"说这句话时他的表情又恢复了往日的模样,接下来说的事让他有了自信。老夏一家听他这么说也没都盯着他,这种不配合让他有点恼火,所以下句话就要把他们的注意力都拉扯过来:"夏寂兄弟进去了。"说完他甚至有点得意地看着眼前的老夏。

老夏说:"进去了?去哪儿了?"

"局子里啊,夏寂兄弟摊上事儿了。唉,我就说不能在学校待着,人都待傻了,非要当什么进步青年,共产党好多都潜伏在学校里。"说到共产党时他的语气刻意加重了下。

老夏觉得心忽地一下就飘离了身体,差一点从板凳上栽到地上。夏寂娘紧跟着问:"你说什么?"

夏田马上露出不悦之色:"冲我干啥?又不是我抓的。"其实夏寂被抓就是他举报的,谁让老夏一家都拿他不当回事,再加上以前的纠葛,说完他看了看眼前的房子。

5

"那咋办呢?"夏寂娘问。

他马上转过身说:"这可不是小事。"

夏寂娘的无助是他最想看到的,来以前他就已经想象着这家人怎么急得像热锅上的蚂蚁般求他,这样他才好提要求。只有玉珍还没说话,其实她也是一时没了主意,但稍微冷下来看看夏田,就感觉他是来要挟他们的,她看出这一点时,老夏也看出来了,只有夏寂娘开始六神无主。

玉珍说:"孩子他叔肯定有办法,你看这市面谁的面子最大,听人说他叔还升官了。我们夏家多是平头老百姓,还要他叔,不,夏长官帮帮我们。"

夏田回头满意地打量了一下玉珍。

老夏说:"他叔是咱们夏家人,自是不用话说,这孩子是我看着长大的,啥脾气秉性我还能不知道,心善,兄弟有难哪会不帮呢。"说完还没等夏田客套就快步朝屋里走去,没一会儿就从屋里出来,手上拿着块红布,走到夏田面前,他揭开红布,露出两根金条。

夏田的脸上瞬时就露出贪婪之色,但很快他又反应过来:"大伯这就见外了,我堂弟肯定不是共产党,咱们夏家可都是大大的良民。"说到这儿,他似乎才想起日本人已经被赶走了,又说,"我回去就和上司报告,必须尽力让堂弟赶回来收麦子,该割麦了。"说完他把手缓缓伸到桌边拿起金条走了。

老夏送走他,才反应过来,觉得夏田答应得太痛快了,他要去学校打听一下,也许夏寂并没被抓起来。婆媳两人在家忐忑地等老夏回来,玉珍一会儿就去路口看看,可看了几遍也没看到老夏回来,她回想了一遍夏田来以后说的话,越想越觉得夏田像是在骗他们,他们太配合了,当时她应该拦住公爹,不能让他把金条那么痛快给他。可又一想,万一是真的,那还是要他来帮忙,虽说公爹在镇上也有些威望,可在那些人那儿,没用的。想来想去她只觉得胸口仿佛被泥糊住了般难受,两只小脚走起路来都飘飘的,像随时要飞起来。

太阳落到墙头上时,老夏才风尘仆仆地回来,他嘴唇苍白,整张脸灰突突的,玉珍拿下他身上的褡裢,他瘫坐在炕上,看着婆媳俩神色焦急就说:"校长也被抓起来了,学校里没有老师了。"

听到这儿,夏寂娘就哭出声了。

玉珍问:"爹,那您老还去哪儿了,要不也用不了这么多时候。"

"我去镇上找人打听,多亏局子里有个人是咱庄上的,在那给他们做饭,我找到他问。他说知道,是为了杀一儆百,还在外面放风呢。我问他能不能想想办法?他说,我一个做饭的能有啥办法,你还是找夏田吧,夏长官说话管用。还说人已经在里面用过刑了,他进去送饭时看到过,那个校长已经不行了,夏寂毕竟还年轻,我看问题不大。后来我给了他两块银圆,让他在里面照应一下我儿。"说到这老夏也哽咽了。

"在里面一天就遭一天的罪,爹,咱们还是再去问问夏田,到底啥时候能救出来吧。"

老夏说:"去找了,紧接着我就去问他了,他就在那排公馆里办公。看我去,他一点都不意外,看到他那张得意的脸,我就觉得那个做饭的也跟他一条心。可明白有啥用,人在他们手里,还不是让干啥就干啥。他反反复复和我诉苦,说上级也要打点,兄弟们也要分点儿,所以我——"说到这老夏两手一摊。玉珍想起公爹出门前把家里的现钱都带着了,这一次不管夏寂能不能回来,家里的余钱是没有了。想到这儿,玉珍说:"夏田仿佛算计好了咱家有多少钱,几乎被他榨干了。""这个畜生!"说完这几个字老夏陷入了长时间的沉默。

就这样,三天过去了。第四天的傍晚,玉珍正在家门前的草垛前抽烧火用的麦秆,一个跛着脚的影子拄着一截木头从落日的方向朝她走来。玉珍放下手上的麦秆朝那个影子跑去,是夏寂!他身上都是伤,尤其是左腿,应该是折了。老夏请了治跌打的大夫过来,大夫检查完身上的伤,先是捏着错位的胳膊前后晃晃,然后用力一推,就听嘎巴一声,胳膊就能轻轻抬起了,大腿的复位用的时间久点,他扛着这条腿在地上转了两圈,找到合适位置用力抬了两下才听到嘎巴一声,放下夏寂的腿,大夫脸上的汗就下来了,嘴里说:"咱干的就是个力气活儿。"

可眼前棘手的不是复位,他的左腿是被用刑时生生打折的。夏寂说:"他们拷打了三次,过了三次堂,每次过堂都可能送命。"他身上几乎没有完整的皮肉,绽开的口子、大块的瘀青……除了心疼得掉泪,玉珍挺庆幸人还活着。这件事让她又想起那些残忍的场面,他们从青城避难回来,庄里的人少了很多,有些亲戚此后再没见过,坟茔地都快埋满了,有些全家都死光了,连埋尸的人都没有。她胆子小,那时经常会因为怕在哪儿碰到尸体,出门前都要拉个人。残酷的事经历多了,她似乎更惜命了,只要还能活着就成,遇事先活下来再说,没有过不去的坎。

玉珍边想着这些,边给大夫打下手,她没敢让婆婆来看,她知道老太太受不住。清洗完伤口,左腿上的伤就清楚了,腿骨直愣愣地断开了,只有皮肉还连着些,玉珍一阵阵地心慌,汗顺着她的脸向下流,紧接着她又一阵阵想吐,终于忍不住跑到了院子里。夏寂脸上的汗也不时滚下来,但他一直没吭声。

老夏看着儿子,眼前的儿子让他陌生,这不再是他那个娇生惯养的独生子了,他以前没这么坚强,是个有点事就叽歪喊娘的小子。老夏自小就觉得儿子胆小怕事,没啥大出息,和庄里一般大的后生不能比。他不但长得比别人瘦弱,连庄稼活儿都拿不出手,这都是他娘惯的,毕竟就这一个儿子。可就是这样一个孩子,成年后白净瘦弱的,想着送他出去上学可以历练一下,却没想到这一历练就变了一副模样。这种变化不是面貌上的,是个性上沉稳有担当了,一个细声细气的男孩变成了男人。

大夫仔细地清洗完创口就撒上了一层金疮药,他说这药是他家传,治疗这样的重伤也是有把握的。听他这么说家里人才稍稍踏实,看着他把创口用白布包扎好,把准备好的两块木板夹住伤腿,再用红布缠住。大夫随后从药箱里拿出些药,嘱咐玉珍:"这药用水泡上个把时辰,再煎,别煎久了,明天我还来。"

直到晚上要做饭,婆婆才在儿媳妇屋里看到儿子回来了,盖着厚厚的被。夏寂在发烧,有点像打摆子似的浑身发抖,玉珍把结婚时做的两床被都给他盖上了。夏寂娘也顾不得怪儿媳瞒着自己,刚要揭开被看看儿子就被儿媳妇给拦住了:"娘,您先别动,他现在正难受呢。"听儿媳妇这么说夏寂娘又把伸出去的手缩回去了。玉珍是怕她看到儿子身上那么多伤受不住。孩子们围着炕转悠,也想看看爹。玉珍让德义带着妹妹们去院里了。这几天她要把他们都放到婆婆屋里,她要专心照顾夏寂。

大夫后来单独嘱咐她:"这几天对夏先生来说最关键,如第二天能退点烧就是好的,烧不可能一下子都退了,要慢慢来,等烧退下去,他才真能要回这条命。"

玉珍自是不敢懈怠,她每天都睡在夏寂身边,好让他随时喊她,只要她不小心睡过去,醒来就要先摸摸夏寂的额头,好在第二天晌午后,夏寂的烧似乎退了些,也能喂点高粱米汤了,只是睡着时还会一惊一惊的,仿佛受了很大的惊吓,第一天发高烧时他还会说胡话,只是即便这样他似乎也很克制,没说出什么玉珍听得清的话,就像睡着了还在防备人。

6

接下来十余天,大夫每天都来给夏寂清理伤口,上金疮药。孩子们白天醒来就帮着娘做点活儿,德义已经会烧火了。这个孩子比他爹小时候要皮实得多,玉珍从小就没惯着孩子,她知道,这个世道,孩子以后不知会遇到啥事,养个不懂事、不会过日子的孩子就像养个祸害。她不能让自己的孩子在面对灾难和变故时只会哭。就是桐花,她也是这样教的,桐花才一岁多刚会走就已经像个小大人似的,跟在大人身后,看到啥都想伸手去帮忙,德义会照应妹妹,他总怕她烫着、摔着,这个比她才大四岁的小哥哥做得有模有样了。德玉和德淑似乎没啥存在感,她们太安静了,玉珍让干啥就干啥,没啥可做时她俩就做点其他的活儿,反正看到啥就做啥。

钱秀莲此时在坐月子，在汤药的调养下李半夏和钱秀莲已经有了两个儿子。这让李大夫一家十分欢喜，熟悉李家的人说这是李大夫治病救人的福报。生逢乱世，又赶上身体羸弱，李半夏也很满足于当下一家的其乐融融。全家上下也都谦让着秀莲，觉得她对李家有功劳。不知是不是这样的缘故，她的脾气有些见长，经常在家里训斥丈夫，李半夏自小个性温和，从不喜与人争执，秀莲每次发火都像拳头捶在棉花上，这让她实在无法发力，时间久了就变得有些娇纵，家里人都对她有些畏惧，李家的事慢慢开始由她做主。

他们的大儿子已经三岁，叫白术。白术和父亲半夏面相长得相似，且一样脸色苍白，即便他出生没多久爷爷就时常煮点汤药给他吃，也没见有什么起色。白术体质虽弱，却很聪慧，两岁时就能背诵中医的汤头歌，李大夫有意让他将来接下家里的药铺，做啥都带着他，想着耳濡目染能够早点培养出来。

别的读书人家都教孩子读诗，白术两样都要学，李大夫教他读唐诗和《诗经》，他学得很快，如"关关雎鸠，在河之洲"，张口就来。白术没事就在爷爷和爹面前来一段汤头歌，爷俩总被这个摇晃着小脑袋瓜、一字一顿地小大人逗笑，只是他从不在娘面前这样放松地做什么，稍有不顺心，娘就会拍他的屁股，那时他还穿着开裆裤，总是屁股被拍红，娘还不松手。这多半是爷爷和爹都不在家才会发生的，别人也不敢劝说，后来即便爹在家也不行，只有爷爷还能让娘有所收敛。

里里外外的操心让李大夫这些年也感到体力不支，毕竟年岁不饶人，他也四十多了，不像前些年的意气风发，两鬓的白发愈发密实，尤其是前年半夏的娘病逝，他更觉心力交瘁，年轻时他媳妇就身子弱，说白了儿子的身体随他妈。李大夫看到孙子的身子，觉得这种身子弱似乎还会代代传下去,不知哪一代能扭转这种体质。不过他和媳妇感情好,自小一起长大的感情,媳妇经常觉得拖累了他,他们只有一个孩子也是因为媳妇身子弱,可在他看来夫妻感情这么好,说这个就没必要了,还伤感情。

婆婆去世前,就请了人照顾秀莲,只是秀莲一直嫌弃请的人年纪大,做事不够麻利。李大夫看儿媳妇这样也没什么好办法,别人也许看不出她为啥脾气越来越大。他是大夫,专攻妇儿科,祖上几代都是专门治疗妇人产后血崩、小儿惊厥的好手。他虽没给儿媳妇把脉,也大概猜得出是肾火旺盛,他也知道儿子的体质,勉强生出这两个孩子已是难得,要求儿子再多出精力像其他年轻男子也不太可能,这也是李大夫对秀莲很宽容的原因,他想好好待儿媳,时间久了她精力都放在家务上自然慢慢就会收敛脾气。

心里打定这样的主意后,李大夫就在媳妇去世半年后把管家的事交给秀莲了,秀莲听公爹说完,拿起这一大串钥匙,一时有点无措,她深知自己有些骄纵,但家里人,包括丈夫也没怪过她,这让她有点害羞。她知道自己这股邪火哪儿来的,想着以后还是要安稳地把家管好,把孩子管好。外面虽逢乱世,但公爹从没让他们操心过外面的事,她还有啥不知足的呢,这样想着她说:"爹放心,我会用心管家的。"

钱富贵听了秀莲的诉说,觉得亲家是个聪明人,乡下有句话叫"顺毛摩挲",本是说驴的,其实用在人身上也没啥不妥。前些天,钱富贵就和媳妇商量,天气逐渐转热,正好秀莲也要出月子,想去看看外孙。这天一早,天还擦黑,他和秀莲娘就赶车来了李庄,车上放着床破棉絮,起早有点凉,秀莲娘就缩在棉絮里,驴车赶进李大夫家后院,秀莲见爹穿得寒酸,娘还坐在破棉絮里,以为家里出了什么事。

钱富贵说:"怕人多眼杂。"说着就揭开破棉絮,一簸箕红皮鸡蛋、一大块猪肉露了出来,秀莲娘手上还抱着个大花布包袱。

秀莲说:"爹,你就是太小心了。"

"世道乱,路上被抢了你找谁去。"钱富贵回。

钱富贵两口子吃过晌午饭就回家了,自从儿子们都参军上了前线,他就变得更小心了,老婆知道他是不想让孩子们惦记,再就是真出了事谁也帮不上谁,这几年的日子都不好过,日本人在时他交的税高,时不时还被抢。如今日本人是走了,国民党的税也不低,佃户的日子一直不好过。佃户交不上粮食,他的收成就少,好在他很少难为他们,不是干杂活儿抵账,就是让他们先赊着,受过他恩惠的人多,名声也比其他地主好。与他的地挨着的林家,就没这么好说话,佃户和长工、短工的,基本都被他盘剥过,因他长得瘦,人们都叫他痨病鬼。其实这人倒没痨病,只是瘦,李大夫家的李半夏真是痨病,但因人品尚好,却没人这么叫他。

三天过去,大夫给夏寂诊治完,用木板夹好伤腿,边收拾药箱边说:"伤口开始愈合了,你们也不必太担心。"玉珍从昨天就感觉到夏寂的伤有了明显的起色,夜里没再发烧,自然也不说胡话了,这让她踏实不少。

第四天晌午,夏寂清醒了,他拉着玉珍的手,摸摸孩子们的头,但老夏夫妇问他为啥会进去,他都不答,只说:"爹娘不要问了。"他们看儿子这样说,就没再追问下去。

7

随着夏寂的伤好转,玉珍就继续下地干活儿,地里的草好多天没拔了。可每次出门,她几乎都能看到有陌生人在房前张望,开始她也没在意,架不住时间长了,她有点害怕,就告诉了夏寂。夏寂只让玉珍出门小心些,其他的不用管。

玉珍没再问夏寂这件事,她知道他有难处,如果能说他肯定会说的。平日里,他连学生柱子叠一只小纸船送他这样的小事都告诉她,他说:"柱子家穷,不舍得浪费一张纸,虽是用过的,给我叠一只纸船,就说明他看重我这个老师。"听夏寂这么说孩子给他叠的纸船,玉珍笑了。她觉得男人的心真细,像里面有着密密麻麻的触须,每个触须都能感受到别人对他的喜欢。当然,对恨也有着彻骨的感受,尤其是他们都去青城避难回来时看到的夏寂,他脸上写满了对日本人的恨,他亲眼看到那些无辜的人如何死去。

他告诉玉珍:"他们没有过错,除非活着是错误。真正有过错的是那些跑到别国土地上烧杀抢掠的人,他们在我们的土地上随意地杀人强奸和抢劫,做任何律法所不允许的事。从侵略者到来,战争开始的那一天,这里就没法律可言了。侵略者就是法律,他们用枪和刺刀告诉我们将遁入地狱,将在暗无天日中度过每一天,哪怕是艳阳高照的天气。如果不赶走侵略者,我们将永远在艳阳高照的天气下过暗无天日的生活。"

他说的这些玉珍即便不能全听懂,也知道他做的事是对的,只是夏寂没告诉玉珍,在此之前,他就明白这个道理。那是他在省城上学时,有个进步同学告诉他:"日本人已经开始大面积占领中国的土地。"这个生活在凤城乡下的男孩非常愤怒,感觉到夏寂是个有良知的人,这位同学在就开始向他描绘另一个世界,讲述他没听过的事情。那一刻,夏寂似乎听到了体内的血液向上翻涌,像大海涨潮时那样。接下来,组织的温暖很快就让这个懵懂的年轻人找到了前进的方向,也是信仰的方向。渐渐地,他就成为那个眼中有光,胸怀大志,对未来充满憧憬的共产党员。

夏寂和校长被抓起来后被分别审讯,其实对于突如其来的抓捕,夏寂猜到是出现了叛徒。回想他们的工作,夏寂觉得敌人对站点了解应该不多,还不确定夏寂是不是组织内部的人。在审讯中,校长也感受到他们对他不了解,可国民党刑讯逼供最残忍的地方是既让人非常痛苦,又让人死不了,校长身上已经伤痕累累,身上多处骨折,连自杀都难,他知道再不想办法连夏寂都要有危险了。

"我说,长官我说。"校长虚弱地吐出几个字。

本已觉得无计可施的军官愣了一下,以他的观察,这人可是块硬骨头,都扛这么久了突然要说,莫不是要趁机自杀吧。他狐疑地走到校长身边,没说让手下把他解开,而是盯着校长看了一会儿。校长想动一下身体,却一点动不了。

"扛不住了,我还想活着,活着多好,不用试探我了,累不累。"说完扭动了一下身体。

军官围着绑他的刑具又转了一圈才说:"说说看,不要耍滑头。"

说完他给眼前的士兵使了个眼色,士兵把校长的身体松开了,刚松开他就从刑具上掉下来了,像个破烂的布娃娃似的,身上没一处是好的。士兵把校长拎起来放到刑具后面的椅子上。

校长笑着看看这个满屋的刑具说:"没几个人能熬过去吧,人说英雄难过美人关,我看英雄难从这屋里的刑具过一遍。"

军官笑笑说:"它们可是立下了赫赫战功,谁说只有阵前杀敌的是英雄,我们兄弟守在这几间屋子里照样能立功,说吧,别啰唆了。"

"我说什么?你们想知道什么?不就是有个混混在你们面前诬陷我,说我是共产党吗?"

军官笑了:"你也不用在我这啰唆,但凡你是个教书的,我这屋里的刑具早就让你连爹娘都供出来了,可你把这屋里的家伙什都试了一遍,还能扛到现在你觉得我会蠢到信你是个教书的吗?"

校长回:"我也没说我是个教书的,既然你们都看出来了我也不掖着藏着了,教书之前我在梁山落过草。"

还没等校长继续往下说,军官笑了:"那你是不要告诉我,你是宋江啊?给我绑起来,敢耍我。"听军官说完两个战士就要冲上来。

校长紧接着说:"别急,一上来就这副炮仗脾气,还禁不起个玩笑。"军官看着他不再说什么,挥挥手让士兵别急着去绑他。

"我是共产党员,张老四不是都告诉你们了吗。现在你们抓着个货真价实的,应该庆祝一下,省的总整假共党交差。"

"你说谁拿假的交差?看我不揍你。"一个士兵说着就要上来打他。

"你们看,一句玩笑都开不起,不过你们确实干过这事,不然他急什么。"说着校长眼神冲着士兵的方向扫扫。

"你还有什么要交代的。"倒是军官比他们沉得住气。

"我不交代完了吗?我是共产党,快点把我交给你们的长官,找个时间把我毙了。"

"你想死?"军官冲他笑笑,哪那么便宜的事。

校长甩了下头发说:"谁想死,好死不如赖活着,我就想活。"

"你还有啥要说的吗?"军官突然把脸转向他。

"没了。"

军官冲两个士兵说:"送回牢房。"他知道这个人是什么都问不出来了。

第二天,校长就被拖到了公馆后面的空地上,夏寂和另外几位被关押的人站在一起,他们被拉过来看行刑。夏寂看校长扬了扬挡在眼前的头发,抖了抖长衫,向正对着他的枪手笑笑,仿佛他们手里拿的不是枪,而是相机。校长被枪杀的第二天,夏寂就被释放了。清醒后,听玉珍说完救他的过程,再想到家被监视起来,夏寂觉得释放自己,不是因为夏田,他只是国民党安排在夏庄的眼线,也许他们是把自己当鱼饵,想钓出共产党在凤城地区最大的鱼。

夏寂的伤在一点点恢复,除了左腿还不能着地,其他的皮肉伤都在好起来,只是留下了些疤痕。

夏寂娘摸着他脸上的疤说:"总要过两个夏天才会掉。"

夏寂淡淡地说:"心里的疤是掉不了了。"

8

亲眼看着校长牺牲对他来说太难以接受了,自他入党以来任务完成的都相对顺利,这次内部出现叛徒,校长因此牺牲对他的打击太大了。这些天,他眼前经常出现经历的刑罚,校长牺牲时的样子,这让他觉得心口憋闷,透不过气。他知道那天,让他去看处决死刑犯是敌人想看他的表现,他们还没证据证明他是共产党,不然也不会轻易就放出来,也许那天的表现让敌人相信了他。他吓得大哭大叫起来,像个被吓坏的孩子那样缩在墙角捂住脸。肯定有人在嘲笑他,他知道有一双双眼睛在监视他,为了满足那些眼睛,他表现得很懦弱无能,像个没见过世面的少爷似的,自那天后他就决定把表演进行到底。校长牺牲后他就和组织断了联系,在党组织找到自己之前,他只需要像个少爷受了委屈那样活着就行,以他学到的反侦察知识来说,敌人不可能这么轻易放弃他。

夏寂的伤慢慢好起来,为了让敌人放松警惕,除了在家带孩子他很少出门,学校不能去了,那里被认定是共产巢穴,听人说现在接管学校的人都是国民党的人。就这样看似相安无事地过去了半年,夏寂一心想出去联系党组织,可又不敢轻举妄动,他只记得校长以前曾给过他一个交通站的地址,就在双羊店的一家卖粮食的铺子。可过去这么久,他也不确定交通站是否还在,他打算找个理由带着玉珍去看看,对外说是和玉珍去走娘家。

玉珍听夏寂说完心里紧张得不行:"若是我们出事,老人和孩子咋办? 你再等等,等组织来联系你不好吗?"玉珍的担心不无道理,如果现在贸然去联系,万一钻入敌人的圈套,不但自身难保,连家人都要受到牵累,想到这些,夏寂打算再从长计议。

转眼到了麦收季节,这几天这一家人都在地里忙着收麦子,德义领着妹妹在地里捡麦穗。老夏抽着旱烟,看着眼前的麦垛,突然说:"交公粮都不够,税越来越重了,一年到头的,种地的吃不饱饭,胡打狗干的却吃香喝辣的。"

几个人听着老夏抱怨,都没说啥。"走,咱们回家。"玉珍召唤着孩子们,他们一路在夕阳嬉闹,不知愁滋味。

夏寂说:"到处都在打胜仗,马上就能打过黄河了。"

看夏寂兴奋的样子,玉珍问他:"日子真的开始有盼头了?"

"嗯,好日子就要来了。"

两口子说这话时,就站在院里的梧桐树下。"它越来越大了,枝叶茂盛起来像把大蒲扇似的。"玉珍仰头看着梧桐树感叹道。

夏寂说:"咱们的好日子就要像夏天在梧桐树下乘凉那样自在了。到时,人人都能吃饱饭,穿暖衣,有学上,人人都平等。"

玉珍盯着夏寂看了看说:"再没人欺负人了吗?"

"人人平等凭啥欺负人。"

听夏寂这么说,玉珍眼泪就下来了,要是爹娘活到现在该多好,他们也能过上有盼头的日子。

玉珍说:"可现在乌云还盖在凤城人的头顶上呢。"

"越到最后,越慌张,你别怕,现在他们是秋后的蚂蚱,蹦跶不了多久了。"夏寂安慰玉珍道。

在白色恐怖笼罩下的年月,似乎越来越难熬了,为了等到将来的好日子,夏寂一家很少出门,尽量减少与外界的接触。

"你们听说那个大地主钱富贵了吗?"老夏问。

玉珍放下了手里的碗,问道:"他咋了?"

老夏说:"听说他家被抢了。这帮龟孙子,最近上蹿下跳地找钱,钱富贵可是凤城的大户,怎么会出这样的事,他有三个儿子,都在部队上,他们不怕吗?"

夏寂说:"可能以前还有所忌惮,但听说都阵亡了,打日本人时就有兄弟两个死了,前阵子他不放心仅剩下的儿子还在部队上,就让他赶快回来,没想到还没等他的信到部队,儿子就战死了,这次是和共产党打,在淮海战场。他三个孩子都为国民党效忠,他们怎么会对他动手?"

老夏回:"缺钱,现在到处乱糟糟的,谁会在意抢的是谁。"

玉珍问:"钱秀莲怎么样了?"

"谁叫钱秀莲?"夏寂问。

"我爹以前给钱地主家做过活儿,认识他一家,钱秀莲是他闺女。"

老夏说:"没听说他闺女的事,只说钱富贵两口子都被杀了,家里值钱的东西都被搬得差不多了。"

"啊,怎么会这样?那怎么知道是国民党干的?"玉珍问。

"现在不知杀人的是不是他们,但自从出了命案国民党就派兵把人家里搬空了,还说为了查案需要,老百姓谁信,可只要有人敢质疑,他们就要开枪,听说他家里的长工在他家干活儿多年,对老两口为人很了解,只是问了问啥时能破案就被一枪打死了,死了嘴还张着,还没明白咋回事。"老夏说完又重重叹了口气。

玉珍听着身子一软差点坐在地上,她心疼的是钱秀莲也成孤儿了,将心比心,这样的事摊在谁身上也受不住,她开始担心这个许久没见的女人了,其实她们还算不上关系多好,再说也许久没见面,可玉珍就是隐隐地有种感觉,觉得她和钱秀莲之间的缘分还要延续下去。

就在国民党在凤城如困兽般做最后的挣扎,夏寂一家人正在小心谨慎地等待即将到来的曙光,夏田却突然来了。他看起来全然没了以前的威风,倒像是一只困在笼子里的狗,正在到处寻找出口。

"你咋来了?"

看夏寂问自己,夏田笑了笑:"你倒是儿女双全了,我可连老婆还没有呢。"

"那也与旁人无关。"

看夏寂这么说自己,夏田干脆掏出了枪。

夏寂愣了一下,转而笑笑:"我是你堂哥,家里人都是你的亲人,别开这种玩笑,伤感情。"

"伤感情?"夏田笑着拿枪指了指玉珍的肚子,"这肚子里是不又有杂种了?"

夏寂问:"如果我的孩子是杂种,你生的是啥?"

夏田又把枪对准夏寂:"只有你们家是杂种,我夏田将来要是有孩子,肯定是公子,是少爷,金贵着呢。"

看夏田一直拿枪上下比画,夏寂说:"爹娘,玉珍,你们领着孩子进屋,我和堂弟说说话。"

玉珍也看出有危险,虽放心不下夏寂,可她也要先顾全老人和孩子。看家里人都回屋里去,院里只剩下拿着枪的夏田和坐在梧桐树下的夏寂。

9

"咱们兄弟都是家里的独苗,和亲兄弟也没啥区别。"夏寂说着撇了撇夏田。

夏田说:"谁跟你亲兄弟,自我懂事你家就压我家一头,仗着有钱买了我家的宅子。"

"那时你爹赌钱,要是我爹不买夏家的宅子就落到外姓人手里了。咱们爷爷可都是在这宅子里降生的。"夏寂说着冲夏田比画一下让他坐下。

"我就知道因为我爹赌钱你们都瞧不起我家人。"

"怎么瞧不起,啥时候你家吃不上饭不是我爹娘接济,倒是你爹娘从不知道道谢,就觉得对你们好是应该的。"

"本来就是,我们不要这样的施舍,打发要饭的呢?"

"从记事起,我爹娘就帮衬你家,连句好都捞不着,我被国民党抓,你从我爹那拿了几根金鱼我不问,但那是我家全部身家,你知道吗?"

夏田大笑几声:"就这点家底还敢在我家装大善人呢?"

夏田这句话激怒了夏寂,他没想到这些年爹娘辛苦接济亲人,竟是养了一家白眼狼。他站了起来,看夏寂站起来,夏田也站起来了,还没等夏寂再质问他,玉珍后来无数次回想这个瞬间,她在门缝里几乎是看到夏田手指勾动了一下,但还是太快了,她来不及。夏寂也来不及做任何反应,子弹就射向了他的胸口,玉珍冲出来时只看到夏田的背影,他跑了。

玉珍捂着夏寂胸前突然冒出来的伤口,它像一眼泉水般不断往外冒血,玉珍用手去捂,夏寂看着爹娘不知所措地跑出院子,他的耳朵像喇叭似的把响声无限放大,玉珍每说一句话他都感觉地动山摇的,可很快,他又觉得安静极了。他看着爹娘跑回来,带着那个有金疮药的大夫,但他一点听不到在说什么,仿佛他们在演一出默剧,紧接着他就眼前一黑,什么都看不见了,但他的眼睛却一直瞪着,直到玉珍把它们缓缓合上,这年夏寂三十一岁,玉珍二十六岁。

夏寂死后,夏田就收拾行李跑了。玉珍一家去找他时,正看到夏老三光着膀子,坐在地上哭,他看看夏寂的爹娘,再看看玉珍和孩子,哭得更大声了,把胸口都捶红了。

"杀人犯去哪儿了?"老夏问。

"这个畜生跑了,说高价买了张票,去台湾了。"

"那他还回来吗?"老夏又问。

"不回来了,这辈子都够呛,除非……"说到这,夏老三停下了。

"除非什么?"老夏问。

"没什么,不可能回来了。"说完他又接着哭起来。

这是玉珍第三次送亲人走,爹娘去时她是姐姐,还要支撑家,如今公婆都病倒了,孩子还小,她更不能倒下。隔壁的本家嫂子桂芳总把头探过院墙看看她。

"我能挺过来,嫂子。"玉珍说。

桂芳笑笑:"村里以前出过男人死了就上吊抹脖子的寡妇,我怕你想不开。寡妇门前是非多,男人死了,就和身边有男人的女人不一样了,以后你还是要收着点脾气,免得让人说闲话。"

"啊,嫂子,我都知道。"

玉珍依旧过她的日子,伺候公婆带孩子,里里外外忙活得脚不沾地,有时婆婆也心疼她,让她歇歇,可她就像没听见似的,把自己当骡马使,一刻也不肯歇。只有晚上,骨头都累散了才躺上炕,这样很快就睡着了。桂芳的男人在青城做事,很少回来。村里人说桂芳的男人在青城有相好,儿子都生了,不过桂芳从不过问这些,她只管一个人在家带闺女,男人定期捎钱回来。

夏庄除了有玉珍和桂芳这样的媳妇,老夏和老夏兄弟这样的老人,夏寂和夏田这样的年轻人,还和别的村一样,都有几个傻子。夏庄的傻子叫棍,这是他父亲给他起的名,区别于傻柱、狗蛋这样的名字。他的名字很具体,就叫棍。当然庄上的人不会这样叫他,大部分人都叫他傻棍,这样他就比傻柱还不如了,毕竟柱子肯定比棍粗。傻棍到了年纪也会发情,这是庄里另一个傻子茂昌发现的,他看到傻棍一遇到嫂子玉珍,下身就支棱起来了,不过他没和别人说,也从不觉得自己傻。

即便庄里人觉得他们都是傻子,不过也有个共识,那就是傻棍比茂昌傻,傻棍老实听话,出门是固定的,不是下地就是去夏寂家。傻棍的爹是夏寂的五叔,老夏爹娘有五个儿子,老大就是老夏,只有夏寂一个儿子,老二和老四还没结婚就病死了,老三就是夏田的爹,最后只有老五还在老夏身边。

茂昌今天在地里捉棉虫,他在一群孩子面前倒出了战利品,一堆褐红色的纤细毛毛虫离开陶罐后就在地上蠕动起来,围得近的几个小孩向后退了退。在庄里,只有茂昌没被虫子蜇过,无论是街上的洋辣子,还是各种熟悉但叫不上名的毛毛虫,在看到茂昌后都有胆怯,这在它们和茂昌对峙时就看得出。茂昌以前给孩子们看过,他从不躲避毛毛虫,他家穷的草鞋都穿不上,除了冬天他娘会给他用破布和旧棉花做双鞋,其他时候他都光着脚。

如果看到面前有毛毛虫,大部分孩子都会躲着点,就算脚掌上已走出厚厚的一层茧子,他们也不敢无视这些毛茸茸的家伙,在他们看来,除了蜇人,它们能做什么嘛。可在茂昌眼里可不一样,可能傻子的想法就是和一般人不一样,他只要饿了,就没有不能吃的东西,有好几个人看到过他吃洋辣子,在它们还在壳里,柔软又脆弱时,茂昌会拿用麦秆把它们烧熟。这事还不能让他爹娘看见,看见了要揍他,他们总希望自己的孩子和别人家的都一样,可很早以前他们就发现,他和谁都不一样,所以他就是个傻子。

不过时间长了,庄里的孩子可不这么想了,他们开始喜欢上这个性格温和、胆大心细的青年人,这种变化来自他们一起吃了许多洋辣子以后,现在,他们就像共患难的兄弟一样,和其他没吃过洋辣子的人比,多了一种共同经历。

他们之间的对话也更亲切了:"茂昌,咱们今天吃啥?"

"碰到啥吃啥,只要没毒的都烤熟试试。"

10

就这样,夏庄不时有人看到茂昌带着一群孩子晌午在田里,傍晚在树下。开始,他们懒得去看一个傻子带着孩子闹腾什么。可很快他们就感觉到孩子们不怎么喊饿了。很快,在孩子们嘴里他们知道了茂昌的本事,这个傻子带着孩子们去吃所有他们能吃到的没有毒的东西。

没过多久,奇怪的事情发生了,在茂昌那双熊掌般的大脚后面,有大人跟着了,大人们多默不作声,带着质疑看他们怎么把树上的鸟蛋、菜蛇,河沟里的鱼、蛤蜊都烤熟了吃。晚上他们会准时出现在树下,等着蝉的幼虫从洞里出来,在它们褪去外壳前用两根木棍夹住,几个人把夹到的不断放到被火烘烤的瓦片上,看着它们烤出汁液,冒出香气。他们会像比赛似的看谁手快,抓住一个,烫的左手丢给右手,右手再丢回左手,掉在裤裆上,又捡起来扔进嘴里。等把虫子吃完,他们无论嘴里有没有火辣辣的烫伤,起码肚子不会叽叽咕咕地叫,能心满意足地睡了。

大人们看着孩子们干的事儿后就再没跟着他们,这种事也就哄哄小孩,他们哪个小时候不是这样走过来的,毕竟都是饿着肚子长大的,吃饱对他们来说是稀有的记忆,茂昌做的不过是比他们做得更彻底。他们只是碍着面子还有些东西不能吃,比如洋辣子他们就不敢吃,如果他们和傻子吃一样的东西,以后还怎么区分正常人和傻子,那不都一样了,这样想完那晚上即便他们没跟着抢蝉吃,也心满意足地睡着了。

和有一群孩子跟着的茂昌不同,傻棍喜欢跟着别人,尤其是大伯一家下地干活儿,要是晌午在地里吃饭,玉珍会做菜团子。这种菜团子就是野菜沾地瓜面做的。玉珍一般都是把野菜烫一下攥干水,切碎攒成一个个小菜球,在地瓜面碗里转一圈,转完再加点野菜,加完再转一圈,就这样转几次,最后菜团子就有拳头那么大了,这样的菜团子比傻棍娘做的只有野菜的团子好吃,这是傻棍比过几次感觉出来的。再就是玉珍还好看,感觉到玉珍好看时,傻棍都十四了,他比玉珍小十岁,所以这两口子有时就把他当自己孩子看,傻棍对他们也亲,可这亲在他十四岁以后有了点变化,说变化其实也不大,只是和夏家其他人比他更喜欢玉珍。

"棍儿,去拿一抱麦秆来,我要做饭。"这话是玉珍说的,傻棍站起来就乐颠颠地跑出去了。可要是他娘说同样的话,他就会磨蹭会儿,这会儿工夫都够他娘自己去拿了。当然,傻棍也有动作快的时候,也是乐颠颠地跑到柴火垛前,抽出一根麦秆,想了想掰成两半,再想想又掰了掰,最后把一截比他小手指还短的麦秆递给娘,他这么干过两次后,他娘也学了玉珍的说法,这是个计量单位,也就是一抱,一抱柴火他知道,这是玉珍教他的,两只手在柴火垛边张开,能抱多少抱多少。

不过自从傻棍会抱后,他很快就不满足于抱柴火了。他会抱一切别人让他拿过去的东西,甚至有时没有人吩咐他做啥,他也想抱。比如那天,他先是抱着德义在院里转圈,后来又抱着桐花,夏寂两口子看他抱着弟弟妹妹像搬运货物,从屋里抱到梧桐树下,三个人正玩得高兴,他却冲着玉珍来了,还没等玉珍说什么,就把坐在小板凳上的玉珍抱了起来。

这孩子劲儿真大,夏寂开始还笑,直到傻棍把嘴凑向玉珍的脸,玉珍才反应过来,喝住傻棍,傻棍愣在原地,他不知道自己做错了什么,家里人一向对他是好的。夏寂没怪他,站起来摸摸他的头,告诉他:"侄儿侄女可以抱着,嫂子是不能抱的。"傻棍似懂非懂地点点头,大家看他窘迫的样子又笑了。

这些都是夏寂去世前的事。在那之后,夏家的小院里再没这么轻松的笑声了。傻棍还来,来了就坐在树下,看着家里的人,陷入长时间的沉默中,严格说也不能叫沉默,他嘴里不知在嘟囔些什么,直到有天玉珍注意到他的嘟囔,就走近些听,可听不清,他本来说话就含混不清,加上声音又小。玉珍让桐花听听小叔叔说啥了。

桐花听了会儿,说:"娘,他说俺爹藏在树洞里呢。"

"啥?"玉珍差点把手上的瓢掉在地上,怪不得每次来就在树底下坐着嘟囔,真是个傻子,说着玉珍倒笑了。

"人老了就脆得跟煎饼似的,说没就没了。"这话是隔壁桂芳看到玉珍婆婆去世说的。婆婆在夏寂走后不到半年也跟着去了。这样家里就剩下老夏和玉珍带着孩子们。虽老夏在村里有一定威望,可日子久了难免会有人说闲话,这让玉珍有点烦恼,想着啥时候跟公公说分家的事,她打算带着孩子去老屋住,离这个院子也不远,还能照应上。还没等玉珍和公公说,这天玉珍要去地里,推开门就看到有个女人挎着包袱正要敲门,她看到玉珍后,手还愣在半空中。女人看玉珍没认出自己,赶快把头巾摘下。

"翠林!"玉珍喊道。

"是我。"女人赶快点点头。

翠林没啥大变化,只比在青城时憔悴了些,玉珍赶快把她往屋里迎:"姑奶奶没一起来吗?"

"没。"翠林低着头跟着玉珍进了门。

老夏正好从屋里往外走,往常他不会起这么早,仿佛预感有人要来似的。他问道:"翠林怎么来了?我妹妹呢?"

看着两个人都问她,翠林刚坐在炕沿上的身子顿时伏了下来,哭道:"姑奶奶病死了。"说完从身上掏出块布擦了擦脸。

玉珍站在原地看着她,突然有种说不出的感觉。公公拿衣袖擦了擦眼问:"饿了吗?"玉珍连忙说:"还有地瓜。"地瓜是给公公和孩子们煮的,但有客人来了,自然是先让客人吃。翠林麻利地吃光了玉珍放在碗里的两个地瓜,又可怜巴巴地看着她。公公说:"不够还有。"玉珍也说:

"对,对,不够还有。"就这样锅里的地瓜被翠林吃的就剩下两个小的。她喝了点水,打了个饱嗝,才说:"好几顿没吃了。"

11

没两天,玉珍就看出公公和翠林的关系不一般,她想问,又觉得自己作为小辈这样不合适。她离开妈妈早,心里早就把婆婆当妈了,婆婆虽对她谈不上多好,可也是心疼她的。公公和翠林带给她这点说不清道不明的感觉,让她开始睡不着觉,不但睡不好,还有些生气,毕竟婆婆才走没多久。好在抗战胜利在望,到处都是解放的消息,这些好消息像一团团别人点起的焰火,远远地温暖着她,让她觉得日子多了些盼头。

这一日,玉珍正在炉前烧火,公公站坐在门外的阴影下说:"玉珍,我有个事和你说。"

看公公这样认真,玉珍隐隐感觉到了什么。

还没等玉珍说啥,他又接着说:"翠林你也知道,是个苦命人,以后她就跟着我过了,你也不用叫娘,就叫婶子,我也是土埋半截的人。你看是你和孩子搬到老屋,还是我们两个老的过去。"

玉珍往炉膛里续了一把干草,看着它们很快烧成灰。她说:"我和孩子搬到老屋去。"

晚上,玉珍就收拾好包袱,公公借来推车,帮着玉珍把孩子一起送了过去。不知是翠林的缘故还是别的,公公看玉珍没拿家里的东西,也没要啥,就没主动给她,至于家里的几亩地,翠林说要留着租出去。玉珍没说什么,这辈子她最不擅长的就是和人争,至于生计,她决定把成亲时夏家给买的首饰拿来租地,自此她已做好一个人把孩子们拉扯大的准备。

玉珍分家时没拿多少地瓜,新粮食还没打下来,这段日子时常饿肚子,她也注意到了茂昌的本事,不过她毕竟是个女人,尤其还是寡妇,即便德玉和德淑已经饿得小脸蜡黄,她也不好意思说跟着茂昌去吃虫子。就在她和孩子们饿得快爬不起来的时候,有人开始往院里扔东西,一点野菜,有时是一点野果,玉珍偷偷追出去过,都没看到是谁,也顾不上想是谁给的,都一股脑放进锅里煮煮给孩子吃了,她也因为吃了这点东西,状态好了些,可却猜不到是谁扔进来的,直到有天她看到是一些虫子和几个蝉。

再见到茂昌,玉珍没戳穿他,她想这样能省去好多麻烦。茂昌就这样默默地帮衬她,直到玉珍地里有吃的,他就不扔了。

解放的火焰很快就烧到了凤城,这座古城一时间红旗招展,鼓声雷动,人们以一种极大的热情投入到新的社会生活中。夏寂被认定为烈士,玉珍看着他的牌位被端放在忠烈祠。自此以后逢年过节,再加上夏寂的生辰死祭,玉珍都会早早做了饭菜,带孩子们来看父亲。紧跟着就是"土改",娘几个都分了地,巧合的是这块地就是夏家的,老夏在解放前留下的土地使他和翠林被定为富农,玉珍娘几个日子艰难,没有土地,被定为贫农。看着曾耕种过的土地,又回到自己手上,往事一幕幕涌上玉珍的心头,地头上是婆婆和夏寂的坟,想到每天都能看亲人一眼,玉珍心里踏实了。

不知上苍是不是在考验玉珍,就在娘几个里里外外忙得欢实时,桂芳跑来了,她说:"玉珍,快去看看吧,你公公和翠林打起来了。"

玉珍拿着手上的黄泥有点迟疑,她正在糊墙,她回:"人家两口子打架我去干吗?"

桂芳说:"要是轻来轻去我也不来,我看你公公好像有点不好。"

"咋看出来的?"

"我来时他还躺地上,翠林还走了。"

听桂芳这么说,玉珍就赶快放下手里的黄泥,洗了把手,火急火燎地往回走。桂芳一去,玉珍一来,按说要有一个时辰了,可老夏依旧躺在地上,玉珍呼唤拍打他的背,喂了点水,才缓缓睁开眼。可老夏似乎不会说话了,嗓子里发出乌拉乌拉的声音,像个脱离轨道的风箱似的。玉珍又找了住在附近的茂昌和傻棍才把他抬回炕上。

在玉珍的伺候下,老夏渐渐能说话了,只是不像以前那般顺畅,但身体却没什么起色,自此就没下过炕。翠林在老夏瘫痪后就经常不见踪影,玉珍只得先照顾着。玉珍都是和孩子们先吃了,再拿起提前装在碗里的饭,和德义一前一后去老夏那儿。此时德义已十五岁了,比母亲高出一头多。在旧时这么大的孩子已经可以顶门立户,更何况穷人的孩子早当家,德义也已是个健壮的庄稼人了。德义去是为了方便给他接屎尿,有时老夏拉的被子上都是,臭气熏天,德义就要给他清洗身子,家里只有两套被褥换,玉珍要赶快把被子拆洗干净,把另一套铺上。这些被褥还是解放前家里做的,用了这些年,早就禁不起折腾,玉珍不敢用力搓,稍稍用点力就会撕开个口子。老夏开始对玉珍娘俩的帮助很排斥,他只是病了,脑子还清楚。他还记得玉珍被他分出家时穷的饭都吃不上,桐花经常饿的哭,这是桂芳趴在墙头上告诉翠林时他听到的,可他们当时都像没听到似的,啥也不说。如今翠林走了,他却病的让这娘俩伺候,他心里难受,就对玉珍娘俩骂骂咧咧的。日子久了,看他们也没不管他,就不再骂,也不再说啥了。翠林开始还能两三天回来一趟,看看他再走,后来是十多天,再后来就把东西收拾收拾,在一个深夜走后再没回来,用桂芳的话说就是:"这女人和来时一样,来的名不正言不顺,走的也见不得亮。"

老夏在翠林消失后的第五年就走了。桂芳逢人就说:"要不是玉珍带着儿子伺候,老夏连个把月都活不过。"玉珍倒从不和人讲起这些,更不会把孝顺挂在嘴上,她只闷头干活儿,干着干着头发就白了,白了头发那年,她才三十来岁。有时看到脸上的褶子和花白的头发,玉珍也很疑惑,她全然不知自己是什么时候老的,原来老就是这样不知不觉的事。老夏走后没两年,就有人给玉珍捎信,她的继父老吴病倒了。

这些年玉珍一家和老吴虽走动的不频繁,却也互相惦记着,时不时的,玉珍就让捎脚的捎点吃食过去。平时,老吴的日子算不错,他无儿无女,是五保户,丧失劳动能力后,村里就管着他的吃喝,即便在困难时期老吴也能分到地瓜和一点粮食,这在当时是极其稀有的,只要是饿得受不了了,玉珍就带着桐花过去,老吴就会煮上一锅地瓜,桐花先吃饱,再拿个包袱装上剩下的回去,玉珍忘不了这种救命般的帮衬,听到老吴病了,就坐着村里捎脚的牛车去了。

12

牛车走得很慢,车上坐着几个出门的人,有两个看起来三四十岁的女人一路上在说着家里的事。玉珍不认识他们,坐在车尾,她看着眼前的路,上次走这条路时夏寂还活着,他们一起去看娘,娘苍白的脸又在她眼前晃,像一盏旧时的灯笼那般,她想起在爹娘坟前许下的愿,一定会把两个妹妹找到。

如今看,许的愿是做到了,解放没多久她就把孩子托付给家人出去过一趟,只是她知道的信息太少,当时没找到。回来后她回了一趟姥娘家,去问了大舅,大舅虽不太愿意说,但看到玉珍已这么大了,背后还有婆家,也不敢硬气,才说了两个地址,让她再去看看。那是三年前的六月初五,值得庆幸的是那两家人都没因为战乱搬家。大妹碧珍给了一户姓刘的人家当童养媳,生孩子时难产死了。玉珍去时,这家的新媳妇刚生了孩子。碧珍的坟很小,在一个杂草堆里,这里不是刘家的祖坟,人家说难产死的,不能进祖坟。玉珍向身边正干农活儿的人借了锹,围着坟把土拍得很高,把周围的草都拔干净,拿出路上充饥的菜团子摆在坟前,才哭着走了。

小妹妹文珍的生命力自小就强,不像瘦弱的碧珍,她平日连哭声都要比别人大,所以走在找文珍路上时,玉珍一直在想,她肯定活得很好。玉珍到文珍家时,她正在给来修屋顶的帮工做饭,十多年没见,也没耽误两姐妹认出对方。看到姐姐,文珍扔了锅铲就跑了过来,玉珍无数次幻想过这个场景,妹妹们长大了,她们见面如何亲热地抱在一起。可真的见面了,除了抱着哭她们什么也没做,直到有人把她们拉开,像把一块面团分成两份,她们软塌塌地瘫在炕上,盯着对方看。"你看你脸上的灰,都一道道的了。"文珍笑着姐姐,姐姐也跟着笑了起来。

玉珍想到这儿,坐在牛车上嘿嘿地笑了起来,两个女人停下嘴里的话,把好奇的目光都投向了坐在车尾上的女人。

"她想起啥事了,这么乐呵?"

"谁知道呢。"另一个说。

可玉珍全然没注意到有人在看她,她还在回味,离开那天她和文珍怎么难舍难分的,好在她们约好以后常走动。老吴家就在村口,玉珍从车尾跳下来,在几个人的注视下,他们对这个自己发笑的女人有点好奇。

"可能是个傻子。"其中一个女人对几个人说。

"哦,那就说得过去了。"几人中不知谁回了一句。

老吴得的也是下不了炕的病,具体是啥病也没人知道,玉珍说带着他去看看,他晃着大脑袋不去,他的嘴有点歪,嘴唇发紫。玉珍来之前是队里轮着来人照顾,算工分。只是来的人照看得很随意,老吴在他们的照应下,还是经常把屎尿解在裤子里。见到玉珍来,那个照看老吴的女人像得了特赦令似的,一溜烟就没影了。

玉珍先烧了一大锅水,水烧好和木盆里的凉水调和一下就开始给老吴擦身。先是脸,老吴的脸不知多久没擦洗了,玉珍仔细地把上面的眼屎、饭粒、灰尘统统都擦去后,老吴看上去竟像焕发新生机的老树似的。接着把上衣给他脱了,这个过程就有老吴的阻拦了,他弯成鱼钩般的手臂死死摁着前襟。

玉珍说:"你是老人,我是孩子,不要怕,这都是应该的。"

可能是这么说的缘故,老吴的手臂不再那样用力了,可脱裤子时他挣扎着死命不肯脱,玉珍不管他的反抗,脱了一半后她发现也不知多少天没脱裤子了,屎尿都在里面,竟脱不下来了。玉珍边哭边找出一把剪子,把裤子剪开。清洗时,老吴紧闭着眼睛,仿佛死了一般,清洗了好几遍才看出模样,屁股上已经烂了两个洞。好在玉珍有伺候公公的经验,她带了点滑石粉,这药便宜还管用,尤其对长期躺在炕上不能下地的人,只要清洗及时,再涂上滑石粉,就能保证不会继续烂下去。就这样,清洗,浆洗,收拾,不知不觉天色都暗了,想起和捎脚的说好的时间快到了,玉珍才跑到队里去找人,正好看到之前跑的妇女被队长训斥,她听了两句知道是照顾老吴的事,就打断了队长。

"我家里还离不开人,吴大爷身上我都清洗干净了,被子啥的也洗了,以后抽空我就过来一趟,大爷现在不能说话了,但他是个好人,你们帮帮他吧。"说完玉珍没等他们说啥就走了。

就这样,大概有三年,玉珍都在这种奔忙中度过,直到有天她去,看到有苍蝇落在他瞪着的眼珠上,发现老吴早就没了气息。玉珍边驱赶他身上的苍蝇边哭,这个夏天她又送走了一位亲人。不知不觉玉珍也成了别人眼中的老人,她的孩子们都在长大,她倒开始变老、变小,变成了一个皱纹纵横的老太太。

13

德玉和德淑自小就没让玉珍操过心,两姐妹一直是那么安静闲适,就像这世上那些让人焦躁不安的事与她们无关一样。她们自小没去学校读过书,只上过扫盲班。她们十八岁那年,东北地区的招工队到了凤城,她们听村里人说了招工的条件,就结伴去了,去了才知道人家招工是去支援边疆,只要男人。这两姐妹软磨硬泡人家才答应,回来的路上她们才想起这么大的事,没跟娘和哥哥商量,两人一路惴惴不安地回来。

玉珍看她们的样子也大概猜出有事,她们从不掩饰情绪。

"娘!"当德玉揪着衣角来到玉珍面前时,德淑也跟在她身后。

"今天是咋了?"玉珍问。

"我们招上工了。"

"是去修道里沟的工吗?"

"不是,我们是去支边。"德玉把支边两个字说的很模糊,但玉珍还是听到了。她也不安了起来,仿佛此刻姐俩的不安传染给了她,她说:"你们知道支边多远?一去就难回家了。"

"我们知道,可待遇好,到那儿按月领工资,一个月十多块钱,还发衣裳。"没等德玉说完德淑补了一句:"还发肥皂。"

玉珍看着她俩一时不知该说啥,如果不招工她们也没啥出路。"等你哥回来再说。"玉珍说完,朝院外看了看,天都擦黑了,德义还没回,他今天去姚哥庄出工。

德义回来时,天已全黑了,进门就摸到水缸边舀了一瓢水喝,他是渴坏了。"慢点,锅里有饭。"玉珍一直坐在树下等儿子。德义把给他留的饭端到树下,和娘边说话边吃,他吃饭的速度极快,仿佛一天没进食了。

"德玉和德淑要去支边,你咋看?"玉珍说着把她们白天去报名的事和德义说了。

德义眨了眨眼睛:"她们要是在家也确实没啥出路,你要是放心就撒出去,说不定将来日子就过上去了。"

"你这么说是不反对妹妹们去支边?"玉珍问。

"我舍不得她俩,她俩走了谁给我包包子吃?再说她们干活儿那么好,家里地里都是一把好手,我当然舍不得,再说也怕她们吃亏,只是娘你看,"说着德义指了指屋檐,又说,"小燕子长大也要离开窝。"

"那就让她们出去闯闯吧,也许真是个好出路。"玉珍说。

后来德义不放心又去打听了一遍,条件还是很可观的,如果不是家里需要他支撑,他都想去了。就这样,在半个多月后,一家人送走了这对姐妹,去了没半个月,家里就收到了德玉和德淑的信。信是工友代写的,桐花读时,告诉娘和哥哥,她们到了就住在宿舍里,东北的条件比家里好,能吃饱饭,顿顿吃白面馒头,这对在家连吃地瓜面都吃不饱的双胞胎对这样的生活很满意。读完信的桐花咽了下口水,事实上她在读到白面馒头时就开始咽口水,后面读的啥她都忘了,脑子里只有几个白面馒头在转。

桐花读完信说:"娘,我将来也去东北吃白面馒头。"

家里少了德玉和德淑仿佛空了许多,本来这姐俩平时没啥存在感,在家里很少出声,只是干活儿,即便哭或者笑都是很小的声音。可她们离开后玉珍明显觉得家里的活儿多了,桐花要上学,德义天天在地里忙,她的身体就像带着铅坠似的,一天天的向下沉,她觉得等孩子们再大些,她就可以去和夏寂做伴了。公婆和夏寂的坟还都在家里的自留地里,德义把爷爷奶奶和爹的坟堆得很高,在上面种满了芝麻。

德义早就到了说亲的年纪,只是他知道家里穷,怕娘为难就没说。玉珍心里自是有数的,她早就私下托人说亲,只是没有合适的之前,她没和儿子说。直到桂芳和她说起前村一个闺女,她爹人称豆腐王,祖上就是做豆腐的,公社食堂里的豆腐都是他做的。

桂芳说:"豆腐王有两个闺女,说亲的是老大,叫豆荚。"

玉珍回:"家里会做豆腐她叫豆荚,这名字有意思。"

桂芳说:"可不是,我第一次听也笑了,小闺女名字更有意思,叫豆弟。"

"豆子地? 不是,是弟弟的意思,豆腐王没儿子,所以就给二闺女起名豆弟,希望她能带来个弟弟。"

"后来呢?"玉珍又问。

"弟弟自然是没有,豆腐王就俩闺女,将来可能会把做豆腐的手艺传给老大。人家对男方家没有啥要求,只要男孩人品好,能干踏实就行。"

"还有这样的事?"玉珍欣喜地问。

"这样的好事自然是少,这不让你碰上了嘛。"桂芳说。

去相亲那天豆腐王一眼就看中了德义。德义在村里都算是高个子了,家里没啥吃的却一点没耽误他长个儿,个子高,但不是细高,而是肩宽面阔,不知道的还以为是哪里来的干部。相亲成了自是欢天喜地,玉珍心里的石头也落了地,儿子的终身之事终于有着落了。

这本是好事,年初相亲年底就结了婚,小两口的日子过得有滋有味,尤其是豆荚怀孕后,德义从不舍得让她干活儿,啥都包揽了,以至于有时玉珍都看不下去。儿子出生没多久,豆荚说妹妹让她带孩子回家住一阵,那时豆腐王已经去世,家里只有豆弟娘和豆弟。德义想着她们娘几个也许久没见,即便家里秋收,忙得转不开,德义还是抽空把媳妇和儿子送回了前村,谁知这一送走就再没回来。

豆荚性格软弱,随着豆弟一点点长大,家里的事都是豆弟做主,豆弟不知随了谁的脾气,个性越来越乖张,看姐姐带孩子回去就呼来喝去地总是使唤,这对豆荚来说也算不上什么,毕竟是一奶同胞。可德义在半月后去接豆荚回来时,豆弟不许,按说小姨子说话应该是没人听的,在德义眼里她还是个孩子。豆弟娘看姐夫和小姨子僵持着不让姐姐走,就说和让德义过半月再来,就在德义隐隐觉得不安,又挨过半月再去时,豆荚和孩子全都不见了。德义问丈母娘媳妇和孩子去哪儿了,豆弟娘只是沉默,在这家里她也只能听豆弟的。

德义指着豆弟说:"你再不告诉我媳妇孩子去哪儿了,我要去公社告你。"

没想到豆弟回他:"你个没出息的,我爹当初看上你个家里啥都没有的,就是因为觉得你将来会有出息,可看你除了种地啥也不会,种地都种不明白,我姐和孩子跟着你就是吃苦。这事我做主了,我要让我姐和你离婚。"

14

德义听到离婚两字吓得浑身一抖。不过德义虽害怕离婚,心里又轻视豆弟,总觉得她一个年轻的女孩子,不过是任性,信口胡说罢了。这样想着德义就回去了,他想冷一阵子,也许就好了。这是德义处理问题的一贯做法,他和家里几人有矛盾总是用这种方式,最后都是她们主动和好。可这次德义落空了,离婚的事被小姨子鼓捣到公社去了,公社给庄里捎信,让他去一趟。

德义看到来通知他的茂昌,心里一肚子火。在他眼里,茂昌一直是个傻子,就是这个喜欢吃虫子的傻子,现在也在给队长干活儿,队长好几次在队里的会上夸过他,说他是个聪明人。而他是从小就聪明的夏德义,现在却要面临被老婆抛弃的命运。自上次从前庄回来,他已经很久没见到豆荚和儿子了,他无数次在梦里摸索豆荚的身子,但都找不到。豆荚像他小时候吃过的糖似的,很甜。那块糖带给他的清甜,就像豆荚和他在被窝里的样子,他们两个缠绕得像两根藤蔓,不,这远比吃糖来得舒畅,可离婚了他就会又变成光棍,而且很快就会变成一根老光棍。想到这儿,他眼前出现了在墙根下晒太阳那群人的样子。那多半是些没正事的人,除了老光棍,还有傻子和一些有老婆子但年纪已经很老的老头,他跟这些老头儿蹲在一起都不能排在前面。他没有家,好在他还有儿子,总算在绝望了半天后让他想到一个值得活下去的理由。

他应了声茂昌,茂昌看着眼前这个就要被老婆甩掉的男人,眼睛里都是对德义的同情,既然这么可怜,他当然不会在意德义长时间站在那儿没答话。

听到儿子说媳妇要离婚,玉珍一夜夜睡不好觉,她的腮帮子肿得老高,牙疼得不敢吃饭。早上,德义要去趟公社,出门前他看着娘通红的眼珠子,从门后找了一点晒干的婆婆丁,嘱咐桐花给娘熬水喝,去去火。

玉珍问:"要不我和你一块儿去吧,我和豆荚处得一直不错,她看到我应该不会这么狠心。"

"有啥不能狠心的,说不定她还想抱走你的孙子。"说完德义就出门了,留下半张着嘴的玉珍,她的嘴里发出莫名的苦味,比吃了婆婆丁还苦。

晌午刚到,德义就到村口了。他扫了一眼蹲在墙根下的那群人,觉得自己就快要和他们一样了,他破天荒地冲他们笑了笑,可这些人没一个搭理他,只有傻棍冲他咧了咧嘴,露出黄黑的牙。他迈着无比豪迈的步伐走回了家,像一个即将就义的烈士那样,以至于玉珍看到他时以为豆荚改变主意跟他回来了,可她朝德义身后看了看,又跑到门口看了看,根本没有别人。

玉珍看着德义:"儿子,这是咋了?"

"离了,咋地离了不能活吗?你看墙根底下那些不都活得挺好?"

"能活,能活。"玉珍拍着他的背,又往下捋捋,"我孙子呢?"

"说是没断奶,判给她了,娘,我想睡会儿,太累了。"

"睡吧,儿啊,睡吧,醒了再说。"

"醒了也不说了,他们在我心里都死了,都死了。"说完德义就上炕睡下了,直到深夜才醒来。

看儿子醒来玉珍也没敢再问,娘俩坐在院子里的梧桐树下,很久都没动静。

才过去两个多月,德义就听说豆荚嫁人了。婆家是豆弟帮着找的,那男人现住吉林的长白山下,以前也是前庄的,只是身子瘦弱,在当地一直没找到老婆,就托人在老家找。德义知道消息就赶快奔前庄去了,他想要回儿子,可是去晚了一步。丈母娘告诉他,孩子也被豆荚带到长白山下去了,想到自此可能再难见到儿子,德义蹲在地上号啕大哭。

他是一路哭到村口的,路过那群蹲在墙根下晒太阳的人时,德义没打算搭理他们,可他们却像商量好了似的,冲着德义招了招手,即便没招手的也冲他眯缝着眼睛笑了笑,德义看着他们的样子,想想自己的未来就又哭了,自此村里人都知道德义爱哭。等他顶着两个烂桃似的眼睛回到家,看到娘依然坐在院子里,从他离婚后娘就经常坐在院子里,仿佛她是梧桐树长出的枝丫。

"孩子她也带走了,在东北,以后再也见不到了。"听德义这么说,家里两个女人也哭了,自此豆荚和儿子就从他们生活中彻底消失了。

没过两年,豆弟就死于难产,桂芳告诉玉珍时,她正在梳麦秆,她停顿了一下,可很快又开始继续干活儿,桂芳尴尬地站在那儿,看着她没啥反应。倒是桐花吐出两个字:"报应。"这才让桂芳有些释然,觉得没白把这个消息捎了十多里地。桂芳看桐花有反应就接着说:"豆荚再嫁的男人不同意她回来奔丧,她就没回,后来她娘过世也没回。"玉珍依旧没说啥,桂芳看了看桐花,桐花也在梳麦秆,又说了俩字:"活该。"

和前村的豆荚离婚后,德义也不好找,在二十世纪七十年代,离婚虽不是啥伤风败俗的事了,但仍很稀有。玉珍托人找了好几个媒人去说亲,都没啥消息。后来玉珍的条件一降再降,大金牙就是这样走进玉珍的视野的。她男人在外工作期间有了别的女人,不顾她和两个女儿苦苦挽留,坚持离婚。两个女儿自然是跟着她改嫁,这是她的条件,玉珍同意了,毕竟她也是苦过来的,理解一个女人带着孩子的艰难。

可即便如此，玉珍在这个讲究长幼尊卑的年代仍没获得儿媳的尊重。大金牙并没因为她婆婆的身份畏惧她，在被上一任丈夫的背叛伤得体无完肤后，她变成了一个无畏的人，她要做的就是为自己和孩子争取利益。

自和德义定完亲，她就不断提条件，先是要新的饭桌和椅子，德义同意后她又想要一百块钱。这可不是个小数目，在农村，这些钱都够盖房了。在德义千方百计凑够了一百块钱后，她又要两个米缸，上次去相看，她看出家里没有专门的米缸。德义像欠了高利债似的，在短短半年时间就为大金牙准备了这些结婚必需品。当德义告诉她，米缸也准备好了时，她注意到他脸色变得特别难看，就及时收了手，又过了俩月，她就带着第一次嫁人那样的排场，带着两个女儿嫁给了德义。

德义总算松了口气，在离婚两年零八个月后，他又结婚了，这段婚姻让他付出了全部，所以这个老婆也格外金贵。最重要的是他未来的生活不再是和村里的傻子和老头儿一样蹲在墙根下看天等死了。

其实大金牙不是德义老婆的本名，这个名字是她嫁过来后，桐花看到她嘴里的包金门牙临时起的，当然也不排除她一直和德义要钱物，让桐花反感才起的。

看着哥哥结婚，桐花总算把一颗悬着的心放下了。

15

傍晚，夕阳把玉珍家的小院抹上了一层红晕，桐花坐在树下给她梳头。

"娘，你的话越来越少了。"

玉珍没回桐花,而是转过来看着她,仿佛她脸上有这件事的答案。桐花被娘看的有点发毛,不知该说什么,玉珍又转过头,桐花继续给娘梳头。

不知过了多久,玉珍说:"因为我前半辈子已经把话说完了。"

"话还能说完吗?"桐花听娘这么说又来了兴致。

"是啊,从十四岁那年,我爹过世,家逢变故到现在我已说了太多话,我哭过,骂过,争执过太多了,我已经把我想说的,要说的,都说完了。"

"那你后半辈子就真不说话了。"

"少说点儿,我已经没啥必须要说的了。"

"那我爹牌位的事你要去找他们吗?"桐花试探着问。

"那时候,他们怀疑你爹不是地下党,不能定为烈士,牌位被扔出祠堂。我想过有天一定要让他们再请回去,要承认他是烈士,让他们给你爹认错,可后来连祠堂都被他们拆了,祖宗的牌位都扔光了,受委屈的不止咱一家。这么多年过去,后人又盖了新祠堂,也问过我,你爹牌位在咱家好好地供着,非要摆到祠堂干啥呢。你爹当初做地下党也不是为了谁认可他,他只是为了完成自己的梦想。"

说到这儿,玉珍有些害羞地低了一下头,仿佛"梦想"这两个字不属于她,不应该从她嘴里说出来。

第二天是六月初九,天还没亮玉珍就从炕上摸着下了地,她不想让德义听到她起来了,他可能还在为那件事和桐花赌气。找大金牙之前,有人给德义介绍过一个二十岁的姑娘,还没结过婚,个头也高,和德义站在一起可说是很般配。玉珍也没想到这么好的姑娘肯嫁给离过婚的儿子,且不要什么彩礼,只有一个条件,把桐花嫁给姑娘的哥哥。姑娘的哥哥前阵子才死了老婆,家里有三个孩子,小的才断奶,急需个女人担起家来。周遭的街坊都觉得划算,还有个桐花的叔伯妹妹说:"我要是桐花姐,立马就嫁过去。哪个女人不为娘家好,难道桐花姐就不希望德义哥过得好吗?"这些话不断钻进玉珍的耳朵,她也不是没想过,桐花当时刚高中毕业,虽说家庭成分不好,没推荐上大学,可在夏庄也是最高文化水平了。尤其桐花这些年越发出息的好看了,这人才从里到外也难找,村里村外的小伙子挑着捡着找都行,要是把她嫁给有三个孩子的男人,玉珍即便再为儿子着想也舍不得。德义在这件事上也想不通,为啥妹妹就不表态嫁过去,为啥妹妹不能像叔伯妹妹那样为了他奉献一下,再说那就一定过不好吗?也说不准,凡事看命。即便这么想,他也没说出来,他希望妹妹主动说,不然以后过不好要赖他。桐花先是怕娘和哥哥不顾亲情把她嫁给那个大十几岁、还有三个孩子的男人。想多了,怕就变成了恐惧,被这种恐惧牵引着她甚至想去跳大石坑。就这样在沉默中牵扯了几天后,玉珍还是告诉人家这个条件不行。这件事后,德义就在心里砌了一堵墙,很长时间都不搭理桐花。

可今天桐花的婆家人要来相看,她要去地里割点韭菜包饺子。回来时门已经开了,德义在归置院子,喂鸡,打扫,玉珍看着德义的样子长长舒了口气。桐花从屋里出来,看看母亲和哥哥,有些害羞地从母亲手上接过韭菜择了起来,她收拾得很细致,韭菜在她手上很快就变得像被篦子梳过似的整齐,把韭菜放下她又挑起扁担去元门外挑水了。

一路上,她两根黑亮的大辫子在身前晃动。十三岁那年她就开始到元门外挑水了,哥哥自小就干外面的活儿,妈妈和姐姐要种地,这个活儿只能落到她身上。这口井是附近两个村的吃水井,听人说有十三米深。第一次来时,十三岁的桐花看着十三米深的井,没有一点亲近感,甚至迟迟不敢靠前。井从外面看是个直径有两三米的圆形,边上由青石块围成的井台,边缘没有遮挡。只要谁稍不留神就会滑进井里,井太深,掉进去能活着出来的可能性不大。虽说没听说谁掉进去过,但她还是害怕极了,她怕自己就是那个掉进井里的笨蛋。她在井口边,和扁担木桶一起蹲了好一会儿,直到觉得不能拖了,娘还在家等水做饭。她才小心地踏上井台,把井边的木桶绳子解开,缓缓地向下放,井里的凉气让她打了个寒战。随着木桶掉进水里,井里传来啯的一声,桐花左右晃动了一下木桶,让它装满水就开始往上拉,这是哥哥教她的。拉上来的第一桶只有半桶水,可她已经知足了,就这样打了四次,才开始吃力地挑着扁担往家走。晨光落在她狭窄的肩膀上,把她身上的补丁照得格外显眼。

桐花收回思绪,她已经二十二了,如果不是上高中,想考大学,像她这么大的姑娘,孩子都有两个了。可她的婚事似乎一直不太顺利,她不是像其他条件不错的姑娘那样,因为高不成低不就耽误了,而是哥哥之前换亲不成的事让亲戚和邻居对她很有看法。以至于那件事后有很长一段时间没人上门给她提亲。

有些闲言闲语不时钻进娘俩耳朵里。

"再好看的姑娘也不能这么任性,不肯给哥哥换亲,好看、有文化也不顶饭吃。"

"上大学不还是让村里成分好的喜蛋去了。"

"她爸烈士身份没被认可,她哪有人家喜蛋家成分好,人家喜蛋二姑和姑父还是二中的老师,是有文化的家庭。"

对这些话,玉珍从头到尾没说过啥,仿佛他们说的是别人的闺女。家里只有娘俩时,她告诉桐花:"你堵不住人家的嘴就让人说去,过自己的日子,谁脚趾头疼谁知道。"

后来还是桐花的高中同学淑珍嫁到李庄,成了赤脚医生的老婆,才给她介绍了这个男青年。淑珍告诉她:"他是部队的军医,只是没上过医学校,是部队自己培养的,家里只有娘和一个弟弟,过去肯定享福。"军医叫李白术,从部队回来探亲时已在桐花家相看过,两人自那以后就开始通信。李白术除了能看病还会写诗,桐花每次收到他的信都反复读那几行即兴写的小诗,她也不懂诗,不过每次看到诗里对她的赞美,就让她满脸羞红,陷入沉思。

半年多后,两家就商量趁李白术回来探亲把亲事定下来。这次见面就是定亲。这几天想到李白术要回来,桐花就有些心慌,做什么都会走神,提不起劲头。"女大不中留,留来留去留出仇",看娘这么说自己,桐花不好意思地笑了,厚厚的睫毛像小扇子似的眨巴着。

桐花挑水回来时,家里已经收拾得齐整,看玉珍在灶间和面,她问:"娘,这么早就和面啊?"

"早点和面醒着,能包了也快。"

桐花没再说啥,把洗好的韭菜拿到菜板上。

"切完啥也别放。"玉珍赶忙嘱咐。

"我知道啊,都多大了。"桐花把韭菜切好,小心地放进瓦盆,瓦盆边上是满满一小坛子油,说,"娘,你打油了?"

"前天打的。"玉珍说。

16

太阳照进空荡荡的猪圈时李庄的娘俩也到了。李白术穿着军装,人虽瘦点,但个子高,细高挑的,眉宇间透着些英武之气。桐花穿着崭新的的确良衬衫,这是德义去青城时买的布,裁缝六婶子做的。六婶子做衣裳十里八乡都有名,谁家要是得了块时兴的布料都要给她先看看。两个年轻人一个坐炕头,一个坐炕梢,都没说话,玉珍和白术的娘坐在中间。

玉珍问:"从李庄到咱这儿要二十里地,坐啥车来的?"

"坐马车,正好庄里有人到镇上办事,把咱们捎过来了。"白术的娘说。

"嗯,那怪好的。"玉珍说。

说话间玉珍也在打量眼前的女人,越看越觉得眼熟,可又想不起在哪儿见过。玉珍打量她,她也在打量玉珍,几乎是同时她们伸出了本还垂在腿上的手。

"你是玉珍?"

"秀莲?"

"真是的,怎么是你啊?"两个人紧紧抓住对方的手寒暄着。

倒是坐在边上的白术坐不住了,站起来问:"娘,你们认识?"

玉珍说:"怎么不认识,我们是老相识了。"

"在青城那是最后一面。"秀莲回。

"可不,孩子都这么大了。"两个老姐妹说着都抹起了眼泪。

"秀莲,我有时还会想起你,想着你一个地主家的小姐之前可没吃过啥苦,这些年是不是吃了不少苦?"

秀莲赶忙示意玉珍不要提这个:"以俺家的成分,解放后肯定是要定地主的,可那年从青城回来,家里就被抢劫了,当时家里就只有爹娘,把家里值钱的都给他们了,但这帮坏了良心的浑蛋还是把我爹娘都杀了,所以直到现在也不知道是谁抢了我家。有人说是附近流窜的土匪,还有就是国民党,眼红我家家产,又看我的哥哥们都不在家欺负我们。我当时全没了主意,想给我的哥哥们写信,可他们在哪儿呢?没人告诉我,直到解放后,我才从一个活下来的老兵嘴里知道,我的三个哥哥都死在战场上了。"

说到这儿,秀莲抹了一把鼻涕接着说:"有一年多,我的梦里都是亲人们,他们三三两两地进入我的梦,我公公说我做噩梦是因为念亲太重,还说以后不梦到他们就没事了。你说我能受得了吗,我肯定受不了,第一次把他手边的算盘,狠狠摔在地上,那是他给病人开完方子,算药钱用的。他看着摔散的算盘珠子在地上不动了,才缓缓地说,你心里憋闷,爹不生气,回去歇着吧。"

玉珍只静静听着秀莲说,轻拍着她的肩膀,她懂这种感觉,看秀莲说完,她才说:"这些年你吃苦了。"

说完两人像久别重逢的故友般抱在一起哭了起来。

"一场相亲差点被两个娘泡在眼泪里。"德义听完原委笑着说。众人在他轻松的话里也笑起来。既然两家有这样的渊源,还有什么谈不成的亲戚,即便知道了如今李家日子过得拮据,实在拿不出打家具的钱,也没再说什么。

玉珍拉着秀莲的手说:"怎么办怎么好,咱们老姐妹没啥说的。"

晌午饭吃完,两家人已经把两个年轻人的婚事定下来,日子定在农历八月十五,也是白术的生日。

秀莲说:"我儿八月十五生的,属兔,虽说从小爹就去了,家里又穷的出名,可他的生辰和属相都好,李庄的瞎子说这是顶好的命,将来要吃公家饭。其实瞎子说这话时,白术已经接到入伍通知,我也没在意,再说这是有眼睛没眼睛都能看出来的事。"秀莲说完冲玉珍笑了笑。

即便觉得本村的瞎子不像有些算命的那么神,秀莲回来后还是拿着两个人的生辰八字去合了一下:"女孩属龙,七月十六生,男孩属兔,八月十五的。"

瞎子眨巴着空洞的眼睛说："这两个孩子都是好命，只是他们如果做夫妻……"

"做夫妻怎么了？"这让秀莲本已踏实的心又悬了起来。

"女强男弱，恐你儿要走在她前面。"

"啊！"秀莲脑子嗡的一声，像被谁瞄准了劈了一斧子似的。稍微安定下来，她问："有没有能化解的办法？"

"也不是没办法。"这样说着瞎子冲她伸出手，秀莲知道规矩，掏出一毛钱放在瞎子细皮嫩肉的手上。瞎子摸索着手里的一毛钱，不知在想什么，屋子里的空气几乎要凝滞了，这让秀莲觉得憋闷。

她忍不住发火："快说，要急死谁啊！"

"他们头胎要是男孩，你儿就会长寿。如果头胎是闺女，你要让他回到身边来。"

"我儿在部队干的那么红火，怎么能回来？"

"如他头胎不是儿子，再远在外地，难免要冲撞外面的神仙，如回来，都在家倒好说。"

"还有别的办法吗？"秀莲还不死心。

瞎子翻了翻白眼仁："有，对媳妇不要有好脸色，她说东你偏要西，这样你儿肯定能长寿。"

瞎子收了一毛钱，但他却没给秀莲吃颗定心丸。他出的几个馊主意，怎么跟儿子提？走一步看一步吧，秀莲摸着头上吓出来的汗想。

不知是不是这个原因，秀莲在产婆手上第一次接过孙女时就转身递给了身边的儿子，回家去了。此去就没再来，在她眼里孙女就是瞎子嘴里那个和儿子命中相克的人。在此之前，她已把在部队工作顺利的白术喊了回来,她没说信了瞎子的话,那样的话,儿子有一堆理由反对瞎子。这种做法桐花也无法理解,之前两口子的设想是桐花辞去干得正红火的计生工作,先随白术去部队常住,等符合随军条件时再办理手续,在当地就业。可秀莲一封封催白术回家的信,让他无法招架。秀莲在信中言辞恳切地说:"儿啊,你不在,我家没有主心骨,你兄弟在家没人帮助,家族里也缺你这样的男人,快些回家吧。"白术不知后来有没有在午夜梦回时后悔,他和辞掉正式工作的桐花一样,放弃了即将到来的提拔回到了凤城。

看到白术两口子回来,秀莲就给兄弟两人分了家,白术得了两间草房,瓦房就在草房前面,她和小儿子白芷住在里面,除此她还把盖瓦房的三百六十块钱饥荒都分给了白术。

"白芷还小,你是哥哥,再说你都结婚了,我肯定要先顾着他。"秀莲和白术解释道,白术听了娘的话,没再说什么。

桐花和白术说:"原来娘信中的兄弟无人帮助是指没有人替弟弟还饥荒。"

17

即便桐花有些怨言,白术也没怪自己的娘。分家后,白术从庄上最让年轻人羡慕的人变成了最穷的。白术不得不抓紧联系工作,终于在人民医院把工作关系落下。桐花总算在憋闷的生活中看到了一点曙光,她设想着每个月要用白术的工资攒一点钱,还一点饥荒,剩下的生活应该也够了。就在桐花重拾信心时,她的婆婆也看到了大儿子的工资,她后悔分家分早了。没分家之前,白术在部队的津贴有一大部分是交给她的。

盘算到这儿,她又来到了大儿子家门口,倚在已经有点斜的门框上念叨:"白芷没有工资,就靠赚点工分,靠这个啥时候能娶上媳妇,你作为老大还是要帮兄弟。"

桐花说:"娘,俺们也想帮帮兄弟,自家兄弟肯定要帮,可目前您老也知道,我们的房子还漏雨,还欠着饥荒,我们就是想也没办法。"

"白术,才结婚几天,你就不主事了,哪家让女人当家?"

还没等白术回嘴,桐花就说:"娘当家不也当得很好嘛。"

"白术,你老婆要造反了,哎呀,我不活了!"说着就顺势往地下一坐,两条腿在地上扑腾开了。

看着眼前的婆婆,桐花一时有些恍惚,她想起前几年上她家提亲的婆婆。那时的她,热情懂礼数,娘还跟她说过婆婆家曾是这十里八乡的大地主,眼下这个身份婆婆虽极力回避,可听说从小她爹就给她请了先生到家里来教,除了识字算账这些,连吟诗作对也教过,为啥眼下变成这种一毛不拔、连儿子都算计的人了?桐花狐疑地看着婆婆,仿佛眼前的人是妖精变的,而她可怜的婆婆早就被妖精吃进了肚子。桐花这么想是有根据的,小时候娘和大哥都给她讲过妖精吃人的故事,而眼前的婆婆两只眼睛透着狡黠,活像个老妖精。这么想着,桐花的心就舒展了许多,肚子也不那么胀了。

白术看娘坐到地上,转身就说:"夏桐花,你个缺爹少教的,你赶快把我娘拉起来,不然要你好看。"桐花看了看这娘俩,默默走到婆婆身边想要扶她,结果被婆婆一推坐到了地上。看桐花坐了个屁股蹲,她才得意地起来,晃荡着两条麻秆腿走了。白术看娘走了,伸手去拉桐花,桐花没理他,从地上爬起来就进屋了。

白术看看门口看热闹的人脸上有点挂不住,就说:"平时她不敢和我犟嘴。"

白术本是找个台阶下,没想到七仙女的爹说:"在外面装硬,回家还不知怎么尿。"说完就把烟袋锅在白术家的门框上磕磕,瞪着两只蛤蟆眼看他。

白术在那一刻觉得自尊受到了挑战,转身就朝屋里走去,还没等看热闹的散去,屋里就传出桐花凄惨的叫声,紧接着她就从屋里捂着脸跑出来,等着看热闹的人一看桐花受伤,就一哄而散了,跑得最快的就是七仙女的爹。

隔壁二奶奶听到桐花的叫声赶忙爬到墙头上看:"白术,你个小畜生,要干什么?"她怒喝着慢悠悠从屋里出来的白术,赶快从墙头下来,转到院子里,说,"我看看,我看看。"桐花不撒手,只捂着左边的脸蹲在地上哭。"这孩子,松手,我看看眼睛没事吧?"

听她说完,桐花才松了手,眉毛上赫然翻起一个大口子,正汩汩地冒血,还没等二奶奶说什么。白术往脸盆里倒了一瓢水说:"洗洗。"桐花可能是被吓到了,乖乖来到脸盘前洗伤口和手上的血,低头看到自己衣裳上都是血时,不知是害怕还是委屈,就又哭了起来。二奶奶知道白术的脾气,仗着自己是李家的长辈,给了他两拳,这回白术倒是很乖,笑了笑没说啥,转身哼着小曲走了。

二奶奶看看他的背影,转身对还在哭的桐花劝解道:"这么些年,我看着白术长大,要说他坏,倒也没有,有时还热心热肠子地帮助人,只是这脾气里有根筋你不能碰,就是好面子,刚才你可能是让他觉得在人前丢面子了,以后你长点心眼,别在人前和他硬来,有啥话没人时说。"说完还没等桐花说啥就又跑回去,再回来时手上拿着块白布条,说:"来,上点红药水,我给你缠上。"桐花没说啥,从窗台的一角的针线筐里翻出了红药水,对着镜子涂好,又任由二奶奶把头缠上。二奶奶怕桐花想不开,陪着说了会儿话才回去。

晚饭时,她从墙头递了个大玉米饼子给桐花,桐花坐在屋里边抹泪边吃,她回想和白术走过的这几年,没回来之前,她也跟着在部队常住,战友们都很和气,从没感觉白术的脾气这样火爆。自从回来,他就没来由地发火,日子过得苦她不怕,自小她可以说是含着婆婆丁长大的,可她不能不舒心,不舒心比穷更让人难受。

第三章 桐花篇

1

白术在女儿出生时,给女儿起名凤衣,凤衣取自凤凰衣,李家上数三代都多少有肺疾,凤凰衣便是一味养阴清肺的药。李白术给女儿取这名是为了取个好意头,让肺病自家族消去,神奇的是自那以后真就没谁得这病了。

到李凤衣出生,李家祖上行医已有几代,具体几代她爹李白术也不清楚。白术五六岁时,他爹李半夏便过世了,那年他才二十九。李半夏的爹倒是活到孙子李白术十几岁,后来就只剩下凤衣的奶奶钱秀莲拉扯着她爹李白术和叔叔李白芷过活。奶奶家在旧社会原是地主,解放前忽就败落,所以她也算不上地主家庭了,只是自李凤衣记事起她的脾气就大,倒是真像戏里演的地主婆的样子。李凤衣的太爷爷曾开着远近有名的中药铺子,只是医者难自医,家里人丁单薄,且多体弱。李凤衣爷爷过世后,她太爷爷除了照应她爹和叔叔就是种种地,听说七十岁那年还被她奶奶追着打,说他干活儿慢了。钱秀莲追打公公这事在李庄也是人尽皆知,她的彪悍可见一斑。可惜家族里的事都是李白术开心时像说书一般说给家人听的,他知道的也少,就像一个人对学问一知半解,不能说得清楚,又像一本破损的故事书,只剩下一些情节,不能完整叙述。

二十世纪七十年代末,凤衣才出生没多久,桐花还在生育了孩子的喜悦中,把精力都放在照顾凤衣上,这让李白术特别不适应。结婚三年多才有孩子,按说应该很期盼才是,可白术觉得凤衣的出生让他们之间多了个人,他们很少再同进同出的玩儿了。白术就在那时和桐花说要去义诊一年,他当时在县人民医院工作。看桐花很诧异,他补充道:"这一年会有补助,再加上工资还是可观的。"桐花想着添了孩子花钱的地方多,就让他去了。此去白术除了报平安的信再没什么消息,桐花只知道他在一个叫牟平的县城下面的卫生院义诊,每天要接待大量来会诊的病人,想到白术在外的辛苦,桐花便把家收拾得井井有条,免得他挂念。

白术临走前,给桐花留了十块钱,家里没啥能出钱的营生,钱花光了他也没再寄钱回来,她只能自己想办法。家里养了两只白鹅、五只鸡,白术是春天离家的,夏天时鸡就开始下蛋了,除了留几个给女儿吃,桐花攒些日子就拿着蛋去集上卖了。好在卖鸡蛋的钱基本够买油买盐了。大集逢初一和十五才开,桐花在那天会早早把凤衣送到隔壁二奶奶家。二奶奶会帮桐花看一阵孩子,等桐花从集上回来她还要做饭,家里人都下地了,就她在家收拾做饭,所以她们要把时间拿捏准。

今天是初一,还没等桐花把凤衣收拾好送过去,二奶奶就来敲门:"桐花啊,我牙疼,要去镇上看看,实在熬不住,昨晚疼了一宿。"桐花送走二奶奶有些犯愁,今天要去赶集,鸡蛋都攒了一小筐了,如果等下个集鸡蛋非臭了不可,尤其现在天热。思前想后桐花抱起凤衣,去了前院婆婆家,婆婆正在喂天津吃饺子,听桐花说了缘由,婆婆说:"我没空,天津还没人看呢。"天津是李白芷的儿子,白芷没读过什么书,自小在家务农,结婚后就和老婆一起种地。

二十世纪八十年代那会儿,不知别处怎样,凤城有人给孩子起名喜欢叫地名,因此凤衣就多了个叫香港的堂弟,叫宁波的表姐,叫辽宁的表哥。这股潮流,可能是受改革开放的影响,各地经济发展纷纷进入快车道,各种宣传纷至沓来,那些经济发展好的城市名称也就钻进了农民们的耳朵,这和白术给女儿起名凤衣一样,是取个好意头。只是这股潮流很快就结束了,这些孩子在上户口时又纷纷改了名,凤衣叫辽宁的表哥户口本上的名字叫夏海涛。

看婆婆又不管女儿,桐花只得往外走,一路上开始掉泪,嘴里嘟囔:"小闺女怎么了,小闺女不是人啊。"桐花实在想不出办法,就在家门前,也是婆婆家窗后,用铁锨挖了个小坑,把凤衣放了进去。随后又回家拿了块地瓜面饼子让凤衣抓着:"凤衣,等俺回来,俺去去就回。"又冲婆婆喊一声:"娘,你帮我照看着点凤衣,我去集上卖鸡蛋。"桐花对着婆婆家的后窗说完,也没等她答应就一溜烟跑了,她想婆婆再不待见孙女,也应该不会不帮着照看。

桐花的鸡蛋卖得很顺利,集还没结束,她就卖完了,握着手里的一块两毛钱她有种说不出的满足感,接着就盘算开了这些钱的用处,除了买油和盐,其他的东西她都不买,只打算让二奶奶的儿子帮着买一包青城饼干给凤衣吃。凤衣断了奶就跟着她吃地瓜面饼子,天津和二奶奶的孙女海棠都在吃青城饼干,那是在镇上的供销社买的,凤衣还没吃过。听说青城饼干用热水泡泡就行,又香又甜,还有牛奶味。回去的路上,桐花不禁加快了步伐,婆婆从不肯看凤衣,也不知怎么样了。

刚走进胡同口,桐花就看到凤衣,她已经从小坑里爬了出来。桐花紧跑两步打落了凤衣手里的东西,不是她离开家时给孩子拿的地瓜饼子,仔细一看,是块屎。桐花看到凤衣满脸的屎,也顾不上脏,赶快抱了起来。凤衣被娘这突如其来的举动吓哭了,这让桐花更加感觉血往头上涌,她抱着凤衣来到婆婆的窗下,喊道:"这家还有能喘气的吗?自家孙女都不管,让孩子在外面自生自灭不管,孩子在抓屎,你知不知道?"

桐花连珠炮似的发问完,婆婆才从里屋出来,对着窗后的桐花和孩子看了一眼,天津正在奶奶的怀里,手上抓着大块饼干,吃得满脸都是饼干渣。看着天津脸上的饼干渣,桐花更生气了。她问婆婆:"天下有你这样的奶奶吗?"婆婆看着她,一脸冷漠地说:"你自己的孩子能生就应该能养,在我这儿耍什么无赖,我看天津有盼头啊,这是孙子,一个丫头片子将来我能指望上她?"说完婆婆翻了个白眼就回里屋了。

2

即便婆婆这样做,桐花却从没嫌弃凤衣是个女孩,可在二十世纪八十年代初的凤城,没有儿子也确实让她在生活中感到挫败。桐花是个要强的人,凡事总想做最好的,从小学到高中毕业,她考试基本都是第一。可离开学校,在生活这个考场里,她已不止一次尝到失败的滋味。她不想被人瞧不起了,再说身边的亲人已经为她做了表率。她的哥哥德义有三个孩子,虽说有两个女儿是大金牙带来的,但那也叫德义爸爸,再说大金牙结婚没两年就给德义生了个儿子。姐姐德玉和德淑在东北当工人后,也找了一对兄弟结婚,都各自生了三个孩子,家里其他亲戚也都三四个孩子。七仙女的爹就是已生了七个女儿,本来还想拼八胎,有天他不在家,七仙女的娘被拉去做了结扎,他们家只拼到七仙女,八仙过海是别想了。

想到这些,桐花并没费劲劝说自己,也没因为多读过几年书就不想要男孩,在要男孩这件事上她和村里没上过学的人差别不大。她唯一担心的是家里有降生巨大儿的遗传基因。凤衣出生时已超过十斤,桐花无法理解,家境这么差,想吃一顿肉都难,只能靠地里的菜和一点虾酱、地瓜饼子充饥的孕妇,为什么会生出十斤的婴儿。可是没人给她答案,她只能鼓起勇气一次次冲向鬼门关,期待能顺利生下孩子。她生凤衣时下体撕裂伤了,这让她整个月子都不能坐着,喂奶就跪在炕上。不管怎么样,产婆觉得这么大的孩子能顺利生出来,已经很不错了,拿起桐花提前准备好的鸡蛋就走了。如果是别人家,她可能还会希望能给点别的,可看到白术家歪歪扭扭的两间草房,就放弃了这种想法。

生完凤衣后他们就不符合再生的条件了。白术的单位为了这事特意找他谈过话,他们深知白术一直属于不按常理出牌的人,就把利害关系都告诉了他:"如果你们两口子偷着生孩子,单位管计生工作的同志会受到处分,李白术同志,你要是再生工作就没了,一定要想清楚。"谈话后一段时间,白术没表现出异常,按月都会去领取计生用品。那时计生用品发的很到位,不但育龄夫妇可以领,连桐花后来开的诊所也要承担起随时提供避孕套的责任。只是桐花没想到这一箱箱避孕套在很长一段时间,都是凤衣和小伙伴联系感情的工具。凤衣常趁着他们午睡拿出一大盒,挨个分一遍。这样正午时分,李庄就不时有硕大的白气球飘起来。

下地干活儿的大人们看到了也就笑笑,有时他们也会问凤衣:"这是什么啊?"

凤衣会捏着气球的头说:"气球。"

"凤衣你把这些气球都吹起来,就会有小弟弟了,吹不完,就不会有小弟弟。"

这句话凤衣记了很久,也因此多吹了许多气球。桐花为这事把凤衣说了一顿,告诉她:"在家吹行,以后别出去吹了。"

后来桐花怀孕,不是凤衣把家里的气球吹光了,他们家的气球多得根本吹不完。

凤衣看着娘的肚子一点点大了,就问:"你肚子里是有小弟弟了吗?"

桐花摸了摸女儿的头说:"但愿吧,可你不要告诉别人,要出去说了,小弟弟就会让妖精给抓走。"

凤衣对小伙伴们保守住了这个秘密,作为一个两岁多的孩子,守住秘密有时并不那么容易。当有人问她:"你妈妈的肚子里是不是有小弟弟了?"

凤衣都会说:"嘘,小点声,别给妖精听到了。"

后来就有计划生育的人找上了门。桐花不知道谁走漏了消息。

"他们先是找爹说话,后来又来拉娘进城,开着那种能冒着烟跑很远的车,其实我很想坐车,但我不能说。"凤衣对二奶奶说。

这种事在那个年代很常见,甚至有段时间人们一见面就会说:"很久没见你,去躲计划生育了吧?""是,没躲过去,还是拉回来引产了。"

凤衣不知道引产是什么,可二奶奶和儿媳妇说的话她听到了:"造孽啊,县医院妇产科一天要流产多少。"

"流产还不吓人,引产下来的,有的都会哭了。"

凤衣听着她们的对话,就觉得有股凉气从脚底向上冒出来,她以为这是妖精来抓小孩了,吓得大哭了起来。

二奶奶回头看到她,就和儿媳妇说:"别说了,吓着孩子。"

这几个月,凤衣一直在二奶奶家,桐花和白术去躲计划生育了。桐花是和白术一起去的,可白术把她放在亲戚家就去要了,她在亲戚家待到生产前才回来,却见白术没在家。

临近年关,家里冷得和冰窖一般。桐花不知白术去了哪儿,去问婆婆,婆婆也说不知道。看桐花挺着个大肚子着急的样子,白芷才告诉她:"哥哥回单位写了检讨,又找领导赔不是,多人说和,才保住了工作,如今哥哥回医院上班了。"桐花什么也没说,就回家了。她把炕烧上,就继续给孩子缝小薄被,不安地等待着孩子的降生。

傍晚时,二奶奶就和儿媳妇过来照应桐花,说是看桐花就要生了,一个人过夜太危险。没过两天,二女儿凤仙就出生了,这天是腊月十九,差十天过年。产婆是二奶奶的儿子去找的,就是给凤衣接生的那个姓杨的老太太,这次她来连鸡蛋都没有,好在二奶奶给她许诺,等白术回来,要带着点心去看她。经历了快半天的折腾,桐花才生下二闺女。即便桐花在外东躲西藏,担惊受怕,没吃上啥好东西,孩子依然是十斤左右,没有侧切和成熟的生育技术的年代,下体撕裂再一次折磨着她。

按说已到年底,白术可以早点回来伺候月子,可凤仙生下十天,过年单位放假,白术才回来。即便回来,白术娘也不让他帮着干活儿,说月子里的东西太脏,男人是不能碰的,说这话时白术娘瞪着一双发黄的眼珠,盯着凤衣,仿佛这也是个脏东西。白术不能做,桐花自然要下地洗脏衣服和孩子的尿布,还要做饭,好在按照习俗,孩子出生三天娘家妈就能来,裹着小脚的玉珍就搭村里的马车过来了。

玉珍来时,拎着个筐,筐里装着一小袋面粉,小小的布口袋硬邦邦的,这是她拿擀面杖捣结实的,她知道桐花的日子苦,想着能多带一点是一点。她还拿了两只很小的猪蹄,桐花不知娘怎么从大金牙眼皮底下拿出猪蹄的,也没问,她知道现在只能拖累娘,问了也没办法。

平日里,只觉得白术有娘疼,现在自己的娘也来了,让桐花享受了几天产妇的待遇。一大早,桐花娘就从锅里盛一点小猪蹄的汤水给桐花喝,这两只小猪蹄,桐花娘盘算着能让桐花吃十天,这样奶也就能充足了。看着桐花吃完,收拾好碗筷,她就到家边上的阳河去洗衣裳和尿布。白术回来的那天说没吃饭,桐花娘知道姑爷的秉性,把装猪蹄的小锅藏在灶台下的柴火堆里,给姑爷蒸了地瓜饼子吃。第二天,桐花娘偷偷从柴火堆下,给桐花盛了一点汤放进碗里,她不知这一切都被白术看在眼里,在她出去洗尿布时,白术偷偷把锅端出来,在灶上热好,几口就吃了个干净。

响午,桐花娘要做饭才发现空空的小锅,这时白术已经回单位了。她坐在灶旁掉起了眼泪,哭够擦了一把脸,就到阳河去了。这次她把棉袄棉裤都细致地挽了起来,清理一下河里的浮冰,正月里的阳河冰冷刺骨,这是她第一次下到这条河的水里,比她预想的深,她忍着寒气,摸了几个河蚌上来。晚上,桐花就喝上了乳白色的河蚌韭菜汤。看着桐花把一大碗河蚌汤都喝干净,桐花娘才转身去忙别的。

慢慢地,桐花的奶水就像春天的阳河水似的涨了起来,凤仙眼见地就更圆了,白胖白胖的,煞是喜人。

桐花娘在李庄就像个上了发条的机器,不知疲倦地忙碌着,她饭量也大,只一米五几的身高,七八十斤的体重,最大的粗瓷碗,她能吃下满满一碗高粱饭。端着大碗吃饭的桐花娘不再是几十年前俊秀的玉珍姑娘,她被风霜磨砺得没了年少时的矜持,岁月也磨平了她的棱角,给她换上了满头的白发,满脸的皱纹,任谁也无法把眼前的老奶奶和以前的玉珍联系在一起,她们如今更像两个互不相识的人,一个活在年少时,一个一直是老奶奶,各活各的,没什么关系。

桐花月子还没坐满,夏庄就来了信,大金牙让人捎信说,家里的牛没人喂,让桐花娘回去。稍信的人说这话时,就坐在桐花家热乎乎的炕上。天冷,桐花娘怕娘几个冻着,每天都把炕烧得热乎乎的,谁也没留意她每天天没亮就出门,在村里人起来之前,把地里地外的秸秆、牛粪和杂草都拾一遍,让过会起来的人以为村里本就这么干净,干净的像被牛舔过一遍。

桐花娘离开后,桐花家就像走了海螺姑娘似的,炕也没她在时热了,饭也要桐花起来做,那年凤衣三岁,凤仙已出了满月。桐花不知道此时她娘因为正月跑到闺女家,正被大金牙训斥,虽说她也刚从娘家回来,可规矩这东西,强势的人只喜欢让弱者遵守。即便德义觉得对母亲这样训斥不合适,也没说什么,毕竟大过年的,家和万事兴嘛,一个人发火不算吵架,如果两个人发火,或者更多人在过年期间争执,是会让新的一年不顺利的,他深信这样的规矩。

想到这,他就出去了,让婆媳两个掰扯去吧,他要去看看茂昌家的牛下没下犊子。

3

自从高中毕业,桐花就没再摸书,她想和过去那个只知道读书的自己切割开,她的家庭成分是不能上大学的,这个梦也该彻底醒来了。可婚后的生活似乎没她想得那么圆满,别说圆满,就连基本的满意都谈不上。贫贱夫妻百事哀这话没错,自白术从部队回来,她因为当初想随军把计生部门的工作辞了,再加上杂七杂八的缘由,如今的日子让她心里不踏实。

以前她总觉得有把子力气,肯干活儿就会有饭吃,可看着眼前的闺女,她将来怎么办,也和她一样在农村待一辈子吗?最无法忍受的是白术对自己动过手,那道伤口不是在她脸上,而是长在了她心里,也就是从那次起,她心里萌生出必须为自己和孩子的将来考虑的想法了。

这段日子,她常把目光在两间平房里扫来扫去,有什么办法呢,哪怕是有一技之长。一技之长?最后,她的目光落在了西屋,那边的炕上除了装打好的粮食和种子,就是书,准确点说是中医学的书。以前桐花从没关注过它们,只在搬进来时帮白术仔细梳理过,它们一部分是白术家祖传的医书,还有一部分是白术用津贴买的,都是他学医的工具书。

摸索着这些落满灰尘的书,桐花仿佛又回到了教室里,她曾在书本中学到过许多知识,也曾在学校遇到过喜欢她的男生。那人家穷,也是自小就没爹,他娘不肯花钱为他娶亲,就为他在邻村寻了个寡妇。这一切在桐花被他约出来之前全然不知道,那时他们都因为成分不好,没有推荐与选拔的资格而错失上大学的机会,桐花以为他晚上约她出来是为了发发牢骚,说说苦闷。那天晚上,两个年轻人坐在夏庄的道里沟边,周遭寂静的只能听到虫鸣。他们先是说起那个被推荐上大学的村干部的儿子,高中三年他的成绩一直在班里垫底,桐花总考第一,如果有次考了第二,那考第一的就是这个男生。后来说着说着,他们就说起上辈人的事,他们把这些年听到的片段信息拼凑起来,大概也拼出了他们爹娘青梅竹马的过去。这个男生的爹叫孙连根,就是那个自小和玉珍长大的连根。玉珍被舅舅逼着嫁人后,他就被国民党抓兵的抓走了,被解放军俘虏后才放回来。回来后,他偷偷去看过玉珍,但从没敢让玉珍看到过自己。那时他的身子就垮了,他后爹也已过世,他娘就做主给他说了媳妇,可没过几年安稳日子,他就病倒了,后来他又偷偷去看过玉珍一次,回来没多久就去世了,那年他儿子玉军才四岁。梳理完这些信息,孙玉军沉默了很久,才说:"你一定要找个好人嫁了。我的条件不允许,以后我们应该不太可能见到了,我要去邻村生活,过日子嘛,不用想太多,我只是想告诉你,高中三年我喜欢了你三年。"说完便紧接着又说,"回吧,我送你回去。"桐花知道他只是在结婚前来告诉她,也算放下一桩事,开始过新日子,就默默跟着站起来,拍拍裤子上的土,一前一后地回去了,孙玉军一直把桐花送到家门后,看着她轻手轻脚地翻墙进屋,才转身回家。

回想完,桐花再次看着眼前的书,这都是医书,她从没学过,甚至不知能不能看懂。随手翻开一本《傅青主女科》,这是个叫傅山的人写的,桐花翻到《血崩》,文中讲到,妇人有一时血崩,两目黑暗,昏晕在地,不省人事者。以她的古文功底,读这样的文章是不成问题的,不知不觉她顺着文章向下读,竟读得很顺畅,也生出些兴趣。晚上白术给人看病回来,桐花就端上了烙饼和煮鸡蛋,白术有些意外,往常她可是抠门到家了,鸡蛋都要拿到集上去卖的,怎么舍得煮了吃。看白术满脸疑问,桐花拿起鸡蛋卷了饼递给他:"吃吧,今天管够。"白术笑着接过去说:"今天是怎么了?也不挂着你那苦瓜脸了。"

桐花白了他一眼:"你要答应我这事,今后我都对你笑脸相迎。"

"快说吧,你不说,我吃不踏实。"说着又拿了一个桐花卷好的饼。

"我想学中医,可能学成?"

"你咋想学医的。"说着白术身子向后撤了一下。

"你听我说,咱们老二都出生了,又是闺女,婆婆那天跟我说去买两个坛子,说两个闺女以后出嫁一人一个,还说我们是绝户,日子还有啥奔头。我还想再生个,万一是儿子呢,不是儿子咱们还赚个孩子,孩子多了你那点工资哪儿够,咱们要从长远看,我要是学医,能帮助你,再说现在不是开始提倡个体经营吗?咱们县里还没有个人开诊所的,我想咱们在家开个诊所,要是干得好,盖房子供孩子上学都能实现。"

桐花说着又把一个饼递给白术,白术吃着手里的饼,想着桐花给他画的饼,不自觉地点起了头。但他又说:"你能忙过来?带孩子,家里地里那么多活儿,还要学习。你知道我当时除了吃饭睡觉上茅房都在看书,我努力了那么多年,你能吃那个苦?"

"我能,不管咋的,决定了就能干下去,不后悔。"

看桐花很坚决,白术就同意了。可他还要去问问他娘,毕竟医书是祖上传下来的。让桐花意外的是婆婆没反对她学医,还说:"一个羊也是赶,两个羊也是放,带着白芷学学。"没想到还没等白术反对,白芷就不乐意了:"我可不看书,我字都不认识几个,一看书就头疼。"

自那以后桐花晚上收拾完,哄着孩子们睡着就到西屋去,好在白术也有晚上看书的习惯,为了避免浪费蜡烛,夫妻两人干脆就搬到了西屋睡。桐花深知白术的医术已得到病人的认可,又有家学传承,他两三岁就开始背汤头歌,在爷爷和父亲的教导下学医,自己要想有所成,必然要付出更多的努力,所以当蜡烛光影下两个巨大的影子变成了一个时,就是桐花还在夜读。

4

桐花告诉白术又怀上了时,白术还漂泊在义诊的路上。为了早点联系上白术,早做决定,她给白术写了封信,和许多她给白术写的信石沉大海不同,这次的信才发出不到一个月就有了回信。白术的信很短,只说:"孩子留住,我就快回去了。"可这封信收到俩月白术也没回家,好在第三个月桐花又收到了他的信,信上说他在义诊的地方和几个人烤鱼吃,吃出了血吸虫病,正在医院治疗,要迟点回来。

就这样,又过去两个月,这期间,桐花不得不挺着越来越大的肚子,家里家外忙活,好在凤衣已经五岁,能帮着她照顾凤仙,做一点家务。在对白术的担心里,桐花又熬了两个月,隔壁的二奶奶偷偷告诉她,计划生育小组的人明天要来抓她去引产,这是她儿子在别人那儿听来的,听到这个消息桐花不得不连夜收拾了一包衣物,带着两个女儿回娘家。二十里地的路,就是腿脚利索的人走完也是很累的,她都六个多月了,再加上带着两个孩子,走到夏庄时,桐花已经快要虚脱了。好在哥哥德义正好出门,在路上看到她,把她背了回去。大金牙看了看躺在炕上的桐花说:"她这样在家会连累我们的,赶快送走吧,不然也容易被找到。"德义想起前阵子借了邻居的牛棚,正好里面有间房,他想把那间房收拾一下让妹妹搬过去,媳妇一直在他面前念叨,他也是没办法,可这些他暂时还不能告诉妹妹,怕妹妹说他怕老婆。

好在牛棚里这间房,以前就是住人的,收拾了一下娘儿几个就住了进去,桐花娘也搬了进去,她不放心闺女带两个孩子在这儿。有娘在桐花是踏实的,她吃着娘做的饭,躺在炕上歇了几天,总算恢复了体力。桐花娘嘱咐桐花:"小子一般都提前生,只有闺女爱懒月。"巧合的是真被桐花娘说准了,离预产期还有二十多天,桐花就见红了。德义慌里慌张地去找产婆,这个产婆前几年才接生下德义和大金牙的儿子。看着四肢纤细的桐花顶着个大肚子,产婆说:"这么大的孩子真是少见。"

巧的是当晚德玉和德淑都自东北回来探家,兄妹四个好几年没见,难得的相聚让全家人的心情都好了起来，连桐花的生产都显得不那么恐怖了，只有桐花娘在听到桐花在屋里的惨叫时，哆里哆嗦地打翻了热水盆，这兄妹三人则继续坐在一起叙旧。也许是桐花的叫声惊动了牛棚里的老牛，它也不时发出哞哞的叫声，各种响动在一起，让桐花娘更不安了，为了避免孩子们担心她，她走到了院子外面，坐到了邻居门前的石头上，这里听不到院子里的声音。天上的星星闪着微光，村里除了一两声狗叫，便不再有啥声响了，桐花娘第一次听到了自己的心咚咚地跳，仿佛谁在拿着拳头砸门。

天快亮前，产婆终于用桐花娘做的包被把孩子包好递给她："是个儿子。"桐花听到是儿子什么也没说就睡了过去。产婆在桐花娘耳边低语了几句，就随德义往外走了，她要先回家睡一觉，下午再来看看他们娘儿俩。

德玉和德淑早就睡下了。此时，院里只有桐花娘，她抱着桐花的儿子在院子里走动，嘴里念叨："终于有儿子了，我的桐花终于有儿子了，老牛，你看看，是个儿子。"

等桐花醒来吃了饭，大家又坐到一起，已经是晌午以后的事了。他们打开包被，用温水给孩子擦洗，笑声高一声低一声地传到牛棚外，像个人磕磕绊绊地走在路上。

白术和他娘到牛棚看儿子是孩子出生的第六天，在反复确认这次是儿子后笑容才挂上娘俩的脸。白术娘从随身带的包袱里拿出二十个煮熟的鸡蛋，对着桐花娘说："给桐花补补，怕路上摔裂了，都煮熟了，吃吧。"说着婆婆就递给桐花一个。

"娘，我刚吃了，先放着吧。"

吃过晌午饭，白术娘俩摸着滚圆的肚子就回去了，从头至尾没提要把桐花接回去坐月子的事,桐花一直在等那句话,直到娘俩说要早点回去就匆匆离开,也没说让桐花跟他们回去。

"他们像串亲戚似的。"桐花抱怨道。

桐花娘接过话来说:"随他们,你要是回去,三个孩子都要照应,还能坐月子吗?"

"是啊,生了儿子能来看看就不容易了。"桐花苦笑一下。

"你踏实在这儿待到坐完月子,让你哥给他稍信,他来接再回。"

听娘这么说,桐花就没再说啥。

多年后,凤衣问起她娘当年学医的动力时,桐花说:"对中医学的兴趣是学习后的事,之前,我是因为没有安全感,不只是你爹对我的打骂,那些伤疤和痛苦会因时间而消退,即便忘不掉,也会变淡。再说我一直觉得男人是天,是顶梁柱,这家家只有一根的柱子对女人耍威风是正常的。真正让我丧失安全感的是他一家人的自私,他们的自私你大概了解。再就是和你爹结婚的十多年间,我曾接待过好几位上门找他的女人,具体是几位我也记不清了。她们来自好多城市,循着她们所在的区域我甚至在家里的旧地图上画出一个 V 形,我不知道这是不是你爹刻意所为,也不想知道。让我迷惑的还有,她们都说和你爹没有过身体接触,更迷惑的是她们要找的人都叫李白术,你爹告诉她们的名字是真的,可在职业上却撒谎了。在她们口中,他是铁匠李白术,木匠李白术,农民李白术,供销社营业员李白术,只是他从来没说自己是医生。我也从没问过他为什么要这样做,我一遍遍告诉自己她们肯定是找错人了,她们的李白术肯定不是我们家的医生李白术。"

凤衣也很好奇,就问娘:"那怎么都能找到咱们家的?"

她娘说:"如果你爹再聪明一点,不说自己的家在哪儿,不提自己叫什么,那个年代要找到他还真是很难。"

"不过后来这些女人也没见到你爹,一是他真的很少回家,也许当时正在和别的女人说他是石匠李白术,二是我总告诉人家,她们口中的李白术是个人贩子,骗了好多人。"每每说到这儿,那些女人就顾不得喝我倒的水,急匆匆地踏上来时的路了。

5

桐花已记不得这是白术第几次说要出去闯荡,自儿子降生后,单位就对他做开除公职处理,只是还要去办离职手续。工作要是没了对这个家无疑是巨大的打击,白术的工资是家里的主要经济来源。虽说工资总被白术以各种理由花掉一部分才能到桐花手上,可没有工资,家里只有桐花嫁过来分的两亩地,指望这两亩地吃饱都费事,根本谈不上还债和盖新房的事。可白术遇事就缩着,桐花咋说他都不肯去单位,男人这样,桐花也习惯了。这天她一早起来,把家里收拾停当就要进城,白术知道她要去哪儿,转个身又要睡。桐花说:"别睡了,起来看着孩子,我去看看就回,顺便看看种子。"桐花从屋里出来,看两个闺女正蹲在院子里玩,她嘱咐道:"别跑出去,就在家玩,等娘回来。"说完她就骑着在二奶奶家借来的自行车去了县里。

"这么大的问题他怎么不来解决?"人事科长问桐花。

"他最近病了,也是为这事上火,所以就赶忙让我来看看。"

"你识字吗?这是医院对他的处理决定。"说着递给桐花一张纸。

桐花站起来接住,赫然看到一句:"对李白术同志做出开除的决定。"这让她有些头晕,只好缓缓地坐回椅子上。

"计划生育的红线不能踩,你们生了三个,生老二时我怎么跟他说的,院里管计划生育的同志和你们村计生委员都联系过,你们两口子当时咋说的?非要生,计生委员要带你去打胎你们还跑了,直到孩子生下来,后来考虑到李白术同志是个人才,在部队时就因为医术不错受到过表彰,而且听说他还是自学成才,领导顶着巨大的压力,只给了他一个处分,没想到一看不是儿子就要再生,还跟我赌咒发誓说这是最后一个,就算是姑娘都不再生了,这是我能做主的吗?他违反政策,就应该知道后果。再说他还不服从管理,省名老中医三十五岁以上的医生才能去考,领导还和他说了,等几年就可以考了,他那年才二十七就跑去考,是考上了,但因为年龄不符被拿下来了,这是他着急的事?从那时起领导就觉得他太不听话。"

看人事科长像连珠炮似的发问,桐花只听着,也没插嘴,毕竟人家说得也属实。

"科长,我知道我们这是违反计划生育政策了,您能不能给我们一次机会,他的工资是家里的生活来源,我们没有其他挣钱的工作,我在家里种地,也就粮食够吃,实在是没办法,您给我们想想办法吧。"桐花说这些话时头还晕,眼前一晃一晃的,就像此刻她没在办公室里,而在一艘小船上。

"这事你不用跟我说了,板上钉钉,你看这份处理决定已经下了,改不了。"说完他拿起桌上的茶缸喝了口水。

"我们家的确需要这份工作,您看能不能……"

还没等桐花说完他大手一挥说:"别说这些了。"

桐花走出白术单位的大门时,脚下像踩着棉花般不真实,人事科长答应再替他保管档案一年,如果不能在一年内找到接收单位,档案就会打回人事局,和其他失去工作的人的档案放在一起,如果一辈子找不到接收单位它们就会一直寄存在那儿,像车站寄存处无人认领的行李那样。目前唯一能避免这件事发生的办法就是在一年之内找到新单位,可这样谈何容易。桐花也不想去买种子,还是让邻居捎吧,眼下她要回家和白术商量一下。

桐花骑车到家时已经晌午了,别人家的烟囱已开始冒烟,在忙着做饭,临出门前她已做好了他们爷几个要饿一顿的准备,白术是不可能做饭的。路上她顺路把自行车放回了二奶奶的院子,想到孩子们还在家饿着,她加快了脚步。一进门,桐花看俩闺女没在院子里,进屋看到凤衣坐在炕上抱着弟弟,凤仙在炕的另外一边摞枕头,总算松了口气,只是环顾一圈没看到白术。

"娘。"老三瓮声瓮气地叫了声。

桐花高兴地捏捏他的脸说:"我儿会叫娘了,你爹呢?"

"出去了,说是要去找我叔下棋。"凤衣回。

"就知道玩儿,你看着弟弟我先做饭。"

天擦黑了白术才回来,看桐花的脸色他就知道此去不顺利,其实他早就知道处理结果,只是不想面对。

桐花没跟他发火,只说:"咱们商量一下以后的路咋走吧,毕竟不为自己还有三个孩子。"

"你定吧。"白术说。

"一年工夫,你能找到新接收单位不?"

"那对我来说就是小事,像我这样的人才,不要我是他们的损失。"

"别吹了。"这是桐花第一次在白术吹牛时打断他,以前不管咋样,她从没觉得这么无望过。

"我发誓如果一年之内找不到合适的工作我就是你养的。"

桐花看着眼前的男人一时不知该说什么,这是自己挑的,不管他是圆是扁的都要忍受。她说:"我姐在东北支边,上次她们回来说那边缺人才,我给他们写封信,他们家的几个孩子都是我假期跑过去帮着带的,你去那边碰碰运气吧。"

"好,出门我在行。"

看看白术的表情,桐花补充道:"这次不比以前,你已经没退路了,一定要往心里去,别到哪儿就知道玩,我刚才去送车,二奶奶说起她家老大白蔻军医大学毕业分到309医院后,干得不错,要提副主任了。你看看你现在的样子,能不能争点气?"说完桐花把身子转过去,对着窗口,窗外的梧桐树已经开始发芽。

白术没像以前那样和桐花吵,他什么也没说,眼前又出现了他在部队最后一次看到李白蔻的场景。他和白蔻是堂兄弟,比白蔻大五个月。两人从小一起长大,一起当兵,感情好得和亲兄弟似的,又在当兵的第五年一起考上了第二军医大学,这个消息当时让李庄人狠狠高兴了一回。虽说庄上也出去过有本事的人,可两个孩子一起考上军医大学还是头一回。就在两个人还沉浸在对大学生活的憧憬时,一个体检单让他们的人生走向两个方向。白术因为查出色盲没被录取,白蔻则如愿进入了大学。

这个打击让白术疯了,这是他战友说的,本来十分上进的部队基层青年医生李白术出现了自言自语、魂不守舍的症状,直到他娘钱秀莲去了一趟部队,他似乎才好起来,谁也不知他娘怎么和他说的,只听见那晚在招待所二楼,他娘住的房间,传出撕心裂肺的哭声,自那以后李白术病是好了,只是变得什么都无所谓了。他开始顶撞上级,和嘲讽他的人打架,那个积极上进的李白术在收到那张体检单后就消失了,在桐花看来,他终其一生都隐身在那张体检单里,不肯出来。

深夜,桐花迷迷糊糊刚要睡着,突然听到一句"我明天就去东北。"躺在她身后的白术说。

6

桐花做出搬家的决定是白术去东北的第五个月。白术在信中说:"来吧,桐花,在这你会看到一个崭新的世界,我们将从这儿重新开始,所有的挫败和痛苦都将远离我们,在这儿,没人认识我们,孩子们正好要上学了,不要犹豫了,来吧,这里只缺你们。"看完信,桐花也动心了,她也憧憬那样的生活,忘记在这里一地鸡毛的日子,去外面闯闯,所谓人挪活树挪死。

她看了一眼窗外的梧桐树,它就要留在这儿了。自小到大她生活的院子里都有梧桐树,秋日看树叶一片片凋落,春天再一片片长回去,梧桐花开得小而寂静,从不曾打扰他们的生活,却一直陪伴着他们。自从听人说院里种一棵树是"困"后,她就在院里院外都种上了树。这些年过去,家里其他都没啥变化,倒是树越长越大,遮天蔽日的,因为枝繁叶茂,院里和院外的树看起来就要牵扯到一起了,远远看上去,像是住在林子里。

桐花站在门口看着这个枝繁叶茂的家,生出无限不舍。这里虽有那么多让她长不起志气的事、让她要强的个性痛苦的事,可这个倾注了她十年精力的家,要真说放下还是有诸多不舍。即便有不舍,桐花还是张罗着卖了家里的粮食,有些是陈的,还有些是今年才打的,都卖了才有钱出门——白术没寄钱回来。也许他是觉得桐花是个超人,能解决一切麻烦,他甚至都没告诉桐花把家里的粮食卖了,他知道桐花都知道的,不消说。桐花把能卖的都卖了,把那两个咸菜缸送给了隔壁的二奶奶,白芷说要照看院里的树,看他那么主动,再加上给外人看也不放心,她就把家里的钥匙都给他了。

家里的粮食加上杂七杂八的,桐花卖了八百七十三块钱,买完去东北的车票,桐花把剩下的钱都缝在腰带里了,这让她能有点安全感,这是她全部的身家,再就是三个睡在炕上的孩子。白术的几把胡琴桐花依旧让它们挂在偏房里,她不能卖掉它们,那是白术的消遣,以前只要他心情好,总会笑眯眯地坐在门口拉上一段,拉的都是很悲的曲子,让人听得难受。有一次桐花实在听不下去了,就说:"你能不能拉点高兴的,别像哭丧似的。"听桐花这么说,白术小心放下胡琴就冲她扑过来了,多亏桐花躲得快,他一下没扑到就又回去拉胡琴,依旧带着笑拉着悲伤的曲子。

忙了几天桐花才觉得收拾得差不多了,在偏房挂胡琴的地上看到编筐里探出的小刺头,才想起差点把它们三个忘了。这是三只刺猬,桐花发现大雨过后,就会有刺猬从水沟里爬出来,她不知道它们是不是和蛤蟆一样是从水里生出来的,但却说不出的喜欢,就捡了三只回去,两只灰色的,一只黑的。可桐花太忙了,把它们拿到偏房的编筐里就忘了,正在桐花纳闷它们这几天吃的啥时,她发现偏房墙边被刺猬挖了个洞,她猜这几个家伙可能是从这儿出去觅食,然后再回来住的里,想到这里,她又把编筐放了回去,就让它们在这儿看家吧。

桐花回屋时,孩子们都在炕上睡着了,凤衣抱着新买的鞋,她们多久没买新鞋她也记不清了,孩子们平时都是捡别人剩下的衣裳,其实有的捡也不错,毕竟二十世纪八十年代初谁敢说自己的孩子样样都能用新的。可庄上就是有家人日子好到孩子能经常穿新的,这家男人是个赤脚医生,姓姚,姚医生是个踏实肯干的男人,除了给人看病挂吊瓶,还是一把种地的好手。李庄要说谁家有闲钱,那肯定是姚医生。姚医生是外来户,1960年他娘带着他来时就快饿死了,是大队部做饭的姚老汉收留了他们,后来他娘就跟了姚老汉,他也改姓姚。十几岁时他就跟着队里的赤脚医生学打针看病,后来还到乡里的卫生院学过一阵。他老婆就是桐花的高中同学淑珍,淑珍嫁到李庄才把桐花介绍过来,白术家是中医,姚家是西医,这么看倒是有些缘分。可白术总觉得自己怀才不遇,过日子全凭心情,倒是姚医生踏踏实实,日子过得红火。看桐花过得苦,淑珍也不忍心,总拿些家里孩子用小的衣裳给她,巧合的是她们都是三个孩子,桐花家的三个也正好比人家的小一点。

出发那天,是冬月初三,白芷把桐花和孩子们送到火车站就走了。桐花大包小裹地带着三个孩子挤上了火车,娘四个只占到一个座位,看着上车的人越来越多,桐花把行李放好,就拿出两个破被单铺到座位下面,又拿出两个小枕头,这是她早就准备好的,铺好后她让凤衣和凤仙分别到座位底下躺着,嘱咐她们吃饭了再出来,她则抱起儿子在座位上稍稍松了口气。

凤衣趴在座椅下,看着眼前的脚,那么多的脚在她眼前不断挪动,空间被占满后,空气里都是挤挤插插的感觉,有个人把鞋脱了,臭得凤衣把头转向了另一边。中午上的车,娘在天擦黑了才把她们喊出来,凤衣看着窗外,天已经黑得看不出什么了,只有像高粱秆一样的竖起来的倒影不断向后跑。

"别看了,赶快吃点下去睡觉。"听娘这么说,凤衣便不再磨蹭,快速吃下一个烧饼,还没等她说噎得慌,娘就递过了水壶,这是她爹当兵时的水壶,她接过来喝了两口,看了看窗外,一缕光从远处照过来又转瞬消失。

7

在1984年的梅城近郊,李白术全家在忙着收拾租来的房子。房子以前是福民菜队的队部,队部搬走后就一直空着,直到前一个多月,才把左边几间租给开饭店的老刘,右边租给白术一家,浩浩荡荡一排砖瓦房只有两户人家。其实真正在这过日子的就是白术家,老刘家不在这儿。每天深夜忙活完,老刘就会骑着那辆扔在街上都没人捡的破自行车回家。现在是腊月,凤衣过完年就七岁了,她们姐弟几个天一黑就睡,睡前老刘的饭店还灯火通明,醒来老刘又在饭店里忙碌了,她们从来没见过他离开饭店回家,这让凤衣以为老刘晚上就睡在饭店的大圆桌上。那几张大圆桌也实在是大,她爬上去转好几圈都掉不到地上。

白术两口子把一间有炕的大房间作为卧室,中间是厨房和烧炕的炉灶,另外两间原是队部的会议室,现在两间房被打通,放上了才买的中药架子、柜台和桌子,以及一张窄窄的诊床。刚搬进去的几天,除了打扫卫生整理房间,就是不断进货,把药架子每个斗子里都装上药,药名就在药斗子头上,是白术用毛笔写的,左右的药名写在两侧,中间斗子的写在正中。半个月左右工夫,卧室和药房就布置得差不多了,药架子里也塞得满登登的,像个准备好弹药的战士那样,站在墙角。这些事多是桐花忙的,白术依然和以前一样,会挑些轻省的活儿,或跑跑与外面联系的事。

这是我们家在吉林省度过的第一个冬天,也是我娘夏桐花,不,自来了以后爹就让我们三个改口,爹娘改成爸妈。我妈夏桐花第一次在零下二十多度的天气骑自行车。那天是1984年的最后一个月,腊月里吉林的温度有着朝天椒在辣椒里的地位。收拾得差不多了,我妈看了看时间打算买点现成的吃,从老刘那炒两个菜,再买点馒头,其实老刘饭店也卖馒头,一毛一个。只是我妈看着口袋里越花越薄的钱,想起市里的馒头好像只卖八分,市场她还没摸熟悉,只是恍惚听卖馒头喊的八分,这样想着她把姥娘编的筐找了出来,我妈一直用它装馒头。这样滴水成冰的马路上就多了个骑自行车,穿着对襟棉袄的中年女人,穿过薄雾一样的雪,穿过福民大桥,向着西市场骑去。

回来时怕热腾腾的馒头凉了,我妈把厚围巾从头上摘下来,盖在筐上,我刚从热炕上下来,打算看看她回没回,还没等我把门打开,她就冲了进来,嘴里不停嘟囔:"冻死了,冻死了。"说着就把筐放在了地上,捂住耳朵。我们都围了过去,看着她眼睫毛上厚厚的霜和冻红的脸,她见我们都围过来就捂住脸蹲下,呜呜地哭了起来,这是我第一次看到有人冻哭,我们纷纷伸出热乎乎的手,带着刚从炕上带来的余温捂住母亲的耳朵,我们像三块人肉小栅栏似的围着她,要把身上的热气都给她。

她只这样哭了两分钟不到就擦擦眼泪从地上起来,拎起地上的筐,揭开她的围巾,带着兴奋的颤音告诉我们:"西市场的馒头只卖八分,比老刘饭店的便宜二分钱,而且一次买十个还送一个,在老刘那儿是不可能送的,虽说他是个很好说话的人。"午饭时,我们围在炕桌上,吃着从老刘饭店里买回的青椒干豆腐和煎带鱼,听母亲继续说着省的两毛钱,她仿佛从这两毛钱里看到生活正以一种美好的姿势向我们招手。在这个陌生的地方,这种诉说就像给瘪掉的自行车轮胎打气,很快,未来的生活就在我眼前充盈了起来。

我们的新家前有个小球场那么大的院子。对种过地的妈妈来说这块地小得可怜,可聊胜于无。她已经去地里看了几次,就等着冰雪融化后把地种上,可东北春天来得迟,这让已在心里育好苗的妈妈焦急不已。妈妈凡事都走在前面,才来没多久就给我和凤仙报了幼儿园,我因已经到了七岁被分在学前班,凤仙五岁只能待在中班,只有三岁的弟弟还在她怀里。上幼儿园让我们很不适应,早早就要起来,以前醒来我们会躺在炕上看会儿小人书。可现在可不行了,每天早上我和凤仙就会被妈妈小声推醒,趁着弟弟和爸爸都在睡觉,把我们用自行车载到幼儿园。我们没办法,只好打着哈欠一前一后坐在自行车上,到幼儿园去吃早饭。

幼儿园也是由一排平房组成,只是栅栏上刷满彩色油漆,栅栏外就是小学的操场。我坐在学前班的教室里依然在打哈欠,屋里除了飘着包子和稀饭的香味,还有一股大友谊的香味,这是做饭阿姨身上的味道。我妈也用大友谊擦脸,这让还没完全清醒的我恍惚觉得是在家里,可只要吃一口包子就会马上清醒过来,那不是妈妈包的味道。

幼儿园屋里没厕所,小一点的孩子可以坐尿盆上解决,可像我这种大孩子就要去室外厕所。厕所就在幼儿园右边的角落里,院里别处都打扫得很干净,太阳升起时只有厕所在阴影里。厕所只有一间,看起来像个残次品,即便我没参与建造这间厕所,也能感觉到木匠很敷衍,只是粗暴地把长短不一的木板钉在一起,成为三面墙,木门也没打磨过,上面有个又大又丑的铝制门把手。只要谁敢直接不摸把手直接摸门,手上就会扎进小小的木刺,我就因为慌张常被木刺扎到。其实我最怕的不是这扇门,也不怕这三面的破板子会不会露出如厕的我,而是里面狭小空间里的两块木板。我首先要努力踩上去,但它们有点滑,还颤悠悠的,蹲坑里,大便都冻在一起,像个巨大的塔尖似的让我不敢随便蹲下,怕被戳到。

放学时我们多半不需要妈妈来接,再说她也没空,下午是她最忙的时候,除了做饭,还要应对病人,她现在是爸爸的助手。诊所的营业手续办完后,附近的居民已断断续续来把脉,爸爸也开始稳当地坐堂,妈妈则负责抓药。我妈打听过,附近没啥专门的中医师,尤其只经营中药的就更凤毛麟角,全市也就两三家,其他的诊所都兼顾静脉注射和西药,即便是只经营中医的诊所,也都兼卖中成药。人们很好奇这家诊所哪来的勇气全靠中医汤药治病,是不是真有过人之处,可能是在这种猜测下,人气渐渐旺了起来,不到半年诊所在本地的中医行业已有些名气,家里的日子也开始有了起色。

8

晚上妈妈抓完药,送走病人又打扫完后就开始做饭,附近一个姓庄的大娘送来了黄瓜和两棵白菜。她前阵子来看妇科病,治好后就和妈妈有了交往,开春时拿了自家培育的菜苗给妈妈种。有茄子、柿子和辣椒,还有几棵南瓜苗,妈妈还从挑担子卖苗的人手里买了葫芦苗,说等结了葫芦就剖开做个水瓢。妈妈剥了些白菜叶子,泡了一把土豆粉,当地人都吃土豆粉条,在老家我们吃的是红薯粉,她又把碗里的五花肉切成片,肉是在老刘那儿买的,他从猪贩子手上直接买能便宜五毛钱。肉片在锅里煸黄就放上葱,葱也煸出香气后再加上手撕好的白菜,都炒蔫了加点水把粉条放进去,水分收得差不多就可以出锅了。炖完白菜妈妈又煎了带鱼,拌了黄瓜猪头肉。

我和妹妹把炕桌摆好,我们三个围着桌子坐好后,要等爸爸过来,他在厨房的另一边的诊所看书,除了睡觉,爸爸几乎都在诊所待着,他的书也都摆在他桌边的窗台上,歪歪扭扭摆了一排,和歪在椅子上的他形成一个整体。爸爸坐好后,我们才开始吃饭,妈妈把一小盆黄瓜拌猪头肉往自己的位置拉了一下,把煎带鱼放在爸爸面前,他喜欢吃鱼。

吃过饭收拾一下,炕桌就是我们的书桌了,我用田字格抄写汉字,妹妹做手工,都是老师布置的作业。弟弟在旁边不时揪我们的头发,想让我们和他玩,他才三岁,刚断了奶,又不爱吃饭,看起来很瘦,眼睛黑亮黑亮的,活像只小猴子。

吃过饭,看着这只小瘦猴,妈妈才对爸爸说:"忙得忘了给儿子取名字,生下来到现在一直叫儿子,仿佛儿子就是他的名字一般。你有空给儿子取个名字吧。"

爸爸若有所思地抬起头看着弟弟,然后说:"容我想想。"

可他似乎并没开始给弟弟想名字,而是看了看窗外,就开始像久困在马棚里的马似的,在屋里踱步。他走得很快,且越走越快。妈妈还没忙完,听到急促的脚步声就从厨房探出头冲他说:"出去走走吧。"爸爸便如解开了缰绳的马那样,快步消失在傍晚的微光里。妈妈并不问他去哪儿,一般他会在深夜回来,值夜班的大姨父都是深夜出门,天亮再回,两连襟奇特的作息填满了整个夜晚。不同的是大姨父的爱好是捡破烂,尤其六十岁以后,他就成了垃圾桶的常客,他一米六左右的身高对付大垃圾桶是件费力的事。我听妈妈说起这件事时眼前就会出现他从垃圾桶里跳出来的场景,和三毛流浪的场景差不多,后来他又带着大姨去扒垃圾桶,很快两个人就配合得当,收获也大起来了,再后来他们又迷上开荒,马路和铁轨边上都有他们的土地,他们像有无数农田的地主似的向我妈介绍他的土地:"这条街的拐角种了一排葱,前面的铁轨边种了十多棵白菜。"心细的人也许会问,大姨和二姨不是双胞胎吗?二姨和二姨父呢?说出来你们可能都不信,二姨和二姨父当时也在,只是因为他们的行为出奇地一致,总会被忽略掉另外两个,所以四个人总给人一种两个人的感觉。

妈妈看姐姐和姐夫们在闹市里种地不知该说什么好,不过这似乎比爸爸的爱好好一点。这天,中街的老中医老戴带着个女人来,不知他们是不专挑爸爸不在家时才来,那女人穿得很少,少到连妈妈都忍不住多看她几眼,担心她着凉。

女人开门见山地说:"老李调戏我。"

女人说这话时就站在妈妈对面,她一时没明白过来,愣在了原地。站在她边上的老戴接着说:"谁都知道小丽是我的女朋友。"他把女朋友一字一顿地说出来,仿佛是临时想到的称呼。

这回妈妈知道怎么回他了:"戴大哥,我那老嫂子知道你有女朋友吗?"

听妈妈这么说,老戴有点不乐意了:"我们现在说的是老李对小丽不老实的事,别扯远了。"

"好,就按你们说得来,我想听听细节,到底是咋回事?"妈妈说完坐到了爸爸座椅上,笑着看他们。

小丽被妈妈的态度整得不知该怎么办才好:"大姐,你看我们也不是来找麻烦的,就是老李总缠着我,一到晚上就去我家,说要替老戴看着我。最奇怪的是他坐到半夜就走,像那个什么来着,"她拍了一下脑门说,"对,像灰姑娘,一到半夜就走,留都留不住。"

老戴插话道:"咋还留上了呢。"

小丽赶忙解释:"我就是打个比方,刚才就是想起我姑娘看的童话故事了。"

老戴白了她一眼坐到了妈妈的对面,这是病人坐的地方,现在看起来他们就和其他来看病的病人没啥区别了,他说:"弟妹,我也不是让小丽来找麻烦,你们刚从外地过来,挺不容易的,我就是想说,你看看是不要给小丽点赔偿,我们也不是缺钱,就是心里憋屈。"说着老戴竟有点激动,看起来像要哭了。

妈妈只坐着看他们,没搭他的话,他饱满的情绪只能在妈妈冷淡的脸色中退去,这让他从椅子上站起来,问道:"你想怎么样呢?"

妈妈说:"应该是你想怎么样吧?我们老李虽说不上是啥正人君子,但也不至于去抢你的女朋友啊。"

说着妈妈看了一眼站在一边的小丽,小丽不知是心虚还是怎么了,开始低着头,揪裙子边上的线头。

老戴说:"咱们都是同行,这事就算我吃亏了,我不要赔偿了,不过你要保证老李晚上不要去她家,弄得她可害怕了,你知道她一个寡妇,带个孩子生活不容易。"

母亲看看他们一字一顿地说:"没问题。"

"这家都是啥人啊。"老戴边说边扯着小丽往外走。

那小丽还说:"大姐,我掏心窝子和你说一句,这男人靠不住啊。"

母亲对要和她掏心窝子的小丽说:"心窝子先别着急掏,多穿点吧。"

当天晚上爸爸仍是半夜回来。他一回来就兴冲冲地告诉妈妈:"我想出来了,儿子就叫南星,李南星。"

"是小丽帮你想的吗?"听妈妈这么说,爸爸愣了一下,后来他就很

160

少在晚上出去了。

9

也许是为了对吃过的苦的补救,诊所走上了正轨,妈妈就带我们拍了好多次合影。拍第一张时弟弟三岁,是我们来的第一年,我们身上的大衣虽时髦,可从乡下带来的红脸蛋还没褪去,衣裳像是从照相馆租来的。第二年拍时是夏天,我穿着马蹄袖的肉粉色连衣裙,妹妹的裙子比我的颜色深些,我们脖子上挂着塑料项链,头上戴着发箍,脚上不只穿着彩色的凉鞋,还穿起了丝袜。弟弟穿着一套海军服,后来我发现弟弟每年穿的都是海军服,冬天穿的是海军大衣。这让我觉得母亲心里可能装着一艘军舰,在她眼里男孩最好看的衣裳就是海军服吧。我这样想也不是无据可循,爸爸当兵就去的黄县,后来是蓬莱,反正都在海边。可爸爸是陆军,也许当时随军那段短暂的日子,妈妈见过一艘军舰,在海里威风地驶过,甲板上都是穿着海军服的战士,不过后来我和妈妈说起这猜想时,她没否认也没承认,而是长时间地陷入沉思,仿佛她又看到了那艘驶向未知世界的军舰。

有天,我们坐在路边看到对面的小房子挂着三个字,我问妈妈:"那是啥意思?"妈随口说:"小卖部。"小卖部三个字就挂在房子身上,字迹随意,甚至有点模糊了,没有任何花哨的装饰,可这足够吸引我们,在老家我们连冰棍都吃不起。

我还记得,婶婶无视我们把冰棍送给其他亲戚,爸妈经济上的窘迫是奶奶和叔叔一家对我们冷漠的主要原因,这个事大家都知道。可我们无法理解,总觉得亲情更大,总举起亲情的大旗为自己抱屈,可在那些无数被忽视的瞬间来说,毫无用处,就像孔乙己的亲戚也不会多看他一眼一样。连冰棍都吃不起的孩子,根本不会看更花钱的去处,所以我们竟然从没去过老家的小卖部,不,它肯定有其他名字,在全国各个地方,小卖店、小商店、小超市……都是它们的名字,虽名字不同,但它们的作用是一样的,都是用来诱惑小孩的,就像一艘驶向未知世界的军舰对妈妈的诱惑一样。

小卖部的主人是个中年的女人,头发松散地缠成发髻挂在她后脑勺上,只要她站起来,肚子就会顶着柜台,她每次站起来我都担心肚子把柜台顶倒了,那样柜台里的好吃的就会掉出来。我们第一次去,妈妈给了张绿色的钱,说是两毛。

我们起码问了三样东西的价格。

当然开头都是:"那是啥?"

"泡泡糖。"

"多少钱?"

"五分。"

"那是啥?"

"士力架。"

"多少钱。"

"两毛钱,巧克力味的。"她强调道。

我们不知道巧克力是啥味,心并没开始狂跳。"那是啥?"我们接着问,仿佛我们是编入了一样信息的机器人。

"港式面包,五毛钱。"还没等我们问价,她就主动说了。

到此她都没表现出不耐烦,我心里舒坦极了。问完我们小声商量了一下,但也没结果,我们还都没上学,不知道手里这张绿色的钱能换成什么。

我老实地向她递过去:"你帮我们看看能买啥吧。"

她硕大的嘴笑了一下,露出一对小虎牙:"你们是不是对面那家的?"她指了指我们的新家。

"是。"我点点头。

"你们今天买泡泡糖吧,这样每个人都能有。"说着她给我们拿了三个泡泡糖,又找了一个黄色的钱给我,说:"别走,你们是不是不会吹?"

"不会。"

"我告诉你们,"说着她再次张开那张硕大的嘴给我们演示,"剥开糖纸,先嚼一会儿,嚼成一团,再用舌头拱开,然后……"她做了个吹的姿势,把我们逗笑了。

自此,我们学会了花钱。后来,我们又学会了交朋友。

我忘了哪天认识海涛的,他看着有十二三岁的样子,皮肤黑亮,长得很敦实。我们三个蹲在地上吹泡泡糖时,他过来告诉我们:"你们可以玩憋气,看谁憋的时间长。"我们吐掉嘴里已没甜味的泡泡糖,按照他说的把脸盆装满水,感受着把脸浸在盆里的窒息感,抬起头来时他已走远。后来我们才知道,他就住在我家后面,和我们隔着一条马路。

和他家并排住的还有一家,家里有两姐妹,姐姐叫艳梅,八岁,妹妹艳辉也快六岁了,和我们姐妹年纪差不多。她们的爸妈都有点残疾,爸爸走路拐来拐去,像是边走边在地上画圈,妈妈则眼神呆滞,我们经过时她从来不会看一眼。但是她很勤快,从早到晚都在忙活,虽说我看不出她具体在做什么,可她确实在忙,也似乎永远要忙下去。至于海涛,他很神秘,像凭空生出来的一般,我们都没见过他的爸妈。

渐渐地,我们就玩到了一起。发现两姐妹在捉虱子,我们三个就围着看,说实话也许很小的时候我们也有过,但已全然记不得了。自从生活在城里,妈妈总是把我们几个洗得干干净净的,像家里其他物品一样,而且把她小时候因为穷买不起的衣裳一股脑儿买给我们,我们几个无一例外在冬天穿起呢子大衣,在夏天穿着连衣裙,弟弟穿的是海军蓝的套装。可其他孩子还没开始穿这些,起码我的玩伴们还没有,她们还在不时伸出手在身体或头上摸索,然后向我们展示她们的战利品——一只肥硕的虱子,肚子滚圆滚圆的,这让我和妹妹顿时来了兴趣。

"让我们捉一点吧?"我问这话时就像在问一个果农:"让我摘点你种的苹果可以吗?"

结果这对一直好脾气的姐妹不那么好说话了。"那怎么行?我不喜欢别人在我身上摸来摸去,我只喜欢自己捉。"艳梅说着又掏出一只胖虱子。她说话的姿态像极了一个不好讲话的庄园主。凤仙转身朝家跑去,很快就抓着两块面包跑出来了,远看像举着两块砖头。这对姐妹肯定是饿了,她们的身上还养着那么多虱子,需要营养。她们接过面包后就再没说啥,任由我和妹妹在她们头上翻来翻去地找虱子,我们拿一片纸来放战利品,捉到一只玩一会儿,再用指甲摁死,一会儿工夫纸上就血迹斑斑,那一刻我竟然有种在帮两姐妹报仇的快感。

我们又把妈妈给我们洗澡的盆拖过来,这只盆每天会晒水,给我们洗澡。里面的井水现在已晒的温热,我们把她们的头发泡进去,拿起妈妈洗衣裳的肥皂,她们很快就因为被肥皂水进了眼睛叫唤起来,我怕她们的叫声引来妈妈,连忙说:"别喊,别喊,用水洗洗就好了。"好在她们听了我的话,洗完头以后,我又用肥皂洗了她们的脖子和脸,直到那盆水浮起乌黑的垢,才又打了些凉水又重洗了一遍。擦干净以后,她们看起来是崭新的,皮肤在太阳下发出陶瓷般的质感,原来她们这么白。

10

  后来,她们就允许我和妹妹捉虱子了,有时也玩过家家,我们把妈妈的纱巾和被单缠在身上扮演新娘和仙女,把家里的点心拿给她们吃。我们有个饼干桶,诊所病人多时妈妈会忙得没时间做饭,我们就会翻找饼干桶里的点心吃,家里还有些面包和麻花,都是妈妈买的,不管怎样她不会再让我们饿着了。可她们的爸妈似乎并不关心她们,两姐妹都很瘦,无论她们怎么样,她们的父母都保持着一种不紧不慢的动作,仿佛他们被封印在另一种状态里,不像我妈那样风风火火地爱每个孩子。

  转过年的一天,爸爸抱回一台 14 英寸的熊猫黑白电视,蹲在桌前调试,里面的人果然没有颜色。

  我问爸爸:"为啥买熊猫的,买孔雀的是不就是彩色的了?"

  这个问题我没得到答案,事实上,爸爸在我的记忆里很少教我们什么,他最值得我回忆的事是我妈让他选择做家务或看孩子时,他会马上选看孩子,这时他才会真正和我们相处一会儿,而不是拿着书,要不就是坐立不安地要出去。

  妈妈这时会说:"你屁股上长钉子了是吧?坐不得。"

  我猜她这种自问自答的说话方式是长期和爸爸生活才有的习惯,我们几个也知道爸爸从不回答什么,即便有次他被妈妈捉到在一个阿姨家看电视。他坐在人家的旧沙发上,俨然是家里的男主人,其实这位阿姨的老公只是去上夜班了,正在厂里撅着屁股烧锅炉。妈妈带着我进去时,爸爸只看了我们一眼,然后又继续看电视,仿佛现在的节目让他挪不开眼。

我以为妈妈要发火,可她说:"走吧,回家,时间不早了。"

后来我们一家三口就在那位阿姨诧异的目光中骑着自行车回家了,一路上,他们都没说话,爸爸时不时地冲远处打个响指,看起来我们就像从电影院看完午夜场回去。到家后,妈妈才问他:"家里没电视吗?非要去人家看。"他看看她,笑了笑,就闭上眼睛,睡了。

自有了电视,我们三个的生活算多了一项娱乐,艳梅和艳辉偶尔也来看电视,海涛来得少,他像个大人似的行踪不定。那晚爸妈都不在家,我们正趴炕上看《聊斋》,听到敲门声吓得缩回被窝里,可敲门声很执着,响了好一会儿。我们谁也不想去开门,即便门外传来海涛的声音:"是我,开门。"僵持了一会儿,还是我爬出了被窝,我把门快速打开又钻回被窝里,我们披着被,蹲在炕上看他,他没把门关上,仿佛随时做好要走的准备。电视里传来《聊斋》的开场音乐,我们瞬时吓得把被子蒙回头上,只露出一双眼睛。我的余光扫到门外,到处都是黑漆漆的,院子里的树和妈妈种的菜以一种奇怪的模样出现在我的视线里。

"把门关上!"我惊恐地大叫。

可他仍站在地上,看着我们三个,脸上带着不屑。

"你回家吧,这么晚了。"我把头从被子里探出来说。

他没走,也没说不走,就站在地上看着我们。"把门关上!"我又向他吼了一声。他才缓缓朝门走去,没关门,但走了。我刚要从炕上下去关门,他又回来了,带着我看不懂的笑说:"大人不在家,电视里的妖怪就会出来抓你们,我教你们个办法,把手指咬破,血涂在电视上,妖怪就出不来了。"说完转身就出去了。

门仍然大开着,阴森森的凉气不断涌进屋里,我几乎要被吓哭了,但还是鼓起勇气下去关门。把门关好后,看妹妹和弟弟都在咬手指,我也默默回到被窝里咬,可咬得很疼也没出血,直到爸妈半夜从外面回来,看到我们三个依偎在被窝里睡着了,电视还开着,放着雪花点。

第二天,我问妈妈:"电视里会爬出妖怪吗?"

妈妈笑着说:"怎么会呢,电视里的东西都是假的。"

我这才把昨晚的事告诉妈妈,她似乎生气了,收住了笑,告诉我:"以后不要跟海涛玩了,他是大孩子,你们还太小,应该和差不多大的孩子玩。"

上课时,我感觉到脖子上有什么在爬,这样想着就用手捏了一下,真就捏住个小东西。我把它放在本子上,是只虱子,好肥大的虱子,看着它在我本子上爬来爬去甚至有点高兴。晚上,我欢天喜地和妈妈说起上课时捉到一只虱子。妹妹插嘴说:"我头痒痒。"妈妈脸色阴沉地看着我们,然后伸出手在我们头上翻来翻去,我和妹妹得意地相视一笑。"把衣裳都脱下来,我去烧水。"说完妈妈转身就去厨房了。

那天下午妈妈除了把我们里里外外都洗了一遍外,还把在院里玩的弟弟也喊进来洗了一遍,等我们都穿好衣服,她又从抽屉里拿出一个篦子。篦子我见过,在老家时姥娘用它梳过头。那天我在帮姥娘拉风箱,她松开头发,花白的头发像一面带黑白纹路的纸扇打开了似的。她左手拿起一片玉米叶,右手用篦子慢慢向下梳,要是有虱子和卵,就会顺着篦子落下来,掉在玉米叶上。

我看着有虱子和一些亮晶晶的卵落在叶上着急了,就说:"别让它们跑了。"

"哪儿也去不了,它们就这命,离开人能去哪儿?"说完姥娘放下篦子,把叶上的虱子和卵都抖进灶膛里。

妈妈没用玉米叶,她撕了一张我的作业纸,和姥娘一样,边梳边用纸接着,让我们欣喜的是纸上果然就有了虱子和卵,像极了一个从无到有的魔术。可妈妈不太高兴,她拉着脸,嘱咐我们不要和有虱子的小孩玩,想了一下又觉得不妥,就说玩也不能靠在一起,那样最容易传染了。我们笑着答应,她已经很久没空陪我们说这么多话,她很忙,除了家里家外的事,她也交了几个朋友,有给家里送过菜的庄大娘、专门盖楼卖的杨大娘,还有胡大爷的老婆胡大娘。

虱子和卵在妈妈几次努力下,终于都不见了,我们经历了妈妈帮我们捉虱子,洗衣服和洗澡的过程后奇迹般地丧失了对它们的热情,我们不再追着艳梅和艳辉捉虱子,只是还拿家里的饼干盒子给她们充饥。后来我们又认识了别的小朋友,加上我正式上学,成为一名小学生,也就很少在一起玩了。

11

王雪梅和王闯是兄妹。他们来诊所看病时,王雪梅看起来像个拇指姑娘,当然她不像真正的拇指姑娘那样只有拇指般大小,她有一米左右,很瘦,胳膊如两节苞米秆似的垂下来,看起来像个干瘪的大号洋娃娃,这一年她刚满十五岁。他们的妈妈说:"雪梅生下来才不到一斤,大伙都说养不活,可毕竟是自己生的,也舍不得扔。"说到这儿,她擦了一下眼睛又说,"她从小各方面就弱,就希望吃点中药补补,让她能结实一点,长高点,你看我们家三个人都人高马大的,就她像小人国来的。"说完笑了一下。我们几个也跟着笑了,说实话我们也没见过长得这么奇怪的小孩,很是好奇,围着她看,好在雪梅脾气很好,没有生气我们围着她,摸她的手。"凤衣,你们几个出去玩,只让雪梅在这儿就行了,出去。"

妈妈说完我们就赶快走了,这是规矩,我们无论多淘气,都不能吵闹,免得影响爸妈开药方的思路。

王闯脾气也很好,我们轮流摸索着他用皮筋和老榆树的树杈做的弹弓,树杈被打磨得很光滑。"我还刷了一层油漆。"说完他从我手中拿过弹弓从地上捡起个小石子射向了我妈种的葫芦。葫芦发出清脆的砰的一声炸开了,里面露出实心的葫芦瓤。我们愣了一下,他从我们的表情看出惹祸了,就说:"没事,让我妈给你们拿个大葫芦,是不要做水瓢用?""你咋啥都知道?"我问他。他笑着摸了摸自己的头,脸都红了。

当天妈妈没发现她寄予厚望的葫芦被王闯的弹弓打烂了,直到第二天她去给院子里的菜浇水。

"你们几个,是谁?"她站在栅栏边瞪着眼睛问我们。

我们一时不知该怎么办,互相看着,我本想告诉她,是王闯,再说王闯说要赔,又一想,万一王闯忘了,妈妈当真了还在等怎么办,还没等我想到办法,弟弟瓮声瓮气地说:"王闯拿弹弓打的。"还没等妈妈有反应我赶忙加了一句:"他说会赔一个大葫芦给你做水瓢。"

"他怎么知道我要做水瓢?"妈妈笑着问。

看妈妈笑了我们才放松下来,老刘饭店门口放了几箱汽水,摞起来比弟弟都高,可他一点都不害怕,围着汽水转了一圈,指着塑料箱里的汽水瓶说:"喝这个。"妈妈让老刘卖给我们十瓶。老刘说:"我请客,随便喝。"母亲说:"那哪儿行。"直接塞了钱给老刘。弟弟抱起老刘打开的汽水嘟囔道:"钱,有钱就能喝。"我拿过汽水瓶用袖子擦擦又递给他,他坐到老刘饭店的门槛上自顾自喝了起来。

我们也都喝了一瓶,喝完后就去玩了,完全忘了弟弟,等我们想起他,老刘正指着他圆鼓鼓的肚子说:"别动了,快要炸了。"弟弟吓得一动不敢动,这可能是他四岁的人生中最可怕的瞬间。

"都看着点他啊,怎么让他喝了三瓶?"听到妈妈怪我们俩,我和妹妹也觉得委屈。妹妹说:"谁让他不知道饥饱,喝那么多汽水。"妈妈把弟弟抱到炕上,他还是一动不敢动,我们看着他圆滚滚的肚子想摸摸。

他叫道:"别动,要炸了。"

我们笑了起来。

"还敢不喝这么多了?"妈妈问他。

"敢不敢了?"我们也跟着问。

他噘着嘴小声说:"不敢了。"

弟弟的肚子当然没炸。

第二天中午妈妈要买菜去时,发现抽屉里的钱少了,就问我和妹妹:"谁拿钱了?不是告诉你们拿钱要告诉妈妈吗?"

"没拿,我们俩几乎是一起说。"

"那钱上哪儿去了?"妈妈说着看了一眼窗外的自行车一早被爸爸骑走了,嘟囔道,"又出去花钱了。"

自从家里的钱活泛起来,爸爸花钱的劲头就像雨季的河水那样一天天上涨。透过窗户妈妈看到弟弟正围着院里的井转,我家吃水就是用的这口井。井口狭窄,边上还有个小桶,除了弟弟这样的小孩,别人是掉不下去的。

想到这儿,妈妈快步走出去:"南星,不是说过不让去井边吗?"穿着棉开裆裤的弟弟看到妈妈愣了一下,继而冲妈妈奔过来。妈妈拍了一下他冻得发紫的屁股,"以后不许去,知道了吗?"

"知道了。"

"你兜兜里是什么?"

"钱。"说着弟弟从兜兜里掏出一把钱。

妈妈把手伸到兜兜里把剩下的都掏出来,又跑到井边和弟弟刚玩的地方看了一圈,没发现落下的,才放了心,把弟弟放在膝盖上,边拍他的屁股边问他:"还敢不敢了?"

弟弟哭得鼻涕都出来了,妈妈看他说不敢了才撒手。我看看南星的屁股,也没比刚才更红,就问他:"你哭啥,妈妈就是吓唬你。"弟弟听到我这么说,瞬时止住了哭声,然后委屈地看看我,抓着我的衣角蹭蹭。我说:"走,给你拿瓶汽水去。"抱着汽水瓶子的南星走路都走不稳,我把瓶子从他手上拿下来,他看看我,高兴地朝大门跑去。没一分钟他就哇哇地哭着往回跑,我看他左边额上撞出一个灰突突的包,就赶紧跑过去看,他看我过来,就气呼呼地往回跑,想指给我看,是铁门撞了他的头,可能是跑得太快,又撞到门上了,这次我就在他身后,他转过来哭的更大声了。我仔细一看,右边脑门也撞出一个包,等妈妈听到哭声跑出来,这两个包越来越清晰,灯泡般在额头两侧,像小怪兽一般,我们忍不住笑了起来。他看我们笑,也跟着笑起来,拖着长长的鼻涕。

12

1989年冬天的一天,我坐在诊所里看着窗外的雪,洋洋洒洒地落满行人的肩头。一个高个子的瘦女人推开门,怯怯地把头探进来,妈妈招招手让她进来。她在门口拍拍雪才进来,下身的厚棉裤和一双大号男式棉鞋让她看起来很臃肿。

"大夫,我想问问贫血该吃点啥药。"

"我这里都是中药。"妈妈说。

"哦。"她转身要走。也许是雪天没啥病人,妈妈喊住她说:"想去根儿还是要吃点中药。"

她转过来,没再要走,也没坐下。妈妈说:"坐会儿吧,不吃药也没关系。"

她小心地坐到妈妈对面的长条凳上,说:"我怕钱不够。"

"你可以抓两副药,先回去吃,如果不见好就别来了,省得浪费钱。"

"五块够吗?"

"可以。"

家里的药最少要三块钱一剂,妈妈应该是看她没钱,我在心里嘀咕。

妈妈拿过纸笔,示意女人坐到她身边的椅子上。刚把完脉,还没等妈妈问什么,她便自顾自说起来:"我月子没坐好,没人管,那是腊月里,还都是自己洗尿布。"她说着竟有些哽咽。妈妈伸手把窗前的毛巾拿给她,她接过来,继续说:"我男人在家不干活儿,外面也不干,都是我出了月子去干活儿赚点钱,才饥一顿饱一顿地吃上口饭,前阵子他在外面找了个活儿,说是给人卸货,结果钱也没见,人也不常回来了,家里只有我们娘俩。"

妈妈问:"家里人不说说他?"

"他爹妈都没了,前面那个就是被他打跑的,人家带着孩子走了就再没回来。"

"原来是二婚。"

"我不是,我是大姑娘嫁给他的,还是我姑给我介绍的,我亲姑啊。"

妈妈停下手里的笔:"亲姑怎么干这样的事?"

"谁知道呢?我姑还赖我,说我肯定是在家懒了,不然人家不能打我。"

妈妈没再说什么,拿过算盘上下扒拉着:"这两副药是大补气血的,本来要三块一副的,你就给我五块吧。"

女人站起来道了谢又坐回长椅上,我就开始忙着抓药,听着他们有一搭无一搭地说话。女人离开时雪下得更大了,一出去就消失在茫茫的雪里。

紧接着进来的是胡大娘,她裹着条很大的红围巾,妈妈看是她来了,就拿起软毛刷帮她把身上的雪扫扫。

胡大娘说:"今天这雪真大,我坐三轮上都看不着道。"

"这么大雪就别出来呗。"

"我是路过你这儿,哎,你听没听说凤珍家有事了。"胡大娘说着看了我一眼,声音自动就小了。

"啥事啊?"我妈看她声音小了,向前凑了凑。

"她收养那小姑娘,叫小铃铛的,原来是她老公在外面跟别人生的。"

"那凤珍知道了吗?"妈妈显然有点着急,凤珍阿姨是妈妈的另一个朋友。

"哪能让她知道,还不闹翻天了?她脾气不好,对男人也不温柔,女强人不行。"说着胡大娘笑着摇了摇头,又把围巾包在了头上。

"你干啥去啊?这么大雪,坐会儿呗。"妈妈问。

"不待了,俺家老胡今晚没应酬,回去做饭,顺便喝两口。"说完胡大娘妩媚一笑,扭着腰身回到了大雪中。

她刚走,妈妈就吐槽:"这都啥事啊。"

没一会儿门又开了,是凤珍阿姨,她和胡大娘围着一样的红围巾,脸色不像胡大娘那样油亮,蜡黄蜡黄的,妈妈问:"你咋了?凤珍。"

"我有点上火,老公给我找了个偏方,说喝老鳖血能去火,结果我昨晚喝完就浑身发冷,把家里七八床被都盖上也冷,你说咋办?"

"你真糊涂,还护士长呢,你哪能喝鳖血,尤其还是生的,坐下平复几分钟,我给你号号脉。"

看她脸色苍白,妈妈把她椅子放在炉火边上:"你坐在这儿,这热乎。"

平时凤珍阿姨是个独当一面的女强人,说话声都特别大,我很怕她,可现在她歪在椅子上,看起来虚弱极了。

等她暖和过来,妈妈就给她号脉、抓药,包好药又给她针灸了几个穴位,她们谁也没说话,凤珍阿姨是没精神说。可妈妈为什么也不说,是在纠结要不要把那件事告诉她吗?小铃铛我认识,凤珍阿姨经常把她带出来,说是个孤儿。一直到忙活完,妈妈帮凤珍阿姨把围巾裹回头上,送出门叫了三轮车,也没见她跟她说啥。

看妈妈把门关上,我问:"你咋不告诉我姨呢?"

"说了咋过?他俩都过了二十多年了,平时看起来感情那么好,不容易啊。"说完妈妈把目光看向窗外,仿佛大雪能解开她的困惑。

那个缺钱的女人过了一周又来了,看得出她的气色好些,因为缺钱她把两副药熬了好多遍,最后实在看不出啥颜色了才扔掉,这也是妈妈教她的办法,让她多熬一遍,只是没想到她熬那么多次。这次她用十块钱抓了四副中药。要走时,妈妈喊住她,从床下掏出个箱子,像变魔术似的从里面掏出几件我们穿小的衣裳和一大包青城饼干。我觉得妈妈应该是看我们不吃,怕浪费就拿给她了。

妈妈说:"你不要嫌弃就好。"

"不嫌弃,不嫌弃。"她重复着三个字,抓完药就带着些惊喜的神色离开了。

妈妈似乎被那神色感染,帮助人的满足感让她沉浸其中,自那以后,我们稍有些不爱吃的、不爱穿的、不感兴趣的东西就进了向她诉苦的友人们的口袋。妈妈那段时间常说:"旧的不去新的不来。"她以此为安慰,把家里许多多余的东西都送了人。

爸爸也是如此,只是他送人的多是家里有用或正在使用的东西。也是同一年的冬天,一个周日的下午,爸爸诊所里的出纳王叔叔来敲门,他的自行车就停在门外,自行车后座上拴着一根绳子。

爸爸没在家,妈妈问:"小王,有事啊。"

"我那天和李大夫说家里的暖气不热了,他说你家有一截可以拿给我。"母亲可能是怕自己忘了家里有,还环顾了一下四周,仿佛这是别人的家,说,"没有啊,我们家都是正好的。"

"不可能啊。"王叔叔说完直接进到屋里,在厨房,他指着一截正在烧的暖气说:"说的就是这截,李大夫说在末梢上,也没啥用。"

"咋就没啥用,你见过大冬天零下二十多度上人家拆暖气的吗?"妈妈说这话时脸色已经有些难看,我不得不向后退了退,怕她发火。

"嫂子,你们这样就没意思了,说好了来拿暖气,我家里现在就缺这截暖气,李大夫说不让我买,你看我现在去买也来不及了,要不你就让给我吧。"说着就要去拆。

妈妈突然堵在他面前,他看了看妈妈的脸色,转身把门摔得发出砰的一声。爸爸晚上回来把妈妈骂了一顿,说给他丢脸了。

天气转暖后,爸爸还是趁妈妈不在家,让王叔叔来把那截暖气给卸走了,那天我们都不在家。可我能想象出,这两个男人是怎么像做贼似的把暖气卸下,用上次那根绳子,结实地捆在王叔叔后车座上的。

妈妈回来问:"冬天我们该怎么办?"

爸爸说:"去买一截。"

"那为什么不让他去买一截!"妈妈嘶吼着冲爸爸喊。

那以后的许多年,我家厨房都缺一截暖气,爸妈谁都不买,就这么空着,那截暖气留下的痕迹,像个疤似的挂在厨房好多年。

紧接着还发生了一件奇怪的事,百货大楼开始卖彩票。有次爸妈路过,他们买过一次就迷上了刮彩票。开始,他们只是花两块钱试试手气,妈妈刮到个末等奖,是一斤重的瓶装胶水。妈妈举着胶水向爸爸走去时,他正拿着彩票发呆,他趁妈妈去兑奖的间隙又花两块钱刮了一张。

妈妈问他:"咋了。"

"你帮我看看,这是不是中奖了,万一不是小声告诉我,免得当众丢面子。"

妈妈把胶水放在自行车后座上,拿起爸爸手里的彩票反复确认后说:"是一等奖!"妈妈兴奋得声音有些颤抖。紧接着她举着彩票冲着领奖的方向喊道:"一台燕舞牌双卡录放机!"

身边的人纷纷围过来,他们推开人群走向领奖台,爸爸把彩票递给兑奖的人:"我中了一等奖。"

兑奖的人站起来打量了一下爸爸,反复确认才把燕舞牌收录机放到爸爸手上。收录机有一米多长,爸爸抱着它,陷入极端的兴奋中,仿佛他在这件事里找到了活着的意义。接下来的一段时间他经常上班上到一半就跑去刮奖,病人对这个看起来比自己病得还重的医生束手无策,有一些病人去了妈妈的诊所,妈妈因为没得到彩票的鼓励就很少去,只专心看病。

13

不过有空她也会陪爸爸去,无一例外她每次刮奖还都是末等奖——

一斤装的胶水。这种胶水在我家成了一个庞大的存在,组合柜顶上都被胶水占领了。爸爸也许在刮奖上真有天赋,难怪他会痴迷,那天刮出燕舞后,在接下来的日子他又刮出一辆凤凰牌自行车,这辆自行车是女士专用的,妈妈骑了很多年。刮出自行车后爸爸又刮出了五个电水壶和十几瓶胶水,二十多个暖壶,鞋刷子也够家里用几十年的了,家里到处摆满了刮奖刮出的奖品,整个夏天,我家看起来都像个百货公司。

好在秋天时百货大楼停止了刮奖活动,这让妈妈松了口气,她怕爸爸再刮下去奖品就没处放了。也许是知道妈妈有这样的担忧,家里的奖品又开始肉眼可见的减少,直到妈妈有天上班时间回家取处方本,看到爸爸和王叔叔在组合柜下拿电水壶。

妈妈把一个笤帚扔到他们面前说:"都走,走,日防夜防,家贼难防。"

他们就这样一起被妈妈轰了出去,自此王叔叔再也没来过我家。王叔叔和爸爸把暖气卸走后不久,也是在1989年的盛夏,另一位王叔叔又找了爸爸,他是爸爸在医学院的同学。我们一家在梅城定居的第二年,爸爸就因为一个偶然的机会去了位于省城的长春中医学院上学,在那儿爸爸和这个王叔叔是室友,又都来自梅城,自然要亲近几分。爸爸总把妈妈寄的钱给王叔叔用,那时妈妈独自在人生地不熟的梅城支撑着诊所。妈妈常说给爸爸寄的钱都是从牙缝里省出来的,妈妈这么说是有根据的,自爸爸去读书后,我们基本就回到了吃素、吃咸菜的状态,把赚到的钱都寄给了他。这让爸爸在那儿成为同学中的有钱人,他经常请大家吃饭,在外名声极好。我们的苦日子则过到爸爸几年后毕业回来。

毕业后,爸爸在一家国营水泥厂找到了工作。虽说以前爸爸和水泥扯不上什么关系,但和厂长见面后,他就成了水泥厂中医门诊的负责人。当时在水泥厂外开中医门诊的计划还只在两人的嘴里,爸爸像在投资人那儿要到第一桶金似的,拿下了这个工作。水泥厂是本地的纳税大户,妈妈也因此骄傲她的男人开始变得成熟,又找到了稳定的工作,寄存在县人民医院的档案也有地方放了。这种骄傲和我们在学校得了一百分带给她的满足感相似。其实,妈妈当时也没想太多,只把这个门诊当成父亲的托老所,只要有地方肯收留他就好。王叔叔去的地方则更体面,他去了卫生局,但后来因失误丢了工作。他到我家的那个下午显得极其正式,正式表现在家里除了爸妈,我们三个也在,全然不像前一位王叔叔那样,喜欢在背后做什么。

除此,王叔叔还带着一篮水果,那是当季的桃子,粉红水嫩的,我们三个,起码我是从头到尾盯着它的,我在心里无数次盘算叔叔啥时走。

"大嫂,你看我最近遇到点难处,孩子生病,要去大医院看看,可能要做手术。"说到这他指了指自己的胸口,"就是这儿出了点毛病,我想这个问题不会太大,现在呢,我想跟你借五千块钱,你别担心,这个钱呢,我会分一年五次还给你,你看你大侄女,我闺女这个病就指望你了。"

这就像把个球突然扔到妈妈胸口上,她的脸拉着,回头看父亲,父亲竟在看着王叔叔笑,仿佛这件事与他全然没关系,也可能来借钱这事就是他想出来的,这基于母亲对自己男人的了解。

为了进一步认证自己的想法,母亲说:"按说看病都是正事,我这应该有多少帮多少,可这数目实在是太大了,我们正在合计在爱民路买房的事,你问你大哥,家里有多少钱他是知道的。"

父亲接过话说:"你大嫂说得的确也对,爱民路上的房要一万一,这些年我们攒了一万五,要不这样吧,我做主借你三千,不能再多了啊。"父亲说着冲母亲讨好地笑笑。

母亲愣在原地再没说什么,那一刻,不,是无数个时刻她都感觉眼前的男人不是和她一条心的,他的心永远在助人为乐上,哪怕这种助人是拆自家墙填补人家。

和母亲预料的一样,这位王叔叔拿到三千块钱就消失了。他再次出现是十几年后,他的女儿要结婚来送请柬,邀请妈妈去参加婚礼。至于借钱的事他再也没提,可我的记性却在这件事上出奇的好。他来那天我正好也在,眼前已经有些老态的他和我小时候见到他来家里借钱的态度和模样一点没变,只是像他这样懂礼的人都没客套地问候一句:"李哥去了好多年了。"

妈妈在爸爸去世后曾带着我去问他要过这三千块钱:"他王叔,你大哥去了,我拉扯三个孩子的确不容易,能不能把那三千块钱还给我。"

王叔浅浅地笑着说:"按说我李哥去了,我应该帮衬一下你们,"他环顾了一下新买的房子说,"可我现在手头也很紧,家里也不宽裕,以后,以后吧,我有钱了肯定会帮助你们一点。"

自那以后母亲又去过两次,后来就再没去过,回来和我们说:"就当捐给他们家治病了吧,人总要做做好事。"如今王叔叔可能把那几次的事都忘了,母亲也冲王叔叔浅浅地笑了笑,似乎才让他想起点什么,仓皇地走了。

14

初三下学期,我看着妈妈手上捧着的骨灰盒就想,这世上也许没有人脑子规矩得像个木盒子,除非他真的被装进一个盒子,只有死亡能让他变得规矩,所以直到爸爸死了,我才觉得他这次是真让妈妈放心了。

他的脑子里不再出现不该出现的人，不想不该出现的事，也不会突如其来地对妈妈使用暴力，更不会像个孩子那样不断需要抚慰，他那颗冰冷又脆弱的心随着肉体消失了。

可看着痛苦的妈妈，我不确定她是否感觉到解脱，还是她还需要父亲的束缚。这些年她的痛苦是否已织成茧？即便如此，她也可以从茧中出来，像只蝴蝶那样获得新生。虽说有几个拖累她的孩子，但以她的能力，重塑美好的生活应该可以。可妈妈什么动作都没有，她似乎开始变得麻木，这从她不再打理的头发、不再种花的土地中都能看出来。我们也受她了无生气的影响，一个个像霜打的茄子似的，在本是活力满满的年纪变得沉默，那时我觉得我们可能也是母亲菜园子里的菜幻化而来的，如今少了母亲的呵护，就恢复了菜的沉默本质，没人见过一棵菜会在地里高歌。

这样没多久，南星的老师来家访，说起前几天上课时找不到他了。上课点名时弟弟的名字被老师叫了无数遍都没人应答，最后连同学都跟着叫起来也没有回应。

老师有些慌了："他爸死了，他妈就他一个儿子，快出去找！"

弟弟的同学一听可以去外面找时，先是欢呼了一下，后又在老师严厉的目光下停下来，纷纷跑出去。就这样，他们在操场、其他教室和厕所反复找南星，都没有。他们已经把最坏的想法在脑子都过了一遍，甚至已经有同学小声说："可能掉粪坑沉下去了。"可当他们沮丧地回到教室，却发现南星正坐在座位上看着他们。南星没告诉老师和同学怎么躲过寻找回到教室的，老师猜测还有一种可能，是他从没离开过，一直坐在座位上。

妈妈听老师说完左右看了一眼，拿起了门后的笤帚，南星配合地脱下了裤子,此时他已经九岁,早就不穿开裆裤了,屁股再不是三岁时那样露在外面,被风吹得粗糙难看的,现在他的屁股和身上其他地方都因隐藏在衣服里太久,被捂得雪白。妈妈看着孩子毫无血色的身体,又把笤帚放回了门后,把裤子给他提起来,告诉老师:"我跟他谈谈。"老师说:"别打了,孩子也怪可怜的。"妈妈点着头把她送到门口,这个班主任也是我小学时的班主任,还是妈妈的病人。我上二年级时老师问谁家有木柴可以带点儿来,我就把妈妈诊所里的中药拿了一大捆去,告诉老师:"随便烧。"

老师结束家访后的几天,妈妈似乎才想起除了死去的男人,她还有三个孩子。她又开始四五点钟爬起来给菜浇水,把掉下来的葫芦藤重新固定上去,生活又像葫芦藤那样爬上了正轨。放学后,我们会去诊所写作业,然后帮着打扫卫生,也能听到妈妈和病人说笑,仿佛她已经接受生活给予的一切。

生活如常,我甚至忘了爸爸的丧礼,直到现在我脑子里都没有那场丧礼的印象,以至于我无法理解和家人谈起从没去过殡仪馆时他们诧异的眼神。在我感觉里,当然我没和家人说起过这个感觉,爸爸只是又出去耍了,他这辈子最常做的事就是游戏人间。作为一个受浪漫主义艺术思维影响的中医,他很少受到世俗世界的认可。即便他有医学天赋,治好过许多人的病,可像会拉胡琴、写诗和画画这样的才华,再加上他无厘头的行为方式,足以让他在现实生活里没有知音。

他孤独地活着,但不愿意承认这个世界不接纳他的无用之物,他终其一生要寻找的,可能就是他人对他的理解,可这一切又何其难也。所以他孤独地活着,不带一点儿责任感,直到悄悄地死去。

有天早上,妈妈醒来忙完早饭要叫他起床时,发现他没了呼吸。他的去世,对我们的影响是精神上的,这个家里不再有丈夫和父亲,可也少了个捣蛋精和花钱的祖宗——妈妈常用花钱的祖宗来形容他。自他们结婚后,他几乎没承担过养家的义务,无论在哪个时期,他都像妈妈的另一个儿子那样,大言不惭地向她要钱,即便后来他的工资很高,妈妈也没见过一毛钱,他的高福利更不知道给了谁。

他就像个贪玩的孩子般走了,变成了一块冰冷的墓碑。刚开始我没觉得失去爸爸对我的精神打击,这个几乎没让我感受到父爱、一直沉浸在自己世界的男人,可能只是和别人私奔了,我常这样劝自己。我变得越来越沉默,十多天也不说一句话。妈妈很忙,发现我不正常的是她的朋友。这个叫高丽的女人和第二个丈夫离婚后就没了固定的住处,经常到我家来,说是开解妈妈,实则在我家蹭吃蹭喝。

"你挡住我看电视了。"这是我第一次和她说话。

她显得有些惊讶,夸张地说:"原来老大不是哑巴啊。"

妈妈白了她一眼,没说话。不知是不是这个原因,过了没多久,当妈妈的病人、那个野战军的团长再次来看病,她主动问他:"部队还招女兵吗?""我们部队今年不招女兵,不过我知道一所部队医院在招女兵。"听到医院二字,妈妈眼睛亮了一下,让团长去打听一下要什么条件。那是夏天的事,直到妈妈都忘了,我也渐渐恢复了状态,那位叔叔才带来了消息,说估计年底名额批下来我就可以去当兵。当时我因为一堆作业烦得头疼,想着这倒是个好出路,起码可以不写作业。

就在我以为要摆脱作业烦恼、进入一个全新的地方时,有人劝导母亲说我还太小,不要着急,要以学业为重。就这样我不得不又和我的作业和考试拉扯了几年。爸爸走前我在读初中,班级是重点班,我最好的成绩考过全班第五,全年组三十几名,当时班里有八十多位同学,全年组有六百多学生。我的成绩也让父母看到了上大学的希望,姥娘更是早早就把我上大学用的被子做好寄来了,还说:"老家的棉花最是暖和,哪儿的也比不了。"我知道这些棉花都是她顶着露珠、背着夕阳辛苦种下的。

15

想姥娘了,我就把被子展开,被面是紫红色大花的绸布,里子是乳白色的棉布,被子很厚,摸起来特别扎实。我看着上面的针脚,眼前就会出现姥娘缝被的场景。她干巴精瘦的大拇指上肯定带着顶针,那多半是黄色的,看起来像个扳指。她没有老花镜,引线这种事都是表姐来做,她的手很小,每次针扎进被子都要用尽力气,缝一会儿被,汗就会从她瘦削的脸上往下淌,她会拿起手边的旧毛巾擦擦,免得汗掉在被上。姥娘就是这样弓着身子,把面子、里子和棉花变成一床温暖又厚重的被子,一个对我的期望的。

我的姥娘邰玉珍走的那天,是 1994 年寻常的一天,潍河平静如常,太阳也照常从这块土地上升起。舅舅夏德义已经守了她两天,在这个牛棚里,他像小时候那样躺在母亲的身边,以前他们就这么躺在一张炕上,夏天母亲给他打蚊子,冬天为他掖被角,他结婚后就再没这样的时候了。这两天,回忆像过电影似的不分昼夜在他眼前转,现在他想累了,在太阳即将升起时回家拿了个饭,他娘就趁这个工夫走了,走之前她睁开眼最后看了看眼前的世界和儿子。她儿子此时正在梦里见到母亲,他们在说笑,回来的德义看出了母亲的异样。"娘!娘!"他轻轻晃了晃母亲的身体,没反应。这时周围的邻居才喂好牲畜,吃过饭,正要下地,只要不是离得太远,他们在那个早上都会听到一个男人的哭号声。

邻居们面面相觑,有人说:"德义娘可能是走了。"

德义回过神来就跳下炕,慌乱中把鞋穿反了,他要回家告诉老婆和儿子、闺女,还要告诉几个妹妹,妹妹们都在东北,要发电报让她们快回来。

我妈夏桐花接到电报前在家包饺子。煮饺子时,盖帘没端住,半盖帘饺子掉在了地上。凤仙说:"妈,你咋了,我来下吧。"妈妈说:"没事,我来。"看凤仙拿起笤帚,妈妈又说:"别急,等我煮完饺子,再煮煮掉在地上的,给外面的猫狗吃。"刚吃完饺子,妈妈还在擦桌子时就听到有人敲门。南星打开门,是个背着邮政挎包的男人,他撂下一句"有电报",把电报递给南星就走了。南星把电报递给凤仙也出去了,他急着去学画。凤仙打开电报愣了一下,大喊道:"妈!妈!我姥娘不好了!"听孩子这么喊,妈妈扶了下桌子,可还是没站稳,一屁股坐到了地上。

没有票,妈妈跑了三个窗口都说往凤城方向的车票卖完了。她疯了般在一排售票窗口间穿梭,但没有用,没有就是没有。妈妈停下来,平复了一下心情,想起有个病人在车站工作,是个检票员。她快速把包里的通讯录拿出来,这本小小的通讯录记满了她的亲人、朋友和病人的电话,她眨了眨眼睛,在本子上仔细地找着,可越着急越找不到,后来才反应过来,自己就在车站。

她跑向最近的检票员:"同志,你们这儿有个叫王华的人吗?""王华,我们这儿有两个,你找哪个?""是个女的,个头不高。"没等妈妈说完,检票员说:"喏,就在那儿。"顺着她的手指,妈妈看到她的病人王华正在忙着检票。"另一个王华是男的。"检票员补充道。妈妈急匆匆说了声"谢谢"就奔着王华跑过去了。

坐了一夜硬座,妈妈几乎没合眼,四点多才迷瞪了会儿,再睁开眼,火车已在河北的旷野中飞奔。不知又过了多久,车外下起了雨,雨越下越大,闪电像一个个不规则的符号般划亮天空。有个四五岁的女孩突然哭了起来,她妈妈越哄,她哭的越大声,仿佛火车将要把她带去一个可怕的地方。

这是我当兵的第三个月,妈妈在电话里说:"你姥娘走了。"

那天她刚从凤城回到家,我站在大院门口的公用电话亭,听着妈妈在电话那头哭的撕心裂肺:"你姥娘今年才七十三岁,一辈子都没享过福,日子才好点……应该是糖尿病的并发症带走了她。"听着妈妈的哭诉,我眼前出现了姥娘挎着篮子到李庄去看我们的场景,每次去篮子里都满满登登的,不是面就是肉。我无法想象一个小脚老太太,怎么挎着那么重的东西,走二十里路,从夏庄来到李庄。

姥娘一般都是早上出门,快晌午才到。她坐在我家的小凳上,妈妈会先把她的裹脚布拆开,她的裹脚布刚打开时很臭,我会捂着鼻子跑开,但过会儿又忍不住跑过来看。她的脚像个锥子似的被妈妈抓在手上,她在给姥娘的脚上涂药,旁边摆着洗完脚的水,水上漂着一层灰沫子。涂完药,妈妈会把裹脚布拿去洗,晒在大梧桐树和小梧桐树扯的绳子上。

有时姥娘也半夜来,那是下巴掉了,要爸爸给她复位,爸爸多半会不耐烦地起来,我也会因为好奇爬起来。姥娘的脸上缠着块白布条,平时她尖尖的脸,此刻肿得像个大碗。父亲先把绷带解开,一只手扶着她的额头,一只手托住下巴,上下一用力就复位了。这个简单的动作就让姥娘得到了解脱,不然她连话也说不了。妈妈没说姥娘啥时得了这病,只说掉滑了,动不动就掉,有时哈欠打不好也要掉。我不知道我们离开老家后的十余年,姥娘下巴脱臼找谁复位的,只是她再也不用挎着篮子走二十里路去我家,她的脚也不用走到出血,当然也没人捧着她锥子般的脚上药了。如今下巴脱臼的姥娘和给下巴复位的爸爸都走了,妈妈四十岁刚到就成了寡妇和孤儿。

16

电话打完又过了三个月,妈妈让我回去一趟,电话里她没说什么。我到家时已是傍晚,屋里还没开灯,有点暗。妈妈看到我先是愣了一下,直到我说:"妈!我回来了。"她才慌忙打开灯,看了看我:"怎么才半年,瘦成这样了!"说着就要哭。我赶紧说:"瘦点好,我是锻炼瘦的。"她收住眼泪,摸索着上下打量我,仿佛怕她的女儿被谁换了似的。

晚上躺在床上,她说:"帮我翻个身。"看我有些疑惑,她又接着说,"我现在躺下就不能翻身,站起来不能坐下。"

听完这几句我害怕了:"去检查了吗?"

"去了,这次喊你回来就是告诉你,我可能是脊椎结核。"说着她从床头上拽出一张检查结果。医生意见一栏写着:"脊椎结核,怀疑骨癌。"

看完这几个字我愣住了,不知道该说什么,只觉得有什么东西缓缓向我压下来,胸口憋闷得很。

"你大了,孩子,要是以前我也不会告诉你,起码还有你爸、你姥娘可以依靠,但现在他们都走了,你是家里最大的孩子,要承担起家里的责任。"

那一夜,我们都没睡,也没再说什么,我只是轻轻抱着妈妈,听着她的叹息,这叹息像水滴般,一下下敲打着这盛夏的夜。

第二天我陪着妈妈去医院复诊,接待我们的是妈妈的老朋友,骨外科的郭主任。看到我,他说:"老大都这么大了,家里有啥事你也可以帮妈妈承担一点。"说完他摸了摸我的头。

我点点头,盯着他留着一绺白胡子的下巴。

"既然孩子都回来了,我就把那天说的话再说一遍。"他边说边把病历翻开,"如果手术有一半可能要瘫痪,我不赞成手术,虽说我是靠手术给人治病的,病房里现在还有两个术后效果不理想的,上个月还有术后出现并发症去世的。你懂中医,我建议你回去保守治疗,也许能有点效果。"说完他捋了捋胡子。

回去的路上,我们坐在三轮车上都没说话,妈妈回去后和我们说:"不手术了,反正手术也没好办法,从今天我开始自己治,能治成啥样算啥样吧。"我们点了点头,仿佛这事我们不点头就做不成。

第二天,我就收拾好行李要归队了,其实如果我续假应该是会被批准的,但我没说,我到现在还内心恍惚,一时不知该怎么承担这重担。妈妈怕耽误我的工作也催着我赶快回去。大巴车经过福民大桥一路向前,小时候住过的房子还在路边,只是租给别人了,现在是一家建筑公司的门面。我只匆匆一瞥,就看到那个曾在妈妈手里生机勃勃的院子如今什么生机都没有了,院里堆满了水泥和破木板,边上还有台搅拌机,张着个沾满水泥的大嘴,像一张痛苦的脸。

车继续向前开,经过我的小学,学校几乎没啥变化,只是小时候看起来很大的校园和楼房现在看着却那么小,和连队前面那排家属楼差不多。学校对面的稻田里的稻子,摇曳着青青的枝条,沿着稻田再往前看是一片高大的杨树围成的圆圈,我还记得那里是墓地。作为一个外乡人的孩子,刚住在这儿时,我还不知道那里为什么种了一小圈杨树。二年级时,我去同学王慧家玩,她有三个哥哥,只有大哥在家。大哥带着我们看了家里的大棚,当时是冬天,炉子里的火苗不断蹿上来,大棚里比屋里还暖和。

"这里是一直都不能熄火的。"大哥说。

我在这个状如长龙的塑料大棚里转了一圈,潮湿温暖混合的气味不断往我鼻子里钻。黄瓜和西红柿就要成熟了,豆角和辣椒也已开始落花,大棚最边上种了一排韭菜,看起来灰突突的一点也不起眼。吃饭时,她给我盛了一碗黏稠的粥,教着我在里面撒点辣椒粉和酱油,我看了一下桌面,除了这两碗粥和酱油瓶子,只有一只装辣椒粉的碗。

"大棚里的菜你们不做着吃吗?"我问她。

"那是要卖钱的,爸妈不让吃。"

我扫了一眼里屋,大哥不知去了哪儿,我学着她的样子在粥里加了酱油和辣椒粉,搅拌一下就变成了红黑色的黏稠食物。她吃得很快,我搅拌了好多下,还没勇气吞下第一口。现在想起来,我是说每次经过这里,我想到那碗红黑色的粥,喉咙就会像被什么糊住一般难受。傍晚,从王慧家出来我迷了路,等意识到迷路,我已经看到不远处那一圈小杨树了。好奇心驱使我向前走去,那时我还很矮,也许是这个原因,等走进去才发现有点不对劲儿,路边有个黑乎乎的庞然大物,仔细一看是只焚烧过的大猪。我离它只有两米左右的距离,它烧的头都裂开了,巨大的牙从变形的脸上探出来,那一瞬吓得我汗毛都竖起来了,再向前看,几个高低不一的坟立在眼前,我哭喊着从坟地里跑出去的事,估计我不说谁也不会知道,因为那天我跑了很远也没见到一个人。回家后妈妈看我一言不发就问我:"咋了?"我指了指杨树林的方向:"那里有猪和坟。"

那晚,我迷迷糊糊要睡着时,感觉到妈妈在摸我的头,边摸边小声嘀咕:"摸摸毛,吓不着,摸摸毛,吓不着……"

回到连队,我简单收拾一下就躺在床上睡着了,恍惚中我感觉到妈妈的手又在轻拍我,和以前一样,这是她最温柔的时候,紧接着我又看到她躺在一块板上,身体僵硬,已经走了。我不能接受她离去,呼天抢地地哭,战友们被我的呼喊声吓醒,纷纷围上来。

孙芙蓉唤我:"你咋了?"

我这才从梦里醒来,身上全湿了,就像浸过水一般。我没和战友提家里的事,更没和指导员和连长说。在家,在医院里,我全然没表现出对妈妈生病的恐惧。也许我天生就是个冷血的人,后来想想,我的难过和恐惧只是来得迟罢了,它们像潮汐似的,先是在我身体里缓慢地涌动,接着一点点加大力度,最后才掀起巨浪。

自此我不再像以前那样,一两个月没动静,每周起码有两天我会出现在公用电话亭边,拨个电话,问问妈妈的病。我家还没安装固定电话,电话是邻居王野家的,他爸是遣送站站长,配有电话。王野降级后才和我是同学,那是初中二年级,他比我大一岁。其实我上小学三年级,家里就在爱民路买了房子,我们就成了邻居,可我们从没说过话,我不知道这是不因为我家住的是平房,王野家住的是一栋两层的楼。王野家住的楼房就在我家对面,是遣送站的家属楼,他家在最边上,正对着我家的是钟爷爷家。钟爷爷是遣送站以前的站长,早就退休了,七十多岁的他和老伴钟奶奶住在二楼,一楼住着小儿子夫妇和孩子。这对夫妇还在院里的偏房开了个裁缝店。妈妈常在他那儿做衣服,除了贵点,手艺倒是挺好。钟爷爷的小儿子是个聋哑人,老婆能说一点话,但他们的孩子,那个叫钟洋洋的小男孩却伶牙俐齿的,仿佛帮爸妈在这方面的缺陷补齐了。王野妈喊一嗓子,就会听到我妈的回应,我一般要等两分钟,后来是三分钟,接着更长,从等电话的时间长短,我能感觉到妈妈走过来越来越艰难。

每次听到她喘着粗气,冲王野妈打招呼"给你添麻烦了",我的心才会放回肚子里。

王野的妈妈则大咧咧地回:"没事,想那多干啥。"她说这话时有点含混,我知道她在嗑瓜子,她平时就是手里拿袋瓜子东游西逛。她也在遣送站工作,王野的姐姐是在烈士陵园工作。王野在我当兵后没多久也被他爸单位招过去了,那时子女去爹妈单位上班的现象很多,就像我妈虽安置不了我的工作,也让我去学医,那样我就能和她一样,去医院或者自己开诊所就业了。

秋天我再回家探亲,妈妈已不能下地了,诊所不得不暂停营业。其实也不能算暂停,断断续续地,妈妈还是会给病人看病,只是形式变了。病人都会先到我家去,妈妈趴在床上,为其把脉,把完脉开方,药方开完表哥就会去诊所抓药,家和诊所有两公里的距离。即便这么不方便,还是有许多人来,多是前一个病人好了,告诉别人,一传十十传百的,这样家里维持正常生活的钱是够了。只是那时我在部队,凤仙和南星都要上学,妈妈只能雇大姨家的表哥抓药,照顾诊所。当时表哥已经不上学了,也不肯去当兵,又不去学一技之长,所以大姨和姨夫是很乐意他找到事做了。大姨只生了表哥一个男孩,自小养得娇惯,长到很大了每天还要吃妈妈的奶。如今奶是断了,但自小骄纵的习惯却留下了,妈妈给的工资用完后,还来要钱,做事时常摔摔打打,妈妈躺在床上不能动,凡事要依赖他,只能宽容些。表哥找了个在KTV工作的女朋友,大姨和姨夫和他姐姐们都反对,家人的反对倒让表哥生出逆反心,索性和女孩同居了,只是他们租不起房,就偷偷住在妈妈的诊所里,除了病人,家里人很少来,一时也没发现。

有次妈妈让病人去抓药,那女孩还没起床,看有人来,就从床上爬起,沉重的身子把诊床压得吱吱作响。病人就把他们极不耐烦的态度和妈妈说了。妈妈没说什么,只让病人回去熬药要注意火候,开锅别超过二十分钟。

此时,南星已十五岁,正在读初中,诊所里有什么他是清楚的,那天去诊所拿药回来,一进门就哭起来了:"妈妈,你快好起来吧。咱家诊所里的药都被哥哥卖光了,我去给你抓药,他还说,一天到晚这么多事,给我多少钱啊。我去都是这样,其他病人他会怎么对待呢?妈妈,以后我放学以后去诊所抓药,我二姐也能帮忙,你让他离开吧,我实在觉得难受。"

第二天,表哥来时,凤仙和南星都去上学了,母亲在家趴着,和他聊天。

"听说你要去学理发?"

"嗯,想去。我女朋友哥哥就是理发师,赚得挺多。"

"那就去。"

"我去,你这咋整?"

"活人还能让尿憋死,你放心去,小姨有办法。"

"可我没钱啊。"

"小姨攒了一千块钱,你拿去学吧,以后学成了开个店。"

表哥欢天喜地地拿着钱走后,妈妈请隔壁刘大爷去换了家里和诊所的锁。刘大爷造纸厂退休后就在我家附近摆了个修车换锁的摊子。和妈妈预料的差不多,诊所边上的邻居看到南星后说:"你表哥昨天拿着几个蛇皮袋子来诊所,可能又要拿药出去卖,但看到锁换了就走了。"

表哥走后,凤仙和南星就要担负起照顾妈妈、维持诊所运营和上学的重担。早上凤仙都会早起做饭,南星打扫卫生,然后两人吃饭后去学校。中午回来做饭、熬药和煮药浴用的药水,妈妈吃完药,他们就合力把她抬到浴盆里做药浴,泡四十分钟左右再把妈妈抬出来冲洗干净,然后去上学。放学后,他们再拿着妈妈白天给病人开的药方去抓药,因为胆小怕黑,他们总是一起去、一起回。第二天妈妈会把药拿给病人,当然时不时地也会有妈妈的朋友过来帮忙。

他们三人每天都在一根链条上工作,所以这几天南星便血都没敢告诉妈妈,他怕影响这根链条的运转。直到妈妈发现他脸色很差,就托凤珍阿姨带着南星去做检查,检查结果是肺结核。妈妈看到检查结果很着急,她以前用中药治好过肺结核,就去给南星抓药。妈妈让凤仙在家里看着南星,他已经十分虚弱。那时妈妈已经见好,能勉强站起来,可她不能随便站起来,站不稳,且不能受累。

天有点擦黑时,妈妈拄着根棍子就出门了。已经很久不走路的她,每走一步都像脚底有针扎一般,再加上腰不能用力,她像个木桩般一步步挪到胡同口,打了个三轮车去了诊所,妈妈回来时已是深夜,她没告诉孩子们怎么回来的,嘱咐完凤仙煎药,她就昏睡了过去,接着又烧了三天,自此完全瘫痪了。

妈妈很少在我探亲时谈起病痛的折磨,她怕影响我的情绪。有时她又希望得到点宽慰,他们两个还小,家里除了她,成年的只有我一个。她不要求我什么,只说:"你舅舅小时候就开始为家里分担,除了挣工分,就是想办法赚钱,那时经人介绍,他加入了在青城的建筑队,这支队伍是国有的,我那时还小,也不懂他在外面咋工作,只记得,每次回来他都把工资一把交给你姥娘,后来又交给你舅妈。再往上说就是姥娘,你姥娘也是家里的老大,所以就承担得更多。"听妈妈说到这儿,我才明白过来,我也是老大。这个老大不再是,邻居看到我回来喊上一声"老大回来了",而是切切实实要担起家庭的重担,可怎么承担呢?我掏了掏口袋,拿出这个月剩下的津贴,五十几块钱。妈妈笑着说:"钱不要你操心,只要记得你是老大,家里真有什么事,你要照顾好妹妹和弟弟。"我点了点头。

1995年的春天,在妈妈的同意下我开始第一次考军校,报名通过审核后,我就和几个战友来到了长春近郊的某部汽车三营。三营虽也是后勤部队,但处处透着荒蛮的野战部队的气息。这里没有女兵,整个分部来了三十六个女兵和近二百个男兵,我们乌泱泱一大群人来后,让这个到处长满荒草的空旷的汽车营瞬时热闹起来了。

我们被安排在一栋四层楼。站在楼下,我看着窗上的破塑料布被风吹的呼呼响,心中更生出荒凉感。队长和副队长是分部派来的,我们临时组建了学员队,在班会上,队长任命了班长和副班长,还有通讯员。

队长说:"女兵人数少,就住在四楼吧,这样比较安全,男兵数一下人数,住一、二、三楼。我和副队长住三楼,男兵不能去四楼,这是纪律,听到没?"

"听到!"战友们整齐地回答。

虽还惦记着妈妈和家里,但忙碌的学习让我很快无暇顾及其他。学员队邀请了长春二中的老师来给我们补文化课,我们上的是大课,每节课两个多小时,课后就是军事训练。男兵五公里、女兵三公里是训练后的项目,没多久我就被这种学习模式折腾得越发瘦了,近一米七的身高,只有一百零几斤的体重。我常累得哭,即便哭着也会咬牙跑完三公里。开跑前,队长会把一副扑克交给班长,跑得快人能发到红色的扑克,每次发到我都是黑花子。发完牌,班长还会说一句:"你怎么还是我老乡呢,真弱。"

我们跑步时会有救护车跟着,车上的多是女兵,她们会在里面冲我招手,我知道她们是想让我别坚持了,这样可以早点回去吃饭,可我虽总跑倒数第一,但绝不坐车回去。这样,救护车只能慢悠悠地在我身后晃荡。偶尔,我也会看看车里的人,我听不到她们在说什么,看表情似乎不太高兴。我知道此时,钟媛媛肯定已经趴在床边发呆了,她是我同桌,和我一样看起来弱不禁风,风一大就可能会被刮跑的身材。战友们叫我们"林黛玉组合",可我们看起来很像,一跑起来就不同了,她总跑第一,即便男兵,也没几个能跑过她。

那晚,我趴在床边。钟媛媛问我:"想啥呢?"

"透过现象看本质,我发现我们的像很表象,里面的配置完全不一样。"

她茫然地看着我说:"听不懂。"

学习进入第三个月时,妈妈在信中说她病情恶化,被下过一次病危又挣扎回来了,除了问我要不要回去,还在信里夹了一百块钱。

捎信的人是妈妈的病人,还没等我把信合上,他就说:"你这儿太偏僻了,哪儿能吃到饭啊?我还没吃饭呢。"

现在不是开饭时间,食堂肯定是去不了,我只得告诉他:"这附近两公里的地方有家饭店。"

"那你请我吃吧,不给你送信我哪会跑这么远。"

我看看手里的一百块钱:"好,我请你吃。"

他看我答应,就欢喜地往外走。虽在走路,但我眼前都是妈妈病危的场景,好几次差点被路上疾驰的车刮到。他只疾走,看得出是饿了。我已经十九了,除了妈妈,没人再拿我当孩子了,可现在她随时可能离开我。我的情绪低落,但没影响捎信人的心情,他点了三个菜,菜上齐就开始吃饭。服务员拿走我那一百块钱,找回二十二块钱。我看着他把三大盘菜吞下去,其间也没问我饿不饿,然后就打着饱嗝,坐上一辆小巴车走了。

第二天我再次和队长请了假,倒了两趟公交车,用了一个多小时到邮局的电话亭给妈妈打电话。在这个绿色的电话亭里,我听到了妈妈虚弱的声音。

她问我:"过得好不?"

"在这儿吃不饱。"说完我就哭了。可能是怕外面的人看到,我环视了一下,发现其他亭子的人都在专注地说话,有的也在哭,根本没人注意我。

"我给你捎了钱。你别心疼,要花,五百块钱,怎么也能用一阵子。"

"你在信里捎了五百?"

"对啊,你没收到吗?"

"我收到了,妈妈你要好好的,我考完试就回去。"

"我怕等不到了,要是让你放弃学习回来照顾弟弟和妹妹,你愿意吗?"

"妈妈,一定要这样吗?"

"我已经告诉你舅舅我的情况,如果你不愿意,你舅舅会把他们带回老家。如果你愿意也可以申请退伍跟他们一起回去,我知道你想上学,只是现在不是时候,你愿意放弃吗?"妈妈再次问我。

我什么也没说,赶紧挂了电话,逃也似的回了学员队。

可我能逃到哪儿去呢?站在泥泞的街上,风吹着我的衣裳,我感觉一阵阵钻心的寒意正从袖管,从裤腿,从所有敞开的缝隙中向我心里钻来。

没过几天,学员队就收到家人的申请,让我回原部队,不再参加考试了。部队的假,舅舅也替我请好了,指导员告诉我可以直接回家。我只好和学员队的朋友们告别。汽车连出车送我去车站,有三个人一路哭着送我,哭得最肆无忌惮的是汽车连的李煜浩。他和我是凤城老乡,自来的那天他就关注我了,这是他的小跟班高云岭告诉我的。

那天我刚从厕所出来,就看到有个还没我高的男兵向我走来问道:"你是李凤衣吗?"还没等我回答,他又接着说,"我战友李煜浩想认识你。"

我当时就愣住了,但很快又条件反射似的说:"我不想认识他,还有你。"

"怎么这么难说话呢?"高云岭并没因为我的话离开,而是在我身后磨磨唧唧地重复李煜浩是怎么看重我的。这让我觉得很古怪:"为什么他要看重我,我又不认识他,不需要看重。"

"你们是老乡。"

"老乡。"我回头看看高云岭放慢了脚步。

再遇到他们时,高云岭身边站着个高个子的战士,高云岭冲我喊:"这就是我跟你说的李煜浩。"我冲他们尴尬地笑笑,就跑了。接下来李煜浩也没找我叙叙老乡的情谊,只是在遇到时也冲我笑笑。

另一个送我的,是唐胜伟。我们认识是因为我值日去厨房帮厨,我那时做事手脚很慢,尤其是听到楼下战友们已经快唱完饭前一支歌上来了,我还没盛好饭,手忙脚乱之下还把菜汤打翻了,没等我再去打,就被副队长看到了。

副队长说:"做事就不能稳当点儿,多亏没让你做饭,不然还都饿死了。"

平常的教训几句也许男兵根本不会在意,可我没被人说过,盛好饭也没吃,就抹着眼泪回宿舍了。我趴床上抹眼泪时听到有人敲门,推开门是个陌生的男兵。

"我叫唐胜伟,看你没吃饭,就买点零食给你吃。"说着递给我一大包零食就跑了。

等我反应过来时,战友们已三三两两地回来,同院的战友看着桌上零食问:"有人给你送的?这样的情况我要和指导员汇报。"

"你别说,我根本不认识他。"

"那我们可不可以吃啊?"

"吃吧,还也还不回去了。"

后来站队时我才发现,唐胜伟平时就站在我边上,他是男兵最矮的,我是女兵最高的。队长喊向右看齐时,我是向他看齐的,之前我没仔细看过他,所以那天他给我送好吃的,就没认出来。那件事后的第二天站队,我向右看齐时,他竟向左看齐了,我看他,他看我的场景,让一排女兵都笑了起来。他被罚站了半个小时。但此后,他也没改,时不时的就向左看齐。

老牛是我在学员队最好的朋友。她和我名字竟然一样,牛凤衣是个可怜人,她妈在她十多岁时和同事吵架后自杀了。没到两年,她爸就给她找了后妈。后妈是个老姑娘,个性古怪。她曾告诉我:"自从我妈死了,我瞬间就懂事了,我要哄着后妈,她开心我才有好日子过。我知道她不愿意看到我,就早早出来当兵。如果我考不上军校就要复员了,那样我就会直接结婚,免得在家里让她不舒服。"她喜欢叫我"老李",我则叫她"老牛"。

在车站,她最后一次抱着我说:"老李,我大概率也考不上,复员以后就要忙着结婚,我们都要面对很多事,我们就此别过,再不联系了。"我哭着答应了,用力抱了抱她。李煜浩和唐胜伟也哭了,我告诉他们:"你们好好考试,考上了我们再见,会有机会的。"李煜浩点着头应承着,唐胜伟却一直在低头流泪,我不知道他有没听到我说话,转身我就上车了。火车缓缓启动时,我看了一眼长春火车站,在心里默念道:"再见了,那些把我吹得东摇西摆的风,再见,那位说我能当作家的语文老师。"

到家后,妈妈床边围着好几个人,有舅舅,还有胡大娘、凤珍阿姨和庄大娘,他们不知道在说什么,看到我进门都闭了嘴,除了舅舅,其他几人都找各种理由走了。我坐在床头,摸着妈妈的头。

妈妈问:"让你不考军校回家来,是不接受不了?"

"嗯,我是想参加考试。"

"你都这么大了,都指望你,你咋不懂事呢。"

舅舅站起来摇摇头:"这孩子真犟,随你啊,随你,你小时候为了上学,在家好几天闹绝食。"

我听着舅舅的话也没再说什么。他在,让家里有了几分微妙的变化,仿佛家不完全属于我们了,他是来接管的人。这让我生出些不适,想到太姥爷去世时,他家被分掉的情况,历史竟然惊人地相似,我家目前不也是这种状况吗?想到这儿,我几乎是冷着脸看舅舅了,他似乎一下变成了要分我家的坏人。

我问他:"要是跟大舅回去,房子是不要卖?家里东西都不留?"

大舅回:"那还留啥,都卖了带回老家。"

"然后给你儿子买房对吧?"

"这孩子说的什么话!"

"凤衣,不要没礼貌,怎么跟舅舅说话呢?"听妈妈阻止我,我没再说啥,舅舅应该知道我的意思了。

他默默戴上放在凳子上的帽子,朝外走去。我和妈妈都知道他要去大姨家,就没说什么。

舅舅刚一走,妈妈就说:"把门关上。"妈妈看我把门关上又说,"过来。"我向床边靠了靠,她抄起手边的扇子拍了我一下,我退了一步。她又说:"过来。"我又过来时她没再打我,而是抓着我的手哭了起来,"你咋就不懂事呢?啊?除了你舅谁能养你们?你叔叔和奶奶倒是说养你们,我敢把你们交给他们吗?"

妈妈说到这儿,我眼前又出现了奶奶和叔叔白芷的脸,我摇了摇头。妈妈继续说:"都指望不上,你舅心软,把你们交给他我放心。"

"快拉倒吧。他心软,我还在上学就给学员队打电话、给我们指导员打电话让我不要考军校了,他有半点儿考虑过我以后的生活吗?他心软怎么会让你去换亲?怎么会让舅妈虐待姥娘?不是他们把姥娘撵到牛棚住,没人管,姥娘能死这么早吗?"说完我哭得蹲了下来,数落完舅舅,我发现身边真的就没人能养我们三个了。"妈妈,你活下来好不好?不要死,我不想成为孤儿,你看我姥娘是孤儿,她一辈子多苦,你现在也没娘了,我不想也没有娘。"

我们娘俩痛哭一场后,似乎就清醒多了,没几天妈妈就让舅舅先回家了,她开始没日没夜地看书,给自己研究验方,不断变化治疗方式,也许是上天看我们太可怜了,也许是妈妈新研究的药方起了作用,虽还是很缓慢,但自那以后妈妈的身体开始好转。我又回到了部队,家里依然是他们三人分工合作,这样既能照顾妈妈,还能赚点生活费,凤仙和南星也能上学,我也可以安心工作。

我周末有空就会跑回去,这段时间妈妈后腰长了好几个脊椎结核引起的脓包,大的有拳头般大小,我们不得不联系了外科医生为她做引流手术。这种小手术是不打麻药的,即便觉得妈妈在好转,但看到顺着注射器喷涌出来的脓水还是非常紧张,倒是凤仙和南星一直在她身边照顾,经历过世面,没像我这般脆弱,引流断断续续做了两年,直到它们渐渐萎缩,变成一个个坑坑洼洼的疤。

这样过了两年,妈妈奇迹般站了起来。这期间她还经历过一次严重摔倒后,又躺了几个月,我们这个如在风雨中飘摇的小家终于在全家人的努力下保住了,妈妈再不会说把我们送给舅舅养了。我还记得她躺了两年后第一次站起来,像个初学走路的孩子那样,南星放开她的手,她站在原地说:"像有许多针同时扎进肉里似的,疼死了。"即便这么说她还是试探着向前走,边走边叫唤:"疼死了,像好多针扎我的脚。"好在嘟囔了几天,她渐渐不说了,虽还不能走动自如,但已经可以缓慢行走,也能坐了。

又过了段时间,她终于坐回两年多没去的诊所,邻居看到她时都露出诧异的神色,说:"真是奇迹,你竟然能好起来。"妈妈渐渐好了,像个刚学会走路的孩子那样,一步两步地又学会走路,只是孩子刚学会走路时的稚嫩她没有,还不到五十岁的她,衰老得像六十岁,甚至更老了,年龄在她身上像是急速走了几步。

我偶尔翻出相册还能看到她高中毕业时的样子,两只羊角辫支棱在脸旁,睫毛浓密,眉毛像是画好的一般熨帖,明亮的眼睛嵌在眼窝里。我又想起妈妈说过的那句话:"大伙儿说我是秋千会上最俊俏的女人。"

她说的秋千会,在老家凤城李庄一年办一次。我五岁时参与过,却因为恐高留下了很深的恐惧。那时妈妈是秋千会上的主角,她在荡起来几层楼高的秋千上站着,看起来只有没抽穗的麦子那么高。她向上用力时,微微弓起的腰则像成熟的麦穗了。就这样,她在人们的视线里荡啊荡,几年的工夫就从青涩的新媳妇变得成熟了,这从人们对她的称呼中就看得出,原来叫白术媳妇,后来她就成了凤衣她娘。

离开凤城李庄后,她也如桐花般默默盛开了几年,这从相册里能看到,只是自爸爸去世,姥娘走了,她就病倒了,这个病加上其他的病,好几次差点把她送去见爸爸和姥娘,只是我们几个紧紧束缚住了她,才让她又回来了。这就像把本要报废的车重新开到路上,难免会出现这样那样的问题。瘫痪两年,她的腿萎缩了,可能是腿细的缘故,她的肚子越发大了,两条细腿顶着个大肚子。她的头也变大了,不再是那个四十岁时还烫着大波浪卷发的夏大夫,不,她自然还是夏大夫,只是变成了胖乎乎的上身顶着两条细腿的夏大夫。

第四章 凤衣篇

1

我的朋友不多,王影男算一个。我们第一次见面是初一报到那天,老师让我们在外面按个头大小排队,我和她排在后面,她比我略高点,站在我身后。

我们俩还没进教室,就有几个高年级的男同学过来围着她看,我也回头打量她,才发现她长得很好看,像当红歌星杨钰莹,不过和娇小的杨钰莹不同的是她个子高,有一米七左右。要说和杨钰莹很像也有点夸张,嘴和下巴就不太像,她的嘴瘪进去一点,下巴很尖,看起来虽不如杨钰莹五官那般端正,却更娇媚。

熟悉以后,我发现她个性大大咧咧,一点不像有的漂亮女孩那样小气,这也让我们很快成了朋友。我不知道她为什么会喜欢我,可能只是因为我们住得很近——她就住在我家后面。

爱民路上多是平房,房子一排一排整齐地排列,像个大家属院。我不知它建自哪年,我家是二十世纪八十年代末花一万一买的。当时有两家要卖房,一户挨着大街,一户是胡同里第三家,妈妈问我的意见,我告诉她可以买里面的,外面靠大街太吵闹了。

我家推开门是条狭长的走廊,左边有间偏房,走过偏房是个五十平方米左右的院子。院墙左边有个小仓房,那时还没集中供暖,即便在城市也要烧煤块,仓房里除了煤块,还有点儿引炉子用的油烟纸和柴火。当然还有些即将成为柴火的旧家具,只要柴火不够用,妈妈就会把它们劈成条,用来架在炉子里,再把油烟纸点着放在它们中间。架在一起的木条中有空气流通,很快就会和油烟纸烧得不分你我,趁着火势旺,往上摞煤块就行,不过摞煤块也要有点技巧,要和木条一样留下空隙。不过,爸爸从不知道这些,这从他细嫩的手就看得出。妈妈的手则满是裂口,涂上蛤蜊油都能看到纵横交错的手纹。仓房在东北人的生活中占有重要位置,仓房里一般还会挖地窖,用来冬储蔬果。冬天的地窖里是地瓜、萝卜、白菜、土豆、苹果的天下。不过我家没挖地窖,妈妈天天忙得脚打后脑勺,没时间。爸爸也很忙,忙着往爆炸头上抹头油,穿着喇叭裤去会朋友。妈妈总说他的喇叭裤是扫地用的,只要他出去,街两边的土都少了。我婚后在大院也分过仓房,仓房的门口有块木板,板下面就是地窖。地窖很宽敞,冬天下去拿食物,沿着梯子向下走,就有股温暖潮湿的气味往鼻子里钻,窖里的木板上,像个陈列架似的,摆满白菜和地瓜。萝卜和土豆要用黄土埋起来,如果不埋,萝卜会空心,土豆会发芽。

扯远了,再回到我家来。我家推开正门就是厨房,左边是个小锅炉,管着暖气和炕的温度。其实时髦一点的人家已经把炕扒了,全部改用床,我家只有爸妈的房间扒了炕,安了一排暖气,锅炉左边是个小房间,房间里的炕没扒。我问过王影男,她家也没扒,我们这条路的房子结构是一样的。我和妹妹就住在这铺炕上,不过也不总是我们俩,炕上还睡过奶奶、弟弟以及和爸爸吵架后的妈妈。爸妈房里有三人沙发和一套组合家具，沙发很快被家里的狗咬的不成样子，这张被狗咬得像破洞牛仔裤似的沙发直到我结婚才扔掉，在此之前它都像个标志物般摆在这间卧室加客厅的房间里。沙发边上的白色组合柜当时花了一千多块，它有各种提前做好的框框，放电视的、放花瓶的、放杂物的，反正无论它有多少框框都会被我们填得满满的。组合柜对面就是一张大双人床，爸妈一般都睡在这儿，弟弟有时睡在沙发上，有时睡在他们中间。主卧的窗外还有个二十平方米的小院子，妈妈在里面种了些花，最惹眼的是一大棵百合，不是香水百合，就是那种土土的棕红色的品种。每年花落后，花梗上的小黑豆会落进土里。春天时，一个小黑豆就是一棵幼苗，它占地越来越大，有半个院子都被它占满了，大有点子子孙孙无穷尽也的意思。

只是无论前院还是后院或者大街上再也没了梧桐树的身影，我们就这样与梧桐树断了联系。除了没有梧桐树，前后这么大的空间也没厕所，不过当初规划时建设者就想到这个问题了，他们会在十排左右的房子中间盖个大公共厕所。公共厕所比房子盖得气派，上面贴满治性病的小广告。二十世纪九十年代初，爱民路是本市的卫生标兵，所以过段时间，居委会的大爷大妈就会拿着铲子铲一遍小广告，再刷上厚厚一层石灰，这样不只厕所看起来干净不少，臭味少了，连从粪坑里爬出来的蛆也一并烧死了。即便有勤快的大爷大妈，垃圾桶还是装满了生活垃圾和人的排泄物，街上从清晨到傍晚都是人声嚷嚷，谁家有个大事小事都别指望那面薄薄的墙能藏住，生活以一种壮阔且嘈杂的方式在这里展开。

自从认识了王影男，我倒垃圾就会常看到她穿着镶花边的睡衣，睡眼惺忪地向垃圾桶奔去，她拎的垃圾桶很秀气，像个时尚的包。我们会站在比我们还高的垃圾桶边聊一会儿，那时已快十月，天气转凉，她冻得两条细腿在裤管里晃来晃去,我低头看看自己的腿,觉得它们粗得仿佛祠堂的柱子。

祠堂就在爱民路的尽头,我们只要放学路过就会围着这栋仿古建筑的大柱子转一圈再出来,后来似乎就成了默契,只要走到那儿就走一圈,像放学的仪式。可能是为了便于祠堂里的人上厕所,祠堂边上就有个公厕。我家离厕所远,走过去要五分钟,很羡慕公厕边上的人家,着急的时候我们几个都在家小解,家里有一只专门的黑桶,就是汽车轮胎那样的材质,只是比轮胎更粗糙,周身都是毛刺刺,这种桶在爱民路几乎家家都有,早上起来人们就各自提着出来,他们大多头发没梳,眼屎还在眼窝里。

2

寒假过后,放学王影男和我一起走的次数少了,她没告诉我去干吗了,只是放学后跑得很快,快得像怕我追上她,这样几次后,我就再没撵着她在校园里跑。又过了一段时间,我们开始学化学,她在化学实验课上指着窗外走过的一个人给我看,我匆忙顺着她手指的方向看了一眼,只看到那人的背影。

下课后她告诉我:"刚才那是我对象。"

"那个高一的呢?"

"早分了。"她无所谓的语气让我有点难过,不知是为我脱离不了妈妈的管束,还是同情她没有妈。她妈前几年死了,后妈是个大姑娘,跟她爸之前没结过婚。她和我说这些时,脸上透着一种沧桑感,仿佛世间的事没有她不知晓的。"后妈又给我生了个妹妹,我爸很忙,他们哪有空管我。"听她这么说,我一时不知该说什么。

那天放学,她要给我拿个好看的本子,让我去一趟她家。她家果然和我家的结构一样,但又不一样。她家布置得很洋气,窗帘和盖布用的都是纱幔,我很喜欢那些乳白色的纱。我妈从没这么细致地布置过房间,我因此对她后妈生出一丝喜欢,她后妈长得也很好看,皮肤雪白,眼睛也好看。其实那会儿,她爸和后妈还没回家,可他们的结婚照就挂在墙上。从照片上看,她爸像个新疆人,浓眉大眼还是自来卷,王影男不是卷发,但她妹妹就是一头卷发,像个混血孩子。她和妹妹感情很好,后妈和妹妹一回来她就扑向妹妹,妹妹也张着小手抱住她,亲她,弄得她脸上都是口水。她妹妹的眼珠有点泛蓝色,清澈透明的蓝,真是太美了。

我忍不住说:"这就是海的颜色。"

她后妈淡淡地冲我笑了一下,很淡,淡到像谁拨弄了一下脸盆里的水,瞬间她就恢复了雕像般的面孔。

那是我唯一一次去她家玩,自那以后我们几乎断了联系。准确点说是每天都能见到,只是她不再找我玩儿,她有了新的玩伴。她的新玩伴无论男女都是高中生,我不知道高中生是不是都很闲。后来她就开始逃学,十天半月见不到她一次,听同学说她正和一个打篮球的高二男生处对象。也许是觉得她太难管,也许是后妈嫌她在家碍事,初中还没毕业她就被爸爸送到长春的姑姑家了。我们没留联系方式,甚至她转学也是别的同学告诉我的。

五年后的一天,我从部队回来探亲,换了便装,穿着一条太阳花的超短裙。

刚坐到三轮车上,就有个女生喊:"等等,我也坐车。"

我坐的这种敞篷的三轮车很宽敞,只要方向差不多,三轮车主也可以载别人。本市有两种出行工具,一种是出租车,另一种就是三轮。我坐的三轮是人力的,还有电动的。打三轮车两元起价,这行有不成文的规定,如果是我打的三轮,后来再上的人如是顺路,加一块钱就行。

还没等三轮车主问她加钱,刚上车的人就拍了我一下:"不认识我了?"

我抬头一看,原来这个把头发染成了芦苇颜色的时髦女孩是王影男,她看我愣住又拍了拍我:"做梦呢。"

我看着两个三角形的大耳环在她的脸上晃荡,终于憋出一句:"你回来了?"

"不是回来了,是经常回来。"王影男说。

我赶忙和三轮车主说:"我们是一起的,不要加钱。"三轮车一次可以载两个人,我提的要求是正当的,车主也没办法,可他又觉得吃亏,就不断嘟囔:"你们两个时髦的姑娘还缺我一块钱?买双丝袜都不止。"

"买双丝袜还有丝袜,给你一块钱我们有啥?"王影男怼他。

三轮车主回她:"你们这些做生意的人,干吗在我这小本生意的抠搜?"

看来三轮车主把我们当成轻工商场开服装店的小老板了。许久没见面的喜悦,让我们忽视了三轮车主的感受,再没理他的怨言,车也就没骑得那么稳,一路疙疙瘩瘩的,下车后看看三轮车主负气而去,我们相视一笑,又站在路边聊了会儿。

"我回来过完礼拜天就走。"她说完给我掖了掖头发。

"我也是,周日下午就要归队。"

"你还在念书吗?"我问她。

"嗯,在念大专,我姑给设计的路线,读完专科再读本科容易些,我姑说我的家庭环境只能自己挣饭吃。听说你爸不在了?"她试探着问我。

"嗯,好几年了。"

她吐了口气,还想说什么,想了想没说,只是眨着眼睛看我。我知道她理解我,她早几年就没了妈妈,现在我没了爸爸,命运在某一刻把我们推向了一种残忍的平等。

我们再没说什么,告别时是傍晚,天边的余晖似乎触手可及,我看着她向前,朝着余晖走去,转身往家走。后来从同学那听到过一些她的零散消息,知道她读的是警校,后来考到了基层警察队伍。

我当兵源于和母亲的一次聊天。后来我不断回想那个场景,妈妈让我去当兵,到底是因为爸爸去世后我有点抑郁,她怕我陷入这种情绪中,还是不想我将来当老师?那天我们本来是闲聊,当她知道我想考师范类的学校时,就问:"为什么不是考医学院,学中医?"

"我不一定能考上。"

"考不上可以上委培生,那个分数低一点。"

"我不想学医,尤其是中医。"我看躲不过去,干脆说了实话。

"为什么?"妈妈问。在妈妈眼里,我们姐弟几人的出路除了中医没有别的,身边有几位医生的家庭都是这样,无论他们有几个孩子,都在学医,他们说这叫继承父母的衣钵。

"妈妈,我知道你想我学医,从小就刻意让我接触中医,教我这么多汤头歌。但你知道吗?我不喜欢对着病人,他们都是难受了才找医生。我不想天天看到人的痛苦,我想去学校和孩子们在一起。"

妈妈沉默了会儿,又说:"我没想到你这么排斥学医。"

"我不是排斥学医,我是不喜欢面对别人的痛苦,我更喜欢学校的氛围。"

"咱们别激动。"妈妈冲我摆摆手接着说,"你看看你们老师的收入。"

"收入?"

"是的。你们老师工资低,每年涨工资都无法兑现,你知道吗?"

"我确实不太知道,可这也会改变的,不会一直这样吧。"

"要不你还是去部队吧,上次有个病人让我把你送到部队去历练一下。"

"那我还能考师范吗?"

"应该不能,但你可以考军校,你不是也想当职业军人吗?"

这是我的另一个梦想,听到妈妈提醒,我沉默了。

3

一年后,我当兵了。新兵连的第二天,拉我们去训练场的车侧翻,全车二十几个新兵都没啥事,只有我昏了过去。等我在医院醒来,眼前是新兵连指导员和两个新兵战友。

才认识的新兵连指导员面无表情地告诉我:"你左小腿骨折了,等好了,就能归队。"

我看着指导员啥也没说,只是一遍遍回想当时的场景,重复着那如电影镜头般的翻车画面,以及我声嘶力竭地嘶吼,然后就一片空白,就像眼前雪白的病房一样。

看我没说话,指导员继续说:"她俩留下轮流照顾你,等你能自理了再说。你看要不要通知家里?"

"不要。"我脱口而出。

"那好,你先休息,我还有点事,先回去处理一下。"说完指导员就回去了。

她把王红丽留下了。我和王红丽之前就住在一个宿舍,比较熟悉,就问她:"指导员咋了? 看起来不太高兴。"

"因为你受伤,她可能要被处分。"

"哦。"我没再说啥,心里有点内疚。

第二天来的是孙芙蓉,就这样,她们俩开始轮番照顾我。住院的第一周我几乎没下地,连大小便都在床上解决,好在这不是她们帮忙的,有护士帮我。这里是集团军下属的师部医院,医院很小,也就十几个人,有两位医生,三位护士,剩下的是卫生兵,这是给我扎针的小赵说的。王红丽来了就坐在床边的方凳上看看我,这一般不超过两分钟,然后她就会像变魔术似的掏出本书,看起来。后来,可能是看我很无聊,她把我的书包也拿来了,让我也看书,我不得不开始温习功课,准备考军校的学习。

王红丽话很少,不像孙芙蓉那样热情,本来我也是个话少的人,可她似乎比我还不爱说话,天天抱着本书。那天我实在沉不住气,就问:"你看的是啥书?"

"《罪与罚》。"

除了书名,她一个多余的字都没说。我又问:"好看吗?"

"还行,看不太懂。"

"看不懂,还能一直看啊?"

"正因为看不懂才看,难道像你似的看《唐老鸭和米老鼠》吗?"

"看动画片也不代表幼稚啊。"

"很好看吗?"她突然认真问我。

"好看,我从小就喜欢。你怎么想起当兵的? 你看起来学习很好。"

"学习不好才当兵吗?"

"倒也不是。"说完这句,我有点生气了,她总让我不知怎么接话。

看我闷着不说话了,她又开始说:"我不知道自己要什么,不知道未来做什么,一片迷茫,你知道吗?"

我仔细想想,回她:"我也不知道。我到底要做什么呢?"我也开始自言自语似的说起来。

第二天孙芙蓉来照顾我,这个家伙从进门就开始叽叽喳喳的,嘴巴停不下来。我抢在她即将要说什么之前问她:"你想好将来要干啥了吗?"

"嗯?"她歪着脑袋看我,就像她嘴里塞满食物时,我又给她搛了一块肉。

还没等我继续问,她就接住了这个话题:"我妈说,人这一辈子就是走一步看一步。"

"你妈走得好吗?"我刚问,就后悔了,这话太像挑衅。

可她没生气,只说:"她走得不太好,半辈子活下来都在我奶奶家人的控制下,好在现在我长大了,能保护她。"

"你都咋保护的?"我好奇地问。

"跟他们吵啊,我奶和我爸加我姑,三个人都吵不过我,我这张嘴不白给。这话我妈说的。"说完她冲我得意地点了下头。

我笑了:"你这嘴确实不白给,怪不得你这么能说。"

病总有的好时候,我的腿渐渐好了。归队那天医生说:"可以拿掉拐杖自己走了。"

"可挂拐走路两个多月,都习惯了,我不敢放拐杖。"

身旁的孙芙蓉听我这样说,拿起我的拐杖就跑了,一会儿工夫又回来了,看看我说:"走啊,拐杖都给你交回去了,不走也没有了。"

我只好硬着头皮一步一步跟在她身后回到训练大队了。因为照顾我,她和王红丽我们三人都没完成新兵连的军事训练,指导员让我们接下来要进行补课式集训,就是参加到一个临时的训练大队,跟着集训两个月。

报到时,集训队长就告诉我们:"你们仨,如果训练任务不及格,要被退回去。"

这句话让我们面面相觑,看得出孙芙蓉和我一样压力陡增。只有王红丽面无表情,仿佛这事跟她无关。大队的人员组成是各班的班长,简称精英集训,也就是说她们都是业务拔尖、军事过硬的战士,当了好几年兵的老兵,当班长告诉我们这些时,我愣在了原地。接下来的日子和我预想的差不多,我的小腿还没完全恢复,再加上毫无训练基础,我是精英训练营军事素质最差的。王红丽军事素质最好,孙芙蓉也比我强。为了赶上进度,不拉后腿,别被退回去,我只能加班训练,把别人已谙熟于心的动作反复训练。大运动量的训练让我吃尽了苦头,晚上洗漱完,我要把木头一样的左小腿先搬到床上,再爬上去。

到部队集训快一个星期了,我的身心都没适应眼前快节奏的环境,每天除了累得爬不上床,更多的是心理上没适应,我从一个懒散的胖学生,到部队战士的跨越竟这样快,根本不容我细想。这么跟头把式地走过来,才一个礼拜我的肚子就瘪下去了,要是在平时我哪需要这么早起床,吃这样的苦?回想起和妈妈的聊天,我觉得去中医学院上学也许更适合我。可想归想,我的身体已经开始不断调适,进入新的生活状态了。

晚上在集训队睡觉的只有王红丽、孙芙蓉和我,其他几个老兵因为班里还有事,驻地又在附近,就回原班睡了。我刚抹了会儿眼泪,以为她俩都睡着了,没想到竟听到有个人蹑手蹑脚爬起来,打开柜门,掏出什么,咔哧咔哧吃了起来,听得出她很克制。

"我包里有好吃的。"我小声说。

我说完这句,咔哧咔哧声停了一下。"啥好吃的?"是孙芙蓉的声音。

"啥都有,你们拿过去吃吧,是我妈托人给我带的,我没胃口,帮我吃了吧。"

"这忙我爱帮。"王红丽说着也从被窝里出来了。

俩人找了一张报纸铺在地上,把我双肩包里的东西哗啦一声,倒在上面。

王红丽用手电一照,说:"这么多,这要吃到什么时候? 不过我们的战斗力也是很强的。"说完她就拿起一根火腿肠说,"好久没吃火腿肠了。"

"咱们留着这个泡面,再给其他几个人留点儿,再说凤衣还没吃呢……"还没等孙芙蓉说完我已经困得睁不开眼了。

4

集训队的生活结束,王红丽军事素质得分优秀,孙芙蓉良好,我是合格。之前我们就被分到一百多公里外的一所陆军医院的勤务连,现在可以去报到了。勤务连大院很大,介于住院部和家属院之间,有一排宽敞的平房。这里对着操场,后面背靠着山,准确点说,我们大院四周都是山。连里有二十多个女兵,三个班。回到连队后节奏就慢了下来,不需要整天的队列训练,只要每周一出操跑三公里就行,然后是吃早饭去上班。我被分到了门诊负责导诊,门诊科护士长把一套护士服递到我手里时,我愣住了。"这和上医学院有啥区别,妈妈是知道我要来部队医院吧。"我嘀咕了一句。午休时我实在忍不住心里的困惑,给妈妈打了电话,诊所没电话,我给诊所隔壁卖保健品的阿姨打了电话,妈妈不到一分钟就过来了。

她听到我的疑惑时只是笑了笑说:"那是缘分,我哪知道你会到部队医院去?功课别落下,我听说部队医院读完军校出来是当医生或者护士。"

我对妈妈的说法有点说不出的反感,可还是把她带来的课本又拿出来看了。可能是怕我闷,没过多久她又把家里的书寄来了,有三毛的《撒哈拉的故事》,还有刘心武和张洁的散文集,课本我就有一搭无一搭地看,不过这些课外书很快就看完了。在连队大家都在工作状态,我却无法脱离学生心理进入成人的状态,无所适从的我迷恋上了阅读,与其说迷恋不如说是逃避。

很长一段时间我就这样漫无目的地读,其间除了请假买书,就是借书。实在没书看我就看连队书架上的书,可很快也读完了,包括各类伟人的选集。就在我觉得没啥书看、开始在外面借书时,指导员在一次例会中问我们:"谁想去俱乐部放号?"

当时大家都很安静,可见俱乐部并不是个好的去处。我虽对俱乐部了解不多,但也觉得是个非常古怪的地方,尤其看了那个叫《夜半歌声》的电影后。

指导员看大家都没作声,就说:"你们考虑一下,想去的可以和我说。我接着讲一下,下礼拜上级单位要来检查评比的事……"

我压根没听她再说什么,脑子里开始温习对俱乐部的记忆。我对它关注不多,只去过几次,它是个独栋的楼。外形像半个人头,侧面坡形的屋顶上披满爬山虎,屋顶上有个大窗户,从外面看像只硕大的人眼,天气好时,阳光会照亮整个大厅。除了这只人眼般的大窗户,它周身都被爬山虎包裹,冬天是枯萎的,像个衰老的头颅;夏天则是深浓的绿色;秋天是血红色,看起来怪异又奇特。我记得沿着一楼大门走进去就是电影院,也是剧场,推开舞台后面的窄门就能到标本室,标本室也有正门,和俱乐部大门在一侧,我去参观过。

我记得那个厚嘴唇的解说护士说:"透明的大瓶子里的液体是福尔马林,里面浸泡的医学标本,都是在本院手术中获得的。这个瓶里一个头两个身子的婴儿的母亲是位农村产妇,她产下孩子后,只看了一眼就在第二天悄悄出院了。三只手的婴儿、脚丫子长得像蒲扇一样的婴儿、头像风布口袋的婴儿,都是畸形儿,他们都没存活下来。当然,除了畸形的婴儿,还有部分是肿瘤科室摘下的患病器官。"她指着一个巨大的布满黑色斑点的肺,继续说,"这是一个烟民的肺,那时换肺手术还不成熟。这个长满水泡的肝脏的主人倒是换肝成功了,只是活了不到一年就去世了。"我盯着一个泡在瓶子里、看起来没什么特别的婴儿看。"看瓶子后面。"她提醒我。等我转过去就看到婴儿的屁股位置有个小尾巴。还有些稀奇古怪、我不知该怎么描述的器官,我对它们好奇又恐惧。我不知道它们在这待了多久,到处都是一股陈腐的气味,我是憋着气参观完的。后来再路过标本室我就会快速通过,仿佛人不在时它们就会活过来,贸然进去就能看到它们活生生的样子。

俱乐部一楼还有个大厅,是人们看电影前聊天的地方,但我在人声鼎沸时扫视过那儿,只要一个人在这儿,就会被它阴森空旷的气息吓得一激灵,胳膊上起一层鸡皮疙瘩。沿着楼梯向上走五六级楼梯就是洗漱室,洗漱室的墙、地面甚至水池子都是粗糙的水泥抹成的,到处都是灰黑色。再走五六级楼梯就是二楼观影看台,有时候看电影的人多,二楼看台上也会坐满人,不过大部分时候它是空的,它边上就是放映室。放映室只有王师父,他几乎从不跟人客套,每天只坐在里面,像个假人似的。李姐的个性就开朗多了,虽说他俩都是军工,可个性却南辕北辙。李姐喜欢穿着旗袍,坐在二楼走廊尽头的屋子里打毛衣。这条走廊即便在白天也没有光亮,推开李姐的屋子才有光照进走廊,同时她会从屋里走出来,很优雅地问一句:"什么事?"我有次就这么看着她,仿佛我推开的不是一道门,而是时光机器,让她从民国穿越而来。走廊边上还有一间很大的舞厅,周末会组织舞会,这也是俱乐部的工作之一。俱乐部只有一个女兵,叫黄相文,住在李姐屋子的隔壁,她的房间也在那条不见光的走廊里。她长得好看,可能是在俱乐部待的比较久的缘故,不太愿意说话,当然这可能也是她在俱乐部的原因。

指导员选人去俱乐部是因为黄相文要退伍了,这个人将是她的接替者,就像灯塔守护者要选一个去继续守护灯塔的人一样。与灯塔绝对的安静不同的是俱乐部是个热闹时极热闹,安静时又特别安静的地方,它具有双重特质,这就要求去的人要耐得住寂寞,也要忍得住喧闹。

指导员在会议最后不知有意还是无意,说了一句:"俱乐部里有间阅读室,那里面有我们医院这些年积攒的所有文学艺术、医学专业类的书。"

我当时清楚听到我的心嘣的一声,像个钢镚掉到地上了似的,紧接着就发出那种金属掉在地上的颤音。我琢磨指导员这话是说给我听的,她肯定看得出阅览室对我的诱惑。

5

去找指导员时,一切都很顺利,她似乎早就猜到我要去,看来我想的没错。搬进去的第二天我就迫不及待地推开了阅览室的门,看着眼前大书架上花花绿绿的书,我就像发现隐秘世界的大门般震撼,这些书大部分我都没见过,比如《解剖原理》,再就是一些文学类的书,我当时最喜欢看的是《荆棘鸟》和《简·爱》,就像不知道楼下标本室存在多久了一样,眼前的阅览室究竟存在多久了我也不知道,看得出在二十世纪八十年代,俱乐部要比现在热闹得多,起码除了电影院、舞厅,还有阅览室,这里的书大部分都来自那个时间段,这从存书的印章上就看得出。

阅览室原来肯定接待过许多大院里的军人和在这住院的病人,那时来来往往的人手上大多拿着书,其中不乏文学青年,部队一直是文学青年的沃土。这里的人永远有朝气、有活力,所谓铁打的营盘流水的兵,留在这里的都是年轻人。找书的间隙我也会在阅览室发呆,回想那些热闹的场景,在书签和夹在书里的读书笔记中,把他们从光阴的长廊里拉过来看看。这样想着,时间过得飞快,出门时突然遁入走廊的黑暗,会生出些割裂感,仿佛我和眼前的生活已分开很久。

那段时间,我边看书边整理它们,偶尔也借几本给其他战友看,我就像有了宝藏库的钥匙的人那样,只要有时间我随时都可以穿过这条没有光亮的走廊,掏出裤袋里的钥匙,就像阿里巴巴对着宝藏的入口说:"芝麻,开门吧。"

即便在俱乐部住,我平时也要在营房办公室坐班,白天我归丁助理领导,到阅览室去基本是周末或下班以后。可只要有空我就泡在这里,很快把大部分书都翻了一遍,当然许多书只是翻翻,我想先了解都有什么类型的书,好做个目录。李姐嘱咐过我,让我不要动角落里那个上锁的柜子。之前我也确实没去碰过它,只是当我把书都拢了一遍后,就觉得它很碍事,无论我怎么在屋子里折腾,最后离开时目光都会在它身上停下,然后才关上门。我不得不承认对它的好奇心日渐高涨,直到有天李姐和王师傅都出去了,他们应兄弟单位邀请,去放露天电影。

第二天,我计算着他们出门的时间,在机关办公室门口看着他们拎着包上了吉普车,才回到俱乐部。我先把一楼的门从里面关紧,才上楼,即便觉得万无一失还是不断回头看,怕他们因为什么缘由突然跑回来了。

和我预期的一样,李姐屋里的门没锁,她门后挂着这栋楼各个房间的钥匙,我轻手轻脚地拿起钥匙,向阅览室走去。可能是因为紧张,我好像看到有个黑影从走廊里一闪而过,我停下了脚步,退回李姐屋里,悄悄向外看,走廊里没啥可遮蔽的地方,如果真有人就没处躲藏。可看了会儿,没任何动静,是我看错了,我不断安慰自己。打开阅览室把门反锁,我才松了口气,现在再也没谁会打扰我了。我仔细看了一下这把锁,是把老式的黄铜锁,有我掌心那么大,我对比着手里的钥匙,除了几把一样的白色门锁钥匙,确实有几把黄色的,我一把把试下来,额上热乎乎的,手心都湿了,还是没打开。我再次拎起这串钥匙,发现除了挂在一个大钥匙环上的,还有一把系在一根油光光的红绳上,我试了一下,开了。

我抹了一下额头,今天屋里似乎格外闷,揭开箱盖,我看到灰尘噗噗落下来,像从土里挖出来的,仔细看了一眼灰尘下的东西是另一个箱子,我想把它从里面抱出来,可太沉了,根本抬不动。这个箱子也是上锁的,不同于外面的箱子,里面的箱子刻着雕花,做工精致,红色的漆已经有些剥落,里面露出木头的本色,我又用力抬了抬。"怎么这么重,难道装的石头吗?"我嘟囔着,刚想再试一遍钥匙,走廊里传来一阵响动,我吓得赶快把箱子盖上锁好,又把那串钥匙放回了李姐的门后。

此后几天,我都没机会再接触那个箱子,主要是没钥匙,只能眼睁睁地看它就在屋里摆着,就是打不开。直到入冬后的一天,天上下着薄雪,冷得我躲在屋子里更不想出去了,此时我也不回避这个箱子了,反正也打不开,我在上面铺上坐垫把它当凳子来用了,这些是我看《撒哈拉的故事》和三毛学的,李姐没对我在柜子上铺垫子表现出不满。

可有一天,她看我坐在上面,就忽地冲过来说:"快下去。"

我虽有些不快,也没说什么。过了几天,她便带着两个人来,把箱子扛走了。我原以为箱子是阅览室的,属于公有,后来看她抬得那么理直气壮,才觉得可能是她的私人物品。

6

七月底的一天,也是我从门诊调到机关工作的第二个月。当时我在开办公室的门,有个陌生人从外面走进防空洞般幽深的办公区走廊。我看他扛着学员专用的红色肩牌,猜到是来报到的。他看我拿着钥匙愣在那,就问:"报到处在哪儿?"我用手指了一下他面前的办公室,他就推门进去了。我进了办公室,嘟囔了一句:"还挺帅的。"

觉得他帅,是因为这几年分来的大学生都成了被女兵经常吐槽的对象,"长得像土豆或者黄瓜""不是矮胖就是细长""总是没有个头匀称的"也难怪她们吐槽,这跟战士比的确差点。这大院里无论男兵还是女兵,都还算周正,所以也难怪他们眼睛长到天上去,去谈论大学生的样貌。

去年倒是来过一个长得还行的,有一米八左右,五官也不丑,只是木讷,脸上没啥生气,像个木头疙瘩。这个木讷的青年热衷锻炼,每天早上五点半女兵都能听到砰砰的声音。把女兵都叫醒的同时,这个叫邱鹏的男孩也开始了一天的锻炼。后来听说他恋爱了,女兵们松了口气,一般恋爱的人都会放下其他事。

"那样勤快打球多是闲的。"女兵们说。

可邱鹏似乎从没按照常理出牌,他依旧每天五点半把球拍得砰砰响,让女兵们蒙着被子忍到五点五十分——她们六点起床。只有我没觉得拍球多烦人,也许每个人对声音的感受不一样,也可能在俱乐部听到的声音小,不过我在这个群体里也是个奇葩,总是自己去山里散步,很少和人说话,除了孙芙蓉,其他人都很少来往。

就这样拍了几个月,女兵们都习以为常了,所以当这个深冬的早上,女兵们没听到邱鹏拍球的声音突然不习惯了,还有俩人睡过了头,出操迟到,被指导员批评。

九点多的时候,指导员神色严肃地从外面回办公室,我们三个看到她的表情谁也没敢问啥。后来还是她沉不住气了,和我们说:"邱鹏死了。"

这事的震惊程度超过了今年听到的所有八卦,我们先是愣了一下,紧接着孙芙蓉问:"怎么回事?我说今早咋没人拍球呢。"

"警察还没出结果,我们先不要讨论吧。"说完指导员就出去了。

后来证实邱鹏是自杀,原因是他失恋了。恋爱没俩月,他女朋友就觉得他们不合适,提出分手,他想不开就自杀了。后来单位派人到他家慰问,本来指导员让孙芙蓉跟着去,正好赶上她来例假肚子疼,就求我跟着医务处主任和指导员去一趟。那是我们驻地附近的一个小村子,载我们去的吉普车停在了村外,村里连条正经路都没有,我们拎着慰问品找到邱鹏姐姐家时身上已落满了雪。

有个中年女人为我们开了门。她是邱鹏唯一的亲人,他的姐姐,姐弟两个长得很像。我悄悄打量着眼前的女人,她眼泡肿着,看起来很憔悴。姐姐把我们让进屋,拿扫炕的笤帚把我们身上的雪扫扫,就开始倒水:"喝点热水吧,家里也没啥可招待的。"我扫视了一圈,除了一铺大炕,墙角还有个很旧的衣柜,屋子中间的炉子烧的很旺,把炉子烧的像个橘色的灯笼。我就近坐到了炉子边上的小板凳上,他们看也没啥可坐的地方,就都坐到了炕边上,炕上有两个小孩,一个三四岁,一个七八岁的样子,他们都穿着单薄,可能是看到陌生人紧张,都缩到了炕的一角。

临走时,邱鹏的姐姐非要把家里的苹果梨拿给我们,说:"你们还给孩子拿钱,我们真是没啥能拿得出手的。"说着就把一口袋苹果梨塞到了指导员怀里。指导员也没推辞,拿着就往回走,我们一路沉默,谁也没说话。走远后,我回头看,她还站在门口,像个雪中的黑点似的。

坐在车上,我又想起我们刚才把身上的钱拿给孩子时的场景。邱鹏姐姐哭着说:"本想弟弟大学毕业,我就熬出头来了,我爹妈死的早,他是我带大的,多苦的日子也没不让他上学。本想着他学了医,将来会有个好前程,谁知道他这么想不开。"看她哭的伤心,我从板凳上起身,把挂在灯绳上的旧抹布递给她。她接过去抹了一把脸,顿了顿,又说:"也不赖他走这条路,我爸和爷爷都是自杀走的,去大医院看过,说是家族精神病,本以为他学医后能知道怎么治,唉,他就这命。"说着姐姐就要起身去给我们做饭,我们极力拦着才作罢。

我在回来后的许多个早上,都会在五点半准时醒来,有时我会掀开窗帘,朝俱乐部外的球场看看,什么也没有,可总感觉有个砰砰的声音在叫我。

球场离勤务连更近,我问住在连里的孙芙蓉:"听没听到拍球声?"

她说:"没听到,不会是邱鹏专门拍给你听的吧?"说完冲我做了个鬼脸,就跑了。

7

让我觉得挺帅的男孩叫郑好,是邱鹏去世第二年分来的。"今年的大学生都挺帅啊!"说这话的是孙芙蓉。她在办公室看到了郑好和徐冬冬,回到连里就夸上了。当时我正好去连里拿书,孙芙蓉不知我见过他,还在继续说:"郑好长得端正,大眼睛、瓜子脸,像那个演员。"

"哪个演员?"王红丽问。

"就是那个很帅的演员。"

"哪个演员不帅?"王红丽白了她一眼转身要走。

"别走,我想起来了,像《射雕英雄传》的男演员。"

"不会是黄日华吧?"王红丽一脸不可置信地问。

"就是他,那个主角。"

"不会吧?"几个女兵将信将疑,约好第二天去看看。

"还有一个呢?"王红丽问。

"徐冬冬很文静,戴着眼镜,皮肤比王红丽的还好。"孙芙蓉边说边指了一下王红丽。

王红丽是连里最好看的女兵,看孙芙蓉这样说就丢下一句:"别乱比喻,看看再说,像没见过帅哥似的。"说完就走了。

我回俱乐部时,正是午休时间,可路过王师傅的放映室却听到门里传出说话的声音,声音有点压抑,但能听出是王师傅。我把脚步压低,慢慢向前走。

听到他说:"你把东西藏哪儿去了?本来没事,一天到晚瞎折腾,非让你折腾出事来不可。"

"嘘……"嘘声之后就再没声音了,听不出这声是谁说的。后来一直到我下午上班,俱乐部里都没再发出什么声响。

第二天,为了验证孙芙蓉的说法,我们几个丫头都聚在机关办公室,等他们来领办公用品。我坐在营房办公室看小说,营房的领导是丁助理,我是他的保管员。丁助理是山东人,不知是晒的还是天生的,反正很黑,此刻正在机关走廊外的花坛修剪草坪。他带着个破草帽,穿着军裤,老远看像个园丁,哪有工程师的样子。

还没等我翻两页书,丁助理就回来了,他把脖子上的毛巾挂回洗手盆架子上,边洗手边招呼门外的人:"进来啊。"

我抬头一看竟然是郑好。郑好有点不好意思地说:"原来您就是丁助理,对不起啊丁助理,我以为您是园丁呢。"

"不都一样嘛,我的工作也包括修剪花草。"

我站在一边笑笑:"习惯就好了,咱助理就这样。"

"笑啥,傻丫头,这是郑助理,你的新领导。"

我愣了一下,嘴巴半张着,心想,他怎么分到我们办公室,来领导我了。"那您干吗去啊?"我问丁助理。

"我也领导你啊,现在你有俩领导了。"说完丁助理拿下毛巾擦了擦手,说:"郑助理就用这张桌子吧。"我们屋本来就多出一张桌子,像是提前为他预备的。看着眼前两位不像来自一个星球的领导,我已经预感到班里几个丫头要羡慕我了。

晚上我回连里开例会,开完会照例要坐在一起说说话才回去,王红丽泡完脚,边涂脚指甲边对孙芙蓉说:"我今天去检验科了,那个徐冬冬,确实挺帅,很斯文的那种。"

"我说得没错吧?你别把哈喇子掉脚指头上。"孙芙蓉笑着说。

王红丽没再说啥,转过身开始梳头,她每天晚上最重要的工作就是梳头,梳完头,她就会顶着树冠一样茂盛的头发在屋里溜达,像一棵成精的树似的。

"郑好分到营房了。"我说完就用余光扫了一眼屋里的人,不出意料,这相当于在班里扔了个点着的炮仗。"他是学基建的?我咋没看出来?""白瞎了,不是学医的。""不学医不也挺好。"她们的声音开始从屋里各个角落向我聚拢。

我从椅子上站起来,笑笑说:"啥也别问我,我回答不了你们的问题,今晚的记者会就到这里,有啥问题下场再说。"

早上刚到办公室,就听到丁助理的声音,往常他不会这么早到办公室,一般都是围着大院转一圈,像园丁巡视花园那样手上拿把剪子,随时对那些肆意生长的植物来一剪子。

"小李,你今天和郑助理去量一下全院的办公面积,再就是把所有办公用品分类贴标签,统计总数,还要记录好,有些报废的也要履行手续。"

"知道了,助理。"我答应着,心里却嘀咕道,你这是怕我们闲着啊。

郑助理从门外进来,手上拎着伸缩尺,本子和一口袋标签,冲我说:"走,小李,这就去。"我赶忙从郑助理手里接过口袋拎着,跟在他身后。

我们刚走到俱乐部门口就看到孙芙蓉穿着白大褂从锅炉房方向过来,她是去倒垃圾的,我们的办公垃圾都是在锅炉房焚烧。"李凤衣干吗去啊?"她热情地问我,眼睛却在上下打量郑助理。"我们去干活儿。"我丢下这句就跟着郑助理朝传染科方向走去,这里是医院最偏僻的科室,我们之前商量测量从这儿开始。

工作进行得很顺利,除了有些科室的女医生和护士有意无意地出来看郑助理,郑助理对自己受到的欢迎似乎浑然不觉,只顾专心地记录,我也偷瞄了他几眼,看起来还真像黄日华,尤其笑起来的时候。

这项工作我们大概做了一周。这期间我们量完了大院里的每一间办公室。周三的晚上,想到我可以借着这个理由把俱乐部看一遍,竟高兴得有些睡不着了。八点钟,我站在俱乐部门口,昨天我们就约好了在这儿等。在此之前,我没告诉王师傅和李姐马上要丈量俱乐部,是担心他们把什么藏起来,我也不知道感觉对不对,就是觉得他们一定有什么瞒着我。

我们站在放映室外告诉王师傅,要丈量俱乐部的每个角落,他的眼神充满狐疑,眉毛皱着,对郑助理笑了一下,冲我说:"你咋不早说呢?"

"这项工作全院开展,不需要提前通知,再说我们不会影响您工作的。"郑助理接过他的话说。

"我们这机器啥的这么多,你们也不懂,碰坏了哪样都很麻烦。"王师傅继续堵在门口说。

"我们都不是小孩,不会随意碰你们的机器的,放心吧。"说完郑助理又问我:"这栋楼就两层吗?"

我回道:"是的。"

"那我们就从二楼最里面这间开始吧。"说着我们就奔李姐的屋子去了,她的屋子在走廊最里面。我敲了敲门,听到李姐应了才推开门,一道光从房间里照进走廊。

"李姐,这是营房的郑助理,我们要丈量一下屋子面积,登记一下所有设备。"

她看着我,不像王师傅那样排斥,但也没表现出热情,只说:"有些是我私人物品,最好不要碰。"

"放心吧,我们只是摸底公有物资的数量和使用情况。"郑助理说。

我们登记的速度很快,按说整个俱乐部登记下来都要不了一上午。但我故意把速度放慢,做起来也更仔细。李姐平日个性闲散,一副什么都不在乎的样子,眼下她看起来有些紧张,身体僵直地站在走廊里,一言不发地看着我们工作。她屋里摆在明面上的只有三个窄柜组成的组合柜,一个旧唱片机,唱机里还在放孟庭苇的《风中有朵雨做的云》,登记完唱片机,我看了下摆在旁边的盒子,这是个专门放唱片的盒子,不知啥时买的,盒子里分层,唱片像饼干似的一片片码在里面。组合柜上还有个小箱子,我只要往上够着看,李姐就会往前凑,我没着急搬下它,而是又在屋里转了一圈,抽开她办公桌下的抽屉,每个都看了看,里面都是些零碎的东西,干活儿的工具啥的。我揭开白床单,床下还有两个箱子,和组合柜上的箱子是一样的。

我打算抽出床下的箱子时,她突然从门外进来说:"别动,那里是我的私人物品。"

"你这买了啥?好像都是一样的。"郑助理也注意到了。

"都是些木头箱子。"

"干啥用的?"郑助理看似随意地又问了一句,我看了他一眼,不知他是不也觉得俱乐部像个有秘密的地方,看起来不太正常。

李姐没再回答他,而是摆起冷冷的脸。

郑助理也没再说什么,而是一伸手,把床底的箱子抽出来一个。箱子上没有锁,但被绳子捆着,郑助理刚要拿桌上的小剪子,李姐几步走了过来说:"这真的是我的私人物品,请你们学会尊重人。"

郑助理没再坚持,即便觉得不太对劲儿,可我们不是警察,没有权利检查别人的物品。看郑助理把箱子推回床下,李姐就没再说啥,整个上午,无论我们在哪儿排查,她都跟着,包括王师傅的放映室,王师傅出去了,只有她一直看着我们,下午我们把电影院的座椅上都贴上标签后才离去,看得出,看着我们,李姐也很累。还没等我们走到大门口,她就着急上楼去了。

8

这一大圈溜达下来像对郑助理的个人展示,我猜到下周院里的人基本就都认识他了,不出意外就会有人去和丁助理打听他有没有对象。让我意外的是回到办公室整理完资料,郑助理就神秘兮兮地走过来,手里拿着一张很小的卡片。

"什么东西?"我问。

"我对象的照片,给你看看。"从他提到对象的表情看得出他们的恋爱很甜蜜,能主动和我分享,也说明助理没拿我当外人。

想到这,我认真看了看他递过来的照片,很小的一张,女孩长得很周正,眼睛大大的,鼻梁高挺,有点像混血。"长得真不错,咱们这儿还没这么好看的女生呢。"

"不是为了她好看,我们是从小一起长大的。"说到这儿,他似乎想起了什么,笑了笑。

"她是做什么工作的?"

"在外面打工,等将来结婚了,就来这儿找个工作。"

"可以啊,我们这边好多家属都找到合适的工作了。"

周日,我先到邮局去取订的《星星》诗刊,还买了本《读者》,最后到光明路的老奶奶打糕店买打糕,这家打糕店有十几年了,在本地很有名声,我喜欢吃只裹豆粉没馅儿的,班里人都知道我周末的消遣就是去邮局,再去买打糕。我买完打糕就赶回来吃午饭,在食堂门口看到了郑助理,他没穿军装,穿了件乳白色的夹克配军裤。"吃饭啊。"他问我。我边应和着他边走进去,这里战友多,我可不想让大家误会我和他关系很好。

他打完饭倒很自然地坐到我身边:"你今天干吗去了? 我看你也出去了。"

还没等我说,边上孙芙蓉的声音就飘过来:"助理,她去邮局拿书,然后去买打糕了。"

郑助理停下搛菜的手好奇地问:"你咋知道呢?"

"因为啊,李凤衣只会去这俩地方,不信你问她。"他没问我,只说:"看书挺好的。"

"我和对象吵架了。"郑助理说这话时手术室那个小护士刚走,可能就是因为和对象吵架了,小护士从坐到我们营房的沙发上到离开,郑助理都没抬头看她,这让精心打扮过的女孩有些难堪,就开始问我:"你是哪年的兵?"

我回:"九四年。"

"家是哪儿的?"

还没等她再问啥,我就和郑好说:"郑助理,丁助理刚才在电话里让你去一趟。"看郑助理起身要出去,小护士提前出去了,郑助理看她走了就又坐下了。

"你知道我骗你啊?"

"知道。"说完他就继续低着头,不知道在想啥,大约过了快十分钟,在我看来快一个世纪过去了,他又说:"我和对象吵架了。"

我有些为难地回他:"那咋办？我也不知道咋哄人。"

"可你是女孩,一般女孩生气时说点啥会消气？"

"我是吃点打糕就好了。"

"怪不得那个战士说你爱买打糕,原来是真的。"

"她叫孙芙蓉,你可以叫她小孙。"

"哦,好的。可我对象不爱吃东西怎么哄？"

"你俩为啥吵架？"

"为了彩礼,唉,说来话长,她家和我家是邻居,长辈之间的关系一直不咋好。她爸好赌,哥哥也是,家里就过得不好,在当地是有名的破落户,可我对象很好强,她人品很好的,一点不看重钱。可她爸说如果我不能拿八万块钱彩礼,他就不答应我们结婚。"

"八万,卖孩子啊,八万在这儿都够买一套好房子了。"

"不是多不多的问题,是我家连一万都拿不出,上哪儿找八万。"

"那这问题还真不好解决。"

"她爸看我拿不出,已经开始给她相亲了。"

"啊,那你咋办？"

"我能咋办,没有办法,我好话都说尽了,她爸和她哥都不同意。昨天我把这事和我爸妈说,他们本来就不同意我们在一起,嫌弃她家里人赌博,现在更不同意了。"说到这儿,他站了起来,对着窗口再不说话了。

我也帮不到他,安慰也不会,只好说:"去打球不？我陪你去打羽毛球。"我也不知道是怎么想到这个办法安慰人的。

他可能怕我难堪,就说:"出去活动一下也好。"

我去和孙芙蓉借了球拍和球,就去了后院的杨树林。打完球郑助理看起来倒是挺开心的,可我知道他遇到的问题不会因为这点开心解决,他依然要面对双方家长的反对和女友的不知所措,后来很长一段时间他都不提对象的事,我也没再问。

周三的早上,刚到办公室坐下电话就响起来了。

"喂,营房,哪位?"

"我是总机班,有人把电话打到总机要找你。"

"谁找我?"

"是个女孩,她在线,我把电话切过来。"说完总机就下线了,当然也有可能在偷听,除了会让电话有点杂音,其他都感觉不出来。

"喂,谁找我?"我问。

"凤衣,我,王影男。"随着话筒里传来的娇媚声音,王影男那张脸又出现在我眼前了。

"啊,是你啊,你现在在哪儿?"

"我跟你在一个地方呢,在山城。"

"你怎么也来了?"这个电话太让我意外了。原来王影男警校毕业后就分到了山城的一个小镇上。"都好几个月了,才联系我。"我在电话里嗔怪她,嘱咐她有空赶快来看我,我请假出去没有她那么容易。

可她似乎不方便来找我,在电话里说:"我最近不能去找你,不过我可以每周给你打电话。"挂了电话,往事一件件又涌上来,接下来我竟有些期待起她的电话。她说话算话,确实每周都给我打电话,我们就天南海北地聊。

直到有天我问她:"能不能和我说说你的工作?"

"为什么要听我的工作?"她声音都收紧了。

"不要紧张,首先你无论说啥我都不会和人说的,不能说的我也不想知道,我只是最近想试着写小说。我看书上说,生活阅历不够,对生活不了解很难写好。你那儿不是有故事吗？我想你给我讲故事。"

"哦，这个倒是没问题。我前阵子还真办个案子很奇怪，有空跟你说说，今天就到这儿，我有事。"

刚挂了电话，坐在一边的郑助理突然问我："小李，你说我过年回去直接和她领证是不是问题就解决了？"

"我还没谈过对象，我哪儿知道。"

他没再说别的，只说："我累了。"

看得出他最近确实被这事折腾得够呛，眼睛里都没有光亮了。毕竟是他的私事，我没给任何意见。很快就到年底了，我看着他像只仓鼠似的，一趟趟出去买礼物，把他黑色的手提包装得鼓鼓囊囊才回家去。

9

过完年，连队里渐渐又热闹起来，孙芙蓉和王红丽都在老家相亲了，明年年底就要复员了，家里要为她们的工作和婚姻做准备。春节后天气升温很快，雪化得到处都是水，就连山顶上的雪都在减少，直到树木一点点从雪中露出来，渐渐发了芽，有了生气，东北的春天就这样来了。

王影男在电话里说："他们一家三口回我妹的姥姥家过的年，我一个人在家过。"

"下次再这样就上我家过年，我家你都认识，也不用不好意思。"

"好嘞。"她在电话里应得挺痛快，"哎，我上次不是跟你说有个案子很奇怪吗？还想听不？"

"别吊我胃口，快说。"我回。

"上次那个案子之所以没告诉你是当时这个文物倒卖案,还没结案。"

"文物倒卖案?"

"是啊,没敢告诉你也是因为涉案人有你们大院的。"

"啊,到底是谁?"我追问道。

她没回答我,只说:"这个案子很有意思,是分局同事巡逻觉得有人搬个家具还鬼鬼祟祟的,就上前问,结果那俩人更慌张了,放下东西就跑了。我同事当时以为是抛尸,没想到带回去检查,竟都是民国时的家具。那花纹和做工是没得说。"

"民国的不算犯法吧?我以前还听说有人家里有明清家具呢。"

"是不犯法,但他们一跑就不太正常了。我这儿有点事,下次说。"还没等我再说啥,她那边就挂断了。

自郑助理休假回来就很少和我说话,事实上他是跟谁说话都少了,他变得像院子角落里的树似的,沉默又阴郁,少了之前的阳光帅气,这让我也不敢随便和他开玩笑了,直到有一天窗外的苹果花开了,雪白的花把枝头都压低了。

他愣愣地看着苹果树发呆,然后说:"我和她分手了。"

我不知道该怎么安慰他,只说:"别太难过了。"

"过去了,你看花又开了,树又长出新枝条了,油亮油亮的绿色,看来失恋也不是生命的结束啊。"

听他这么说我再次想到了邱鹏,赶快回:"那肯定的,新生活正向你招手,好日子还长着呢。"

他回头看看我,笑了。

1996年年底,我就要复员了,那时我认识郑助理已经一年四个月,知道我要复员他表现得情绪低落,我们都是性格内向的人,难得遇到知心的朋友,说实话我也舍不得他,好在我家离驻地就一百多公里。

我告诉他:"我会来看你的。"

他问:"那要很久一次吧?"

"我还要上班,可能接下来也会和孙芙蓉她们那样,要相亲,还会结婚。"说到结婚我又想起了跟我同名的牛凤衣,她应该结婚了吧,不知过得怎么样。

"其实我们可以解决这个问题,经常能见到。"他说这句话时已经是晚上八点多,和我并排坐在俱乐部走廊里,这里很空旷,他的声音听起来虚虚的,不太真实。他看我没接话,从军装内兜掏出几张煎饼递给我,我在黑暗中抓到煎饼时,还能感觉到他身体的温度,这和他平时给我摆在俱乐部二楼洗漱室的红苹果不同,那些红苹果像是无意中放到那儿的,这是他第一次把吃的递到我手里,我抓着煎饼,感觉再这样拿着,它们就要被我手上的汗浸湿了。

"你吃啊。"他催促我时拍了一下我的手。我觉得呼吸都急促了起来,刚想站起来,在此之前我们坐在两个板凳上,但现在我感觉到他那只温热的手伸过来了,不是一只,是两只,还没等我反应过来,它们就把我托起来抱在了他怀里,我紧张地咽了一下口水,感觉有只兔子要从嘴里跳出来。

"我们就这样一辈子好不好?"他问。

我艰难地回想着我们一年多的相处,可什么都想不出,在几分钟以前我还完全意识不到我们会成为恋人,可当他托起我,把我放在腿上,说实话我觉得一切是那么自然,仿佛我们早就相恋了。

"你愿意吗? 其实我早就想这样抱着你了,我无数次在梦里这样想。

今天,我喝酒了,丁助理带我出去的,他可能也看出我需要点勇气,当然也可能他只是想跟我喝点酒,但我做到了,你没反对,是同意了吗?"他说着,把本来向前看的脸向我凑过来,他嘴唇温热,散发着淡淡的酒气。

我哭了起来,声音很小,我告诉他:"我害怕这样,就像突然拥有了很重要的东西,但随时可能失去。"

"你是说我吗?你不会失去我。"他轻轻亲了亲我的眼睛,"今晚,我们去外面走走吧?我现在想告诉全世界,我恋爱了。"他说着放开抱我的手,做了个要飞的姿势。

第二天我又接到了王影男的电话,她已经有好几个月没联系我了。

"这么大警察怎么还能想起我呢?"我在电话里说。

"别阴阳怪气的,上次跟你说的案子结了。才想起跟你说说。"她压根没给我接话的机会,继续说:"这个案子牵扯五个人,其中有两个人是在乡下去收古董,剩下的两人负责运输保存,等待时机,最后那个人也是真正的老板,他负责把古董卖出去。"

"卖到哪儿去?"我总算插进去一句话。

"国外。老板在国外有销路,在国外卖得很好,但出口是个大问题,他们的办法是伪装成其他东西出去,之前他们就把几个嫁妆箱子装饰成复古的行李箱带出去的。这些东西在国外销路很好,尤其是那些中国文化的爱好者和一些华裔特别喜欢。还有就是其他小物件,上次我们检查时跑了的那次就是他们在把古董集中转运到加工点,加工成时髦的样子伪装好,就可以找人带出境了。凤衣,还在听吗?咋没动静了?"

"你也没让我插嘴啊。我是想到妈妈给我讲起的事。"

"什么事?也是与案件相关的吗?"

"你就知道案子,哪儿还是那个只知道处对象的王影男啊,别急。"

我还没等她张嘴又继续说,"一般嫁妆箱子都会在箱底留做箱子人的姓,你帮我看看,箱子底下有没有个'邹'字。"说到这儿,我的心猛地跳了一下,一种说不出的感觉,让我觉得有必要麻烦她看看。

"那可不行,"她在电话里明显声音小了,"我不能么么做,说实话,这个案子我都不应该告诉你,违反纪律。"

我突然想起:"你不是说有大院的人吗?"

"嗯,是有,你跟他们应该不熟,是两个中老年人。我真不能说了,有时间再给你打电话。"

说完她就挂了,我的心因为这事像突然悬起个铃铛似的,在心里荡来荡去。

巧合的是,许多事都赶到一起了,我们恋爱的第一周,我同时收到了李煜浩和唐胜伟的信,这两人像商量好了似的,拆信时我甚至怀疑是谁告诉他们我恋爱了,这是祝贺我谈恋爱的。

谁知在看了李煜浩兜兜转转几页纸后,突然看到一句:"你能做我女朋友吗?"

我当时愣住了,这是什么玩笑?我们自学员队分别后,每个月都会通信。他后来考到蚌埠一所军校上学,用军线给我打过电话。巧的是通信班的女兵知道我当时在连队,直接把信号切了过来,我就在指导员的闺房里接了电话,可能是距离太远,军线又比较忙碌,我也听不太清他说了什么,只听到几句让我注意身体啥的话。唐胜伟自学员队分别后就考取了武汉的士官学校,也是每个月都会给我写信,合上李煜浩的信,又撕开唐胜伟的,意思竟然惊人的一致,我想了很久,如果他们在郑助理之前和我说,要我做女朋友,我会同意吗?应该也不会,我一直把他们当作学员队生活的收获,两个知心的朋友,可现在我该怎么回复他们,想来想去也不知该怎么回他们,就没回信,我们也就彻底断了联系。

恋爱对我来说就有些意外,结婚更是。认识郑助理那年我二十岁,一九九八年的春天,我二十二岁时,我们就开始计划结婚了,他从郑助理变成了我的爱人。

结婚前两个月,我才分配到新单位,进入铁路系统,从绿色的军装,换上了蓝色的制服。看到有新人分来,单位里爱保媒的同事就忙活了起来,我被一次次问到想找个什么样的对象,又一次次告诉他们我有对象,就像一只青蛙加入新族群泛起涟漪又恢复平静的样子。

筹备结婚很累人,好在无需买房,也不准备彩礼,只需把他同事分来不住的小平房借来粉刷完装饰一下就好。我们还和同时结婚的战友买了一样的组合柜,连花纹都一样,同时走进这两间房陈设几乎都是一样的,这种极简的结婚风格并不是当时的主流,和我们买一样组合柜的同事除了单位分的小平房,还在街上买了个两居室,是男方家长给的钱,而这个女方就是孙芙蓉,这个丫头嫁给了和郑好同年分来的徐冬冬。徐冬冬也是在部队大院长大的,长相斯文,孙芙蓉则长得很大气,浓眉大眼,大大咧咧的,像个男孩子。这两个各方面都南辕北辙的人不知怎么就好上了。我们同年结婚,结婚后,我们又住前后院,巧的是孙芙蓉和我都分到了铁路系统,我们虽不在一起工作,却是同单位的同事。

10

我们结婚后有战友聚会,总少不了被王红丽和其他几个战友的嘲笑,"真是肥水不流外人田啊。""可不,人家可真会找对象。""咱们怎么没想到呢?""咱们知道兔子不吃窝边草。"

几句话下来,大家早哄笑在一起。我和孙芙蓉完全放弃抵抗,是一副死猪不怕开水烫的模样。郑好此时已经在我和战友们的嘴里从郑助理变成了耗子。

我们结婚,耗子家给了两万,我听说这两万也是借来的,就打算还回去五千。我们计算了一下,一万五办婚礼也够了,这个计算婚礼花费的人是我妈,她对耗子很满意,当然最初不是这样的。

我刚复员就把和耗子的事告诉了她,她的病刚有起色,正在后悔没支持我考军校,耗子的事让她十分意外,她可能是第一次意识到女儿已经成年了。在知道耗子比我大九岁时,她沉默了,这就像往她怀里扔了两个摔炮,她接住一个已经不容易,怎么能接受才二十岁的我,找个二十九岁的对象。

"你还小,那天咱们诊所边上干洗店老板还要给你介绍对象呢,我还告诉他,孩子小,再等等,我看现在有必要去看看。"

"你看看他再说,他不是你想象的样子。"我试探着说。

妈妈可能是想当面让他死心,就说:"那就来吧。"

耗子来时天已经擦黑了,我到车站接他,我们已经一个多月没见了,上次分别是我复员离队他去送我,除了他,送我的还有指导员和两个战友,我哭着和他们在站台上告别,他们把我送上车,抱了抱我就下车了。耗子看他们都下了车才走过来,抱住我说:"这不是梦,不要担心,等着我。"想到这时,耗子坐的车到站了,没一会儿他就从车站的闸门走了出来,穿着簇新的白衬衫和牛仔裤。

三轮车到爱民路时,我指着眼前的长街告诉他:"这是我从小长大的地方。"

他环顾一下四周说:"垃圾桶好大啊。"

"我也觉得大,南星总说我们是妈妈从垃圾桶里捡来的。"

妈妈睡得早,这个时间,她已经躺在床上了。他进门后先到卧室和妈妈打招呼:"妈妈,我来了。"他说得那么自然,仿佛他早就是这个家的一员。

妈妈听到这句话震惊得差点从床上掉下来,凤仙可能还觉得她不够震惊,说道:"妈,他叫你妈妈。"

第二天一早,耗子就把院子里的冰给铲干净,把仓房里的破旧家具变成了整齐的柴火。不知是不是因为耗子没拿自己当外人,还是因为他很勤快,反正那次以后他就被妈妈接受了,再没提去相亲的事。

五月一日是我们结婚的日子。我被母亲喊醒时看到屋里已坐满了人,抬头看一下挂在组合柜上面的挂钟,还不到四点。我困得睁不开眼,闭着眼睛扒拉了几口妈妈煮的荷包蛋,就随表哥去化妆穿婚纱了。此时表哥全然不是前些年偷诊所药卖的小混混了,他那位沉重的女友也早已不见踪影,看起来已经有个得体的哥哥样了。我们到影楼大厅时已有化妆师开始给新娘化妆了,我被安排在另一位化妆师手上。

表哥小声告诉我:"这位化妆师好。"

我说:"你画过吗?"

他笑了一下,龇着小虎牙说:"别胡说,那化妆师是个寡妇,我认识,她老公是电工,前两年修电路时被电死了。"

我没作声,怕出声被她听到我们在说她,但还是偷看了一眼。那是个很好看的女人,怎么看着这么眼熟,我忍不住又打量了两眼,是黄相文!我脑袋嗡的一声炸开了,她复员后我们再没见过,本想和她打招呼的,可一直到化完妆我都没勇气叫她。

我平时不化妆,上妆回来看到镜子里的自己异常陌生,和拍婚纱照时的妆容也不一样,觉得化一次妆就像戴一次陌生人的面具,想到这儿,我似乎又看到了黄相文的脸,她长得那么好看,结婚时一定画得更漂亮,还没等我再想下去,迎亲车队就到了。表哥火急火燎地背起我从家里出来,他还没我高,我又穿着滑溜溜的婚纱,不到一百米的路,我几次差点从他身上滑下来。

凤仙紧张地在身后提醒我:"不要溜下来,妈说脚不能沾地。"

我听了她的话,脚一直勾着,两只手把表哥勒得直翻白眼,这让他跑得异常快,把我放进车后才深深吐了口气,我看着他的囧样笑了起来。

王野妈在边上提醒我:"掉几滴眼泪啊,谁家姑娘结婚不哭。"

我全然不知为啥要哭,这可能是让车外的人失望了,他们看着我不哭,就要散去,这时我才把车窗摇下来,大喊一句:"妈妈,我下礼拜回来要吃蒸肉!"

迎亲的队伍从梅城出发,走了一百多公里才到山城的酒店,热闹的酒宴后,我们累得没吃饭就回来了,好在耗子打包了一些回来。进门后我往新床上一躺便睡着了。傍晚醒来,还没起床就听到有人在窗外问:"耗子,你新娘呢?我们来看看。"

"睡了。"

"那别喊了,让她睡。你忙活啥呢?"

"我们还没吃饭,我煮点面条。"

"那你们先忙。"那人声音停后我又睡去,睡到天全黑下来才醒。他看着我问:"饿了吧。"我点点头,他起来把炉火打热,把面条又热了热。我大口吃着黏糊糊的面条和肉圆子。他坐在边上摸了摸我的头,今天是他三十一岁生日。

我们在春天时结婚,入冬后我就怀孕了,作为一个午休还在看动画片的人,我显然还没意识到孩子将会怎么改变我的生活。怀孕是意外,上个月我还在嘲笑孙芙蓉意外怀孕,这个月就轮到我了。我咨询了同事,发现在我们单位,是允许女职工怀孕就请假的,只要不担心工资降下来就行,甚至可以在孩子出生后几年都请假,知道了这些事对我来说仿佛一个被捆绑的人获得了自由。我从复员安置到这个单位就没适应过。进入铁路系统对许多人来说就是有了铁饭碗,即便在婚恋市场都会变得抢手。这从耗子第一次到我家去,隔壁洗衣店老板的脸色就看得出,他盯着帮我妈扫雪的耗子很久。在此之前他和妈妈提到了他侄子,那个后来也没见面的青年,家里还有个姐姐,已经买好婚房,工作在事业单位,家人也都在央企和事业单位工作,还说能帮我联系工作。

听完他的话,妈妈说:"我有本事生,就有本事管,没结婚就让婆家帮忙,在家里抬不起头。"妈妈回来告诉我时,我就开始猜测洗衣店老板的脸色,好在第二天看到他,还挺正常,依然是猪肝色的脸。

11

偶尔我还是会想起王影男,自那次电话后,她就在我生活里彻底消失了。她没参加我的婚礼,更没在我之后的生活中再打来电话。

怀孕后的我,嘴巴变得刁钻,再说我也不上班了,有大把时间折腾,也是从这时候开始我学会了做饭,孕晚期我就把自己吃成了个穿碎花裙的胖子,我的肚子看起来像怀着双胞胎,那些见证过我当兵时多瘦的人,也同样见证了我现在多胖。远的不说,丁助理见到我就会扔下一句:"丫头胖得不轻啊。"

孕期还剩一个月时,婆婆来伺候我坐月子,我们婚后见过一次。她带着水乡人的干净清爽,个性克制,相处得倒也相安无事。我们这种平房一般住的都是小年轻,年纪稍大的都分到三栋楼了,再大点的基本在团职楼,比小平房还小的房子也有,叫妈妈房,基本是与丈夫两地分居的单身妈妈带孩子住。张静却是个例外,她住我家隔壁,五十多岁了还住小平房是她因肾病早就内退且移交完了,所以即便住小平房都是不合理的,不过张静早早就离婚了,又没孩子,出于对她的理解,倒是没人去和院里领导吵她占房子的事。

和在爱民路一样,住小平房也没室内卫生间,两家合用一个厨房,两个灶台挨着,动作大点都能炒到别人锅里去。每家住房都是一间半,可以自由装饰。我和耗子的卧室外,就是半间房,以前我们放了饭桌和冰箱。现在,又在饭桌边的窗前摆了一张单人床给婆婆用。张静昨天才从外地回来,她大部分时间住在抚顺的家里。

"你快生了吧?"她问我。

"快到预产期了,可李主任说可能要延期,她说我羊水还挺清亮的。"

"那就好,男孩还是女孩?"她边问我,边拿起板凳上没织完的红毛衣。

"女孩,李主任没告诉我,但我觉得是,再说我也喜欢姑娘。"

"姑娘好,是妈贴心的小棉袄。"说着张静冲我展示了一下她织的红毛衣,"这是给我侄女的。"

"谁说是女孩了,没生出来都不知道。"婆婆说。

张静看了看我婆婆,冲我挤了一下眼睛:"还重男轻女呢。"

被李主任说准了,孩子果然没在预产期出生,但在看了我的 B 超结果后,她告诉我可以住院了。办完住院手续,护士就过来打点滴了,上次来妇产科还是当兵时,那是我在大院交的第一个朋友宋护士生孩子。

我刚进去就被王玲护士长往外轰:"这都忙成啥样了,还有看热闹的,看啥看,看的将来都不敢生。"

我吐了吐舌头退了出来,从门缝里,我看到宋护士疼得头发都被汗水打湿了。如今换成我躺在这儿,说不害怕是假的。尤其护士说:"这是催产素,让你快点有反应。"我更慌张了,四下看了看,待产室里只有我一个产妇,耗子和婆婆说晚点来,过了半小时,在催产素的作用下,我肚子渐渐疼了起来。护士看了一下说:"宫口还没开,就叫唤上了。"

又过了半小时,耗子和婆婆倒是来了,医生和他们耳语了一阵,耗子过来告诉我:"李主任说最好顺产,但有些事你之前在诊断里也看到了,孩子偏大,脐带绕颈,而且是臀位,上次她让你做的动作没用,孩子还是臀位。"顿了顿耗子又问:"她说咱们可以选剖宫产,那样你少遭罪,还能避免一些危险。"

我几乎没犹豫就要剖宫产。主要是想起妈妈曾说起我们家之前有生巨大儿的传统,旧社会生巨大儿相当于在鬼门关走一遭,如今医疗水平高了,我们就不冒险了。可能是决定剖宫产就放松了,灌完肠我就躺着了,还有半个多小时手术,耗子和婆婆决定回家吃完晚饭再回来。虽说加上当兵我在大院已经生活了五六年,对每个科室几乎都熟悉,大家也都认识我,可家人不在,再加上手术风险单上可能发生的危险,还是让我恐惧起来,我颤抖着被护士抬上推车。

"小李,别哆嗦,没事的,剖宫产手术很快的。"护士帮我整理好盖被说。"你有仰卧综合征吗?"护士又问。

"我没有。"事实上我也不知道什么叫仰卧综合征。

给我做全麻的是张主任,这老头儿平时很幽默,长得和丁助理差不多,稍微比丁助理白点,也是山东人。他没像平时那样和我闲聊几句,而是嘱咐护士配药,后来就在我背上扎针,我感觉那针好粗,像是兽医用的。打完麻药他们明显放松多了,开始说话,可没和我说啥,仿佛我是个道具,灌肠加上这通折腾,再加上手术床又窄又小还没有枕头,我就开始头晕恶心,然后是呕吐。

他们被我吐得慌张了起来,护士埋怨道:"你不是说没有仰卧综合征吗?"

我心虚地回:"我不知道啥叫仰卧综合征。"

"高压七十,低压四十。"护士边和主刀的李主任说,边帮我擦洗,后来怕我又吐,干脆把我的上衣脱下来,垫在我脖子边上,让我把头转向侧面,免得吐的时候呛到。

"开始手术吧。"我听到李主任的声音,"这就别横切了,竖着快。"

一个白罩子遮住了我的下半身,很快,感觉只有十分钟不到,我的身子晃动了一下,是一种什么东西被从肚子里掏出来的感觉。紧接着,婴儿就大哭了起来,护士把她举到我头顶,给我看,她看起来很干净,没啥胎粪,头发乌黑。护士把她放在小推车上,我和她并排躺着,他们在忙着缝合,真的很快,一切都太快了。

"你姑娘还是双眼皮呢。"护士说完就把她裹好被子抱走了,走廊里都是她的哭声。我很快也缝合好被推回了妇产科,麻药还没过,我的意识是清醒的,可我的身体,尤其是两条腿像两根嫁接到我身上的木桩似的,只有肿胀的感觉。

等孩子又哭了十多分钟,耗子和婆婆才来,他们很惊讶:"孩子怎么会这么快出来。"

我问护士:"你能把孩子给我抱过来吗?我怕和别人的孩子抱错了。"

那时本市正好出了一件串子案,起码有三个家庭的孩子被抱错了,家长知道时孩子们都上大学了,这件事闹得很大,都上电视了。所以护士理解我的心情,赶紧说:"放心,今天就你生孩子,没别人。"

"那也抱过来吧,我们看看她。"

12

生完孩子后,我的生活也很平静,不知不觉三年就过去了。

有一天,家里来了电话。"找你的。"耗子把电话递给我。我拿起电话,以为是孙芙蓉,刚招呼了一声,那边就有个娇媚的声音问:"是凤衣吗?"我的汗毛一下就竖起来了:"死鬼,你跑哪儿去了?还知道找我啊。"

"别这么大脾气啊,我不就是几年没联系你吗?我是忙,真的很忙。"

"拉倒吧,谁能忙得跟失踪了似的?"

对面传来一串笑声:"别生气了,找你有正事。"

"没事想不起我来,说吧,警察阿姨。"

她止住了笑:"我这几天办了个案子,你可能认识其中一个受害人。跟我说说她吧。"

"谁?"我的嗓子眼因为突然的紧张有点涨涨的疼。

"黄相文,认识吧?"

"她是我战友,现在是个化妆师,我结婚那天还看到过她。她当兵比我早,比我大三岁,我们关系一般,说实话甚至谈不上熟悉,事实上她和班里的战友关系好的不多。"我又问,"她怎么了?"

"死了。"

"死了?"我大声重复了一遍。耗子正在给女儿整理玩具,听到我的话也停下来,看着我。

"被杀了,有人提供的信息是她下个月就要结婚了。"

"没听说她要结婚,我跟她没联系过,凶手找到了吗?"

"目前还没,应该很快,因为……"

"因为啥?"

"回头我再给你打,放心吧,以后我会经常打电话骚扰你,你不是要破案素材吗?"

"你还好意思说,我当时想学写小说,跟你说给我提供点素材,然后你就消失了四五年。"

"放心吧,以后不会了,我还忙,挂了。"

还没等我再说啥,电话那头已发出"嘟嘟"的声音。

可她这个电话彻底把我的心搅乱了,我眼前一直出现黄相文的样子,她长得那么好看,也很节俭,每个月都会用那种粉红色的卫生纸应付生理期,她对人热情,脾气好,却没啥朋友。想到这儿,我哭了起来。耗子放下手里的活儿,过来问:"是检验科送血的小黄?"

"不是,是以前俱乐部的那个好看的女兵。"

此后几天我都心神难宁,可王影男又像上次那样很久也不打来电话。直到半个多月后的傍晚,我们刚吃过饭,要陪孩子出去玩儿,电话响了,我像感觉到什么似的扑到电话跟前,果然是她的声音。

"案子破了,现在可以跟你说了。"

"好。"我赶快应道。

"黄相文再婚前,有个男人说要送她个结婚礼物,结果去了再没消息,家里人就报警了。我同事去那男人家检查,结果没一会儿俩同事就叫了增援。他们发现他家仓房里竟摞了好几具尸体,就摞在仓房一块木板上,好几个人,最上面的就是黄相文。凶手杀人后还侮辱尸体,把内脏都挖出来了,脸上还给化了妆,大红脸蛋那种,很吓人。"我的头嗡的一声炸开了,疼得我吸了口气。王影男没感觉到我的变化,继续说,"在她身下还有三具尸体,和她摞在一起,那是冬天,冻得结结实实,邻居也闻不到啥味儿。审讯后,凶手又说出还有几具尸体埋在别处,都是在外面杀的,这个案子震惊了整个公安系统,省里的公安厅都来人了。"

"怎么会有这样的人?"我忍不住插一句。

"那人说他杀死的,都是跟他有男女关系的人,只要他们敢提出跟他分开,他就会下手,这几年断断续续杀了七个人。凶手和黄相文是同事,其他被他杀死的人做啥的都有,还有个牙医,都被埋到山上很久了。有个家庭主妇,也是他邻居,是去小卖店买酱油时被他拖走杀死的。"

直到我哭出声王影男才停下:"你别哭啊。明天电视还播呢,这个影响太大了,我也是调查过程中发现是你战友,才告诉你,别难过了。"

"嗯,我知道,我头疼,想冷静一会儿,今天就打到这儿吧。"我第一次主动要挂断电话。

第二天,我早早守在电视机前,看着警方对这个案子的说明。和王影男说得差不多,只是有些细节隐去了。

过了一阵子,杀害黄相文的凶手就被判死刑了,随着这个案子的尘埃落定,王影男再次在我的生活中消失了。

婚后,我们一直生活在大院,生活平静地向前推进,不带一丝风浪。我坐在操场边的石凳上,回想前阵子发生的这件惨案时,我的女儿郑爱伊正从我面前骑着她的三轮自行车呼啸而过。她已经满三岁了,身后跟着三四个小孩,有徐冬冬和孙芙蓉的儿子徐小雨、药械科崔军和钱丽的儿子崔子健、内二科医生侯丽婷的女儿许嘉璐,他们都是生在这儿、长在这儿的大院子弟。孙芙蓉常说爱伊是大院的著名小孩,她的儿子徐小雨比爱伊大俩月,两个孩子是一起长大的,只是爱伊长得结实,她儿子却长得柔弱,自小他们就像性别互换了似的,爱伊大大咧咧,小雨扭扭捏捏。

山城距离梅城,一百多公里。我们经常回去看妈妈,凤仙在医学院读大二,平时不在家里,家里只有妈妈和南星。彼时,南星已经是个十七八岁的大小伙子了,剪着郭富城的那种不对称瓦片头,在学校里被同学霸凌。之前妈妈并不知道这些,直到有天他放学后,妈妈看到他背上有个清晰的脚印。

妈妈问:"怎么回事?"

他沉默了半天和妈妈说:"他总打我。今天轮到我点炉子,我刚拿起油毡纸点着,他就在我身后说,今天穿个新棉袄啊,我给你留点记号。还没等我把刚点着的油毡纸放进炉子,他就一脚踢了上去。"说着南星眼里有了泪。

"这些年,我只顾忙着挣钱,忽视了你。"妈妈说。

"妈,不要担心,以前我二姐还没上大学,他们也不敢。上次有人踢我一脚,她在楼上看到了,飞奔下来给了那人一脚,有好长一段时间都没人敢欺负我。妈,我想和大姐一样去当兵。"

想到南星脆弱的个性,妈妈和我商量后,决定给他报名当兵去。2000年的秋天,李南星被分配到了锦州某部地炮旅服役。刚去时,老兵欺负新兵的事就让他遇到了。

"挨打后,我就和连长说了,连长只是简单批评了一下老兵。老兵被批评后对我更不好了,这次我打了他。"

"然后呢?"我在电话里紧张地问。

"然后连长让我跟他道歉。"

"你道歉了吗？道歉了，我说，我打人是不对，但你该打，再欺负我还打你。"

"连长就说，李南星说得也没错。"

我说："你可以啊小伙子，知道讲理了。"

"嗯，后来我和老兵成了朋友，他退伍时抱着我哭得可凶了。"

我在电话那头笑着说："对，这就是战友。"

13

那天以后，我觉得南星开始成长了，从他三岁时，我们一起离开老家到现在，已经过去近二十年，时间像支铅笔刀似的，削着手里的人。因为铅笔刀的设定，大部分削出来的人都是一样的，成人有成人的模样，儿童有儿童的模样，但除了家庭和学校的教育，人对自身不满足，还会在社会生活中对自己进行二次教育，这种教育会精准地针对自身缺陷进行修改，从熟悉的人身上，我经常看到这种修改，或说变化，就像我在南星身上看到的。

大家都在变化时，我回望这几年的大院生活，却少有收获，可能是太规律了，规律到我们的生活就像在平行空间里重复一样。

耗子每天上下班时间都是固定的，闭着眼睛我都知道他的行动轨迹，先从办公室下楼，转过家属院的栅栏门，经过几家固定在大院里买食物的摊贩。他会停在卖茄汁鱼的摊位前，这是个二十多岁的小伙子，他卖的茄汁鱼从收拾内脏和腮到洗净放进高压锅，都是自己完成的。

"哥，你放心吃，我自己做的。"每次听小伙子这样说他就会买两条。

卖鱼小伙边上是卖豆腐的。"两块钱一块。"还没等人张嘴问,卖豆腐的大姐就会主动说。耗子说:"一块。"她就会麻利地揭开白纱布,铲起豆腐快速装进方便袋递给他,生怕浪费了他的时间和唾液。

边上还有些卖水果的,水果都是应季的,今天卖瓜,下礼拜可能就卖桃,只是很少有卖菜的。偶尔也有卖菜的进来,推着车,刚站定没多久,就会有个细高个的中年男人出来。

他有一只眼玻璃体混浊,用另一只眼瞪着菜贩说:"以后不许来了,这儿有卖菜的。"

有时说这话的会是个矮胖的妇人,她是细高个的老婆,有时是他们的儿子,不过他很少在家,经常因为小偷小摸被警察带走。其实这几个人中只有一个人和大院有关系,细高个的男人是锅炉房的老高。他家的菜棚子是院里考虑到他家生活困难,想帮他们一把,便默许他弄的。被院务处协理员找过去谈话后,老高再没出来赶人,只站在门口,他不赶人,买菜的人就对他视而不见。家属院里,人们买菜多是在他家买,只是比院外卖的贵,又因为卖得不及时,也不咋新鲜,大家都是每次买够吃了就行,绝不像在院外菜市场买菜那样大包小裹。我一般不等耗子买菜回家,都是提前买了做好等他回来。菜做的简单,不是白菜粉条就是青椒鸡蛋,再添上他买的茄汁鱼或凉拌个豆腐也够了。

晚上孩子从幼儿园回来就出去玩了,我们会出去散步,眼睛不时瞟着孩子玩的方向。可能是太闲,刚结婚那几年我们把大部分精力放在吵架上,这和我结婚时年纪小有关系,也和我对婚姻一无所知有关。后果就是我们开始了长时间的冷战,在我眼里他在外面看母猪都比我好。更何况我怀孕后体重飙升,他却依然帅气。经常有女同事有意无意地对他表达着关心,无论人家是有心还是无心,我总表现得歇斯底里。当然只对他这样,在别人面前我再难受也没表现出不悦,我为自己的笨拙付出的代价就是他从我的知心好友郑助理,变成了我的爱人后,有段时间又变成了熟悉的陌生人。

后来我有了些成长,为别人排解困惑时说起这段时间,我告诉她们我也有过为了丈夫要死要活的地步,有被家庭牵扯的什么也做不了的时候,但即便如此,我的生活仍可说是非常简单,除了吃喝拉撒就是夫妻吵架,院墙仿佛把我与这个世界隔开了。虽说我的工作单位在院外,可我不曾有过应酬,除了单位集体活动——那一年也没几次。

慢慢地,单调的生活让我把注意力放在消耗体力上,我迷上了运动,后院有座山,海拔八百多米,不知哪天开始院里有人登上了山顶。下山时,他们说山顶有块平地,很适合建个亭子,后来就有人组织大伙带着砖块和瓦片登山,想以这种愚公移山的方式把材料拿上去建亭子。我当时闲得很,就是胖,结婚前苗条的身材一去难寻。

我也很快也参与到这场搬砖运动中,后来亭子需要的材料搬够了,我们就不需要气喘吁吁地负重登山了。我登山的第三个月,亭子建起来了,山有一半在我们院里,另一半在院外,山顶的亭子建好没多久就被院外的村民拆得差不多了,最后索性把支撑亭子的四根铁棍都拔走了,我们在一个早上登上去时,发现亭子消失了,连一块瓦、半块砖都没留下。

自此再没人提这里曾有过个亭子,我们只是登山,登到山顶站在山顶眺望远处,能看到远在二道江区的钢厂,钢厂的烟雾很重,是一片白色的烟雾,像处在仙境。有时我们还会干号几声,喊完后觉得畅快不少,这也是我有段时间早起爬山的动力。除此之外,我还瘦了,这瘦开始也是从人们嘴里听到的,只要有段日子没见我的,再看到我都会说:"小李瘦了,瘦不少。"慢慢的,我也忙碌了起来,最明显的是我们吵架少了,不是登山就是在后山采蘑菇和采野菜,再就是上班,我的生活被填充得满满的,像后山繁茂的植被似的,什么东西想扎根进去都难。

可只要空下来,我还会莫名地感觉到痛苦,说痛苦有些夸张。邻居说我阳光,像个透明的人那样简单,她说这句话时我就站在门前的草地上,我看了一眼被阳光照亮的身体,仿佛自己真是透明的。为了避免经历少,过度夸大自己的痛苦,我认为痛苦源于自己"作",没什么具体的原因就难受,身体不痛不痒,生活中也没什么波澜,心里却有说不出的痛苦,如身在地狱,这让我陷入一种恐惧,这种恐惧每日裹挟着我往前走,浑浑噩噩的,如中邪一般。

为了解决这种状况,我开始读佛经。这也是顺便的事儿,母亲那时已信佛多年,从寺庙里请回许多经书,我翻出来看了一些。其实里面许多道理都很通俗易懂,没有文学书籍的艰深,可也没解决根本的问题,我还会没着没落,仿佛丢了什么重要的东西般,内心没有归属。

14

爱伊自小对画画感兴趣,刚会走路就喜欢拿起画笔到处画,家里和她身高差不多高的墙都被她画得花花绿绿的。妈妈搬新家,在刚装修好的房子,我告诉她,这里不能画画。她答应得好好的,转身就在妈妈卧室的门后画了一条金鱼。

回来后,我就带她去红旗桥附近一个姓吴的老画家那学国画,当时她五岁,毛笔比她手臂还长,可即便这样,她也很快进入状态,画了荷花,画了小鸡,拿回来就贴在墙上。这位吴老师近七十岁,佝偻着腰,走起路来左右肩一上一下地摆动,看起来像个用力不均的提线木偶。他对学生要求高又严厉,像是旧时的师生关系。我每天去送她学画,学完画去参加跳舞班,这样折腾半年,爱伊瘦了,也有了些女孩子的模样,当然家里的墙也被她大大小小的画贴满了。

五岁零十个月的时候,爱伊上学了,大院里的孩子有大巴车接送,我就没再操心过,只是偶尔因为爱伊被老师留下才去接一下。她被留下多是考拼音错的多,错的多是因为她没上学前班。在本市不上学前班跟不上一年级的课程,可我总觉得学前班是单纯学文化课的,既然学校还要学,我还送她去干吗,再说就没有玩儿的时间了,和妈妈教育我们不同的是,我更在乎她是否快乐。

我告诉她:"你被留下重写卷子,就是为之前的快乐买单。"

她回我:"下学期就好了,同学都是只学了这学期的课程,只有班长徐佳妮是学到二年级的课程了,她妈妈是我们幼儿园的老师,妈妈,她好可怜。"

听爱伊这么说,我摸了摸她的头说:"是啊,课程是学不完的,她这样好累。"

最近爱伊又有了新烦恼,住在我们家隔壁的林琳和爱伊在一个班,她比爱伊大一岁,最近熟悉了,发现她特别爱动手打人。

爱伊放学后,我问她:"她为啥打你啊?"

"都是小事情,她就生气了。"

"那你离她远点儿,告诉她打人是不对的。"

"她打我我就跑,就是有次差点被车撞了,那个叔叔冲我使劲摁喇叭,我吓坏了,那次。"

"这可是个大问题,你要跟妈妈保证不能在马路上跑。"我严肃地告诉她。

"我知道了,那个叔叔下车告诉我了,我跟他保证以后不乱跑。"

就这样过了一段时间,再没听爱伊谈起这件事,我以为过去了,下班时在楼下看到林琳的姥姥,林琳家除了妈妈就是姥姥,她的爸爸很少回来,我只见过几次。

"阿姨,这是买菜去了?"我热情地打招呼。

林琳的姥姥,看了我一眼,鼻子里哼了一声就上楼了。

晚上,爱伊吃过晚饭,我把她拉过来:"你和林琳现在关系好了吗?"

"她只要有机会还是打我,可我的小伙伴都会帮我。"

"咋帮你?"我问。

他们会喊:"林琳林琳不要脸,小手一伸就打人。"

"这还编上顺口溜了,不能那么说,面对你们好几个人,她会难过的。"

"不难过,她也躺地上打滚,好几次了。"

第二天一早,送走爱伊,我就去找林琳的妈妈,想和她沟通一下,还没等我把话说完,她就说:"咱俩没啥谈的,我也不想谈。"

回来后我问耗子:"你能去找她谈谈吗?你们是同事。"

耗子说:"我和她没啥来往,再说,她一个人带孩子也不容易。让爱伊离林琳远点,不要招惹她会好点。"

没过几天,林琳像是从家里得到支持,两次掏出重物击打同车的小朋友,车上的孩子受到惊吓,再不敢调笑她了。我嘱咐爱伊不要刺激她。爱伊倒是答应了,只是她本来叽叽喳喳的个性,变得沉默了,还说不喜欢画牡丹、梅花和风景画,我只好给她停了吴老师的课。她开始用铅笔画超人、蜘蛛侠和奥特曼,把它们贴在墙上,这些超级战士都有张扭曲的脸,带着愤怒,仿佛他们正面对着十恶不赦的坏人。

要放暑假的前一天,爱伊回来告诉我:"林琳转学了。"看得出她很高兴,哼着歌在屋里转悠,后来不知什么时候,那些超级战士的画都不见了。

铁打的营盘流水的兵,因为在大院待得足够久,我看着战友们一个个离开,看着勤务连取消,女兵也都离开了。不只女兵不见了,不知从什么时候开始,每年都在增加干部的转业人数,以前人挤人的部队大院突然就空荡荡的了,空得人心慌。

人少,机构就少。我刚当兵时的服务社就没了,那里原来卖各种自制的点心和面包,如今想起嘴里还能感受到栗子糕、地瓜丸子、牛奶大饼干的香甜,和服务社阿姨们那一张张生动的脸。听老军工说大院还养过猪和牛,种过菜,随着时代进步,有些东西就消失了,精简过的大院干净、萧条,像肥大军裤里那一条条纤细的腿。

我在这里送走一个个战友,看她们消失在山城那座破旧的小火车站里。不知何时,我成了留守的人,本我以为以后的日子都会在这里和大山为伴。此时孙芙蓉已跟着转业的徐冬冬回了沈阳。我们一家三口都少了对应的朋友。我开始规划院里新盖的经济适用房的房间该怎么装修,站在这栋楼四楼的阳台上,能看到我春天采野菜、秋天采蘑菇的大山。我对采蘑菇的热爱可以用狂热来形容,能从立秋采到落雪的十一月。当然,我也爱山里的小松鼠和灰喜鹊,一草一木,我更爱这座山,它富饶得像个为子女提供一切的母亲。

15

2006年冬天的一个凌晨,耗子接到他姐夫电话。姐夫在电话里说:

"你姐走了。"挂断电话,耗子什么都没说,这件事已消耗我们一年多了。一年多前,耗子的姐姐得了淋巴细胞瘤。在鼓楼医院治疗了半年多后,家属收到了第一张病危通知书,说她存活期不超过一个月了,医生让准备后事。我们不甘心,就把姐姐接来治疗,主要想看吃中药会不会好点,之前妈妈也治疗过一些癌症患者,有的人生存期还挺长。

大姐夫妇来后就住在妈妈家,南星已复员在家,正备考铁道学院。姐姐此时已形容消瘦,再不是那个天天喊着要减肥的壮实女人。妈妈把她鼻子边上的溃疡清理干净后,露出个拇指大小的洞,直通鼻子内,猛一看就像有三个鼻孔。溃疡之前一直堵在鼻子一侧,没有医生敢动,怕它流血不止。耗子没几天就要回去上班,我和家里几个人开始轮番照顾她,给她熬药、换药、喂药。两三个月时间,她之前脸上的黑斑尽数褪去,整张脸变得雪白,加上清瘦,除了鼻子边上多了个洞,看起来就像个小姑娘。我们都为她的变化高兴,可她已到晚期,病还在发展,嘴里都是坑坑洼洼的溃疡,说话都费事,让人不忍看她。后来她也感觉到影响我们的生活,尤其南星还要学习,就决定带点药回家去。离开那天她抱着妈妈好久不撒手,出门前又像想起什么似的说:"我也没给过爱伊压岁钱。"说着又哭了。她留给我的最后印象就是在秋日萧条的背景下边走边抹眼泪的身影。

听到噩耗的那个凌晨,我趴在耗子怀里哭得昏天黑地。

没得病前的大姑姐,可谓生龙活虎。不过,那时我们却没这样好的感情。她曾说要给公婆养老,可能因为这,我们就要付出点什么,所以我总接到她的电话,她的口音我听不太懂,可能知道我听不懂,关键时刻她就说普通话:"凤衣,听说你们那儿皮衣便宜,给我买一件,绿色短款那种。凤衣啊,不要给爸妈买啥了,给我和孩子买两双皮鞋吧。凤衣……"

有了爱伊后,我们的压力也陡增,自然也就因为她这样总吵架。

吵得最严重时,耗子说:"你去死吧。"

那晚,我因听了他这句话举刀割腕,当然只是拿刀偷偷比画一下就放下了。这个瞬间耗子没看到,他一生气就会离家,所谓离家就是去家门口的石凳上坐着,等气消了自然会回来。可这次吵得很凶,他把话说得太重,回来时都十一点多了。如果不是被露水打湿了衣裳,他可能还会在外面坐会儿。回来没看到我,这让他紧张了起来,直到揭开窗帘向外看时,发现我坐在窗台上,手边放着一把小刀,这是平时用来切水果的,他把刀小心拿走,才把我抱下来。

大姑姐去世后,就有个很现实的问题摆在面前,他父母年近八十无人照管,老两口生活在禾木县乡下的一处粮库家属院里。公公是粮站的老站长,从退休前就在这儿住。

"我们回老家好吧?"过完春节,耗子已经问过我几次了。

"就为了给你父母养老,我们就要抛下一切回到那个你也陌生的地方。"

"我也没办法,"他低着头说,"我姐姐如果不走,也不用我们养老。"

这话我倒反驳不了,我又问他:"你还有哥哥啊?"

"我哥哥你也看到了,过年也不回家一趟。"

以前我看过一个笑话,把大象放进冰箱,统共分几步。答案是把冰箱打开,把大象放进去。可生活不是笑话,我们为了回老家做了两年的准备。最让我担心的是爱伊的学习,再就是她要离开那些从出生就在一起玩的伙伴。爱伊读的是本地最好的初中,班主任党老师和我小学的班主任连长相都一样,一米五不到,体重一百六,走路就喘,说起话来像尖细的嗓子里揣着只高音喇叭似的。我去拜访过党老师,她不同意爱伊转学,觉得对她影响大,舍不得山城一切的爱伊还是在初二下学期开学前办理了转学手续。有次我和别人说起她回来时的样子说:"她是哭着回来的。"搬家时,我们只带了生活必需品,即便如此行李仍堆积如山。

这次搬家,让我又想起坐绿皮火车从老家凤城到梅城的时候,我模仿着《动物世界》里的旁白声说:"春天到了,动物们又开始了大迁徙……"

2013年元月,我们终于迁徙回耗子的老家诗城,具体说他老家在诗城下辖的县,叫禾木县。耗子回家有解甲归田的想法,极力鼓励我到他的老家工作,憧憬将来爱伊上大学,他就回禾木县陪我。没回来之前,我完全想象不出那是怎么一种距离。家安在市区,爱伊就近入学了,我却要去县里上班,诗城和禾木县隔着长江。

第一次渡江恰逢正月十五,上午我们还在家里,下午三点不到,我已经坐到出租屋的硬板床上了。租房的过程很快,租的原因也很简单,这间车库改装的一居室里物品齐全。在我租之前,是车库的主人住在这儿。这个身材臃肿的女人很懂得享受生活,她把这间三十多平米的车库向下挖了六十公分,进门做成了阳台的形状。阳台的阳光很充足,可以用来晒被子和衣裳。进门的左边是组合柜和双人床,卧室的边缘有张电脑桌,再往里走是卫生间和洗浴室,洗浴室在最里面,高处有个小窗户,透气是不成问题的。

第一天到这个陌生的地方,街道、楼房和人的面孔对我来说都那么陌生,尤其是语言,我完全听不懂。我像踩着云般在路上走,感觉是那样不真实。耗子也二十多年没回了,对他来说一切也是那么陌生。

耗子说:"你晚上早点睡,电卡还没交钱,今晚没有电。"

我说:"我不想你们走。"

"爱伊明天要上课,孩子也是第一天去上课,也没像你这样黏人,耽误下去就没有轮渡了。"说着他扫了一眼爱伊。

爱伊摸摸我的脸，拍拍我的头，我抱抱她，站在门口看着他们消失在落日的余晖里。躺在没铺褥子的床垫上硌得慌，我不得不一遍遍翻身，后来不知怎么就睡着了，再醒来，光就透过窗户照在我的床前了。

我七点半出门，往单位的方向走，昨天耗子已带我来过一趟，县图书馆在小市口的一道窄门里。他托朋友在馆里给我找到份工作。刚装修的馆舍很雅致，到处都是书，让我想起俱乐部和连队的书架，它们曾和我那么亲切。单位只有五个人，平时各守一个区域，互不干扰，我再次回到了俱乐部时的状态，不同的是此时有了手机，我不会一直看书或听歌了。

我的住处和图书馆走路才需十五分钟，这让我想起网上有人说的慢生活状态，觉得自己已提前实现了。唯一觉得不方便的是我每周末都要回市里的家，耗子把爱伊照顾得不错，一点不用我操心。有时我想即便我们分开了也都能过得不错，以前我是多么依赖他，可现在我竟全然没了这种感觉。

偶尔我也会想到王影男，黄相文的案子结束后，她又断断续续在电话里和我讲过一些她参与侦办的案子，那些案子最后虽没给我带来灵感，让我成为一个小说家，可却给我打开了另一道门，让我看到人的另一些状态，生活的另一种样貌。可王影男自从几年前给我打完那次电话，就再没啥动静了。我也曾给她单位打过电话，虽说她嘱咐我不要给她打电话，可我等得太久了。电话那头的警察说他们派出所从没叫王影男的警官，这让我陷入一种说不清的恐惧中，可我始终相信王影男不会和我撒谎。找王影男这件事，在我几次给派出所打电话后，不得不作罢，因为警察在电话里警告我，再往派出所打骚扰电话是要负法律后果的。我听得出电话那头的人有点激动，嗓子尖尖的，像是马上要哭出来似的,不过那都是我要离开山城时做的事了。

16

市区和禾木县之间的长江大桥还没修好,我就随着大巴车坐轮渡,乘轮渡久了,胆子也大些,就会从车上下来,站在船头上,让江风吹着,眯起眼睛看眼前滚滚长江,想着千百年来这里发生的历史故事。当初项羽的马怎么乘着那样一条狭窄的小船过江的,当下江面辽阔,那些淹没在历史中的事件早没了什么痕迹。之所以这样想也是因为最近我在看地方史,这些历史还真有些有趣的地方,光诗歌和成语故事就数不胜数。在图书馆上班就是有看不完的书,最近馆长看我喜欢看地方史的书,就问我能不能写点地方史类的文章。我也确实觉得有话想说,就应承着写写试试。不知不觉过了两年,我竟写了四五篇文章,还有在文史杂志发表的,这让我的胆子也大了起来,开始学写民间故事。

馆长看过我写的文章,夸我很用功,这让我很恍惚,仿佛我只有二十出头,是个刚毕业的青年,我似乎也快忘了自己已年近四十。可能是换了新环境,也可能是我骨子里就对新东西感兴趣,反正我一天到晚的就喜欢学习和琢磨各种东西。最近又迷上了摄影,文化馆的摄影师是个瘦高个,他倒是很愿意教我,但说得不多,我不得不自己瞎琢磨。可能是这样东学西学被文化馆馆长听到了,反正不知怎的,那天他竟跑到我们馆长那儿,要把我借过去一年。

我就这样来到了文化馆,文化馆在小市口的右边,图书馆在左边,所以我被借来的一年只需要从原来的左拐改成右拐就行。文化馆的人和图书馆的人气质完全不一样。文化馆多是唱戏和舞台表演的出身,女人们走路都婀娜些。有个叫金莲的独唱演员说话都带着戏腔,她是省里戏曲学校毕业的,四十岁左右的年纪,是文化馆的台柱子,凡有各大小演出都有她的身影。她唱黄梅戏,也唱民歌。金莲长得宽脸小眼,谈不上好看,倒是同样从戏曲学校分来的张美长得很是灵秀,一颦一笑像是从古画里走下来的人物。我很喜欢她们,金莲性格开朗,喜欢说话,张美沉静,还带着些忧郁,她们就像事物的两面性或者两条平行线般从不相交。

"小李啊,"金莲喊我,"听说你也会写文章?"

"我哪儿会,只是馆长让我试试,我摸索着写过几篇,都是不成器的。"

"嗯,知道就好,你一个外地人,又是个女人,到我们这儿来,就要安分些。"

"晓得。"我笑着应。不记得什么时候开始,我学会了隐藏我的犟脾气,个性更是变得柔软了许多。

"会写是好事,你有才华,又不是做了亏心事。"张美说完从沙发上站起来,我才看到她,她太安静了,平时几乎没啥声音。听她这么说,我心里觉得畅快,只是怕得罪金莲,就没再说啥。

在图书馆坐着看书,和在部队大院待的十几年差不多,人际关系简单。在文化馆里里外外地接触一圈下来,再加上下乡演、排练节目、写歌词、更新网站都试过后,就开始怀念简单的光景。我骨子里还是懒,可还没等我和馆长说要回去,文化馆馆长就把我彻底要了去。两馆都是一个系统,归文旅局管辖,因此换个单位也是容易的,只要再重新签劳务合同就好。

我没了退路,小市口左边的楼再回不去了,为此我还难过了一阵。不过我天生贪玩,想到文化馆好玩的东西多,很快就恢复了活力,随着馆里去盐城参加一个民歌演出。这次馆长让我也上台了,以前只是让我跟着跳,从没想过有天我也会上舞台。演出前一天排练,我跟在张美后面上台,底下还没观众,我的腿肚子就已经开始转筋,过度紧张让我找不到站位。

馆长只好把我要站的地方画了个圈,他说:"明天你就走到圈里表演,不会出大问题的,都是这样过来的,除了金莲和张美,我们都不是学表演的,但都参与过演出。"

听他这样说我便踏实了。第二天,我便按照之前说好的在台上找圈,可我们都没意识到那个圈是用粉笔画的,今天被拖洗过的台上根本没有圈的痕迹,我只能两边偷瞄,看看张美,又看看身后的金莲,站到了她们中间,这样本来要站在台中间的金莲就站偏了。

下台后,我问馆长怎么样。"你第一次能这样,不错。"听他这么说,我才把悬着的心放回了肚子里。可金莲的脸色却很难看,一直到回去都没搭理我。

从盐城回来馆长就让我跟着文化馆的创作员宗盛学习写小戏和歌词啥的,让我管宗盛叫师父。宗盛对我这个徒弟不太满意,这从他不肯看我的小眼睛就看得出,可馆长一定让我叫也没办法。宗盛听到我怯生生地叫出"师父"俩字时,仿佛被黄蜂蜇了般从座位上跳起来出去了。

没人告诉我为啥会这样。慢慢地,我看出是宗盛不喜欢馆长,捎带着也不喜欢我。事实上他似乎看谁都不顺眼,只有看金莲时目光柔和些,会把那张厚厚的嘴唇轻轻张开,露出雪白的牙。平日,宗盛不在馆里,他喜欢去田间地头找人问本地民歌,听人说这是非遗项目。我不懂非遗是什么,只知道这工作怪惬意。馆长让我跟着他,他去哪儿我就跟到哪儿。他走在农田里,穿着已经洗变形的老头衫和挽起来的灰裤子,看起来和一路遇到的种田老汉没任何区别。一路上他不理我，也不等我，只顾走，我跟他跟得很紧，不光怕他甩掉我，还因为我路痴，如果在这儿迷路，我都不知道怎么回去。就这样，我天天急吼吼地跟在他后面，每天都过得和急行军一般。

农民唱民歌时多在田间地头，可能是考虑到有文化馆的专家来，他们都穿得很正经，往地头上一坐倒是宗盛看起来像个农民。

"哎，你们平时下田都唱什么？"

"你们叫民歌，我们叫小调。"

"都是唱些啥事？"

"都是搞对象的。"说完大爷笑了笑，露出黄黄的牙。

"你唱两句听听。"

大爷也不扭捏，站起来就唱了起来："打茼蒿嘞……"我回头看看宗盛，他正眯缝着小眼坐在太阳底下听得来劲，我悄悄地向人群外走去，还没走几步就听到身后有个声音："去哪儿？干活儿呢。"我听到宗盛的声音赶快回来了，看来他还知道是来干活儿的。他眯缝着眼把词谱记下，又问了几个问题，可能是人们答得没让他满意，他让大家伙儿散了，径直朝下个村赶去。

17

住在装修好的车库里还挺舒服，舒服到我也想买着住，这样花费不大，我也不用再租房了。我租的车库后面有一排储藏间，听邻居说还没卖完，我就花八万块钱买了两间。这样两间打通再装修一下，比现在住的车库还大，足够住了。我上班忙，房子我是让耗子姐夫帮着装修的，他已开始了另一段婚姻,和一个被丈夫抛弃的女人生活在一起。在经历了姐夫一遍遍把预算上提、被他的熟人宰后,两个储藏间终于变成了一居室。推开门是鞋柜、饭桌和厨房,厨房对着窗户,推开卧室门,里面有一张床和白色的衣柜,这间四十多平方的一居室完全可以满足我的居住需求,当然它也有弊端,只有一面有窗户,地面下沉了二十多公分,层高只有两米二。

储藏间门口停着几辆电瓶车,我搬进来后这几辆车依然停在那儿,每次开门都很费事。开始我觉得,这是储物间,停在这儿也能理解。可随着我的不在意,停在门口的电瓶车越来越多。直到有一天,一辆乳白色的电瓶车堵住了门,我进不了屋。我看着它,想起它的主人,那个三十多岁,喜欢穿黑色连衣裙的女人,她骑上车从我窗前过时,就会让我想到感冒药白加黑。知道是她我也没去找,这可能让她以为我默许了她拿车堵门。这天我下班早,从窗口正好看到她回来,还没等她把车堵在我门口,我就从屋里出来,她显然对我在家很意外,瞪着一双无神的眼睛看我。

"以后不要停在我门口了,影响我进出,麻烦你再找个地方。"

"这里本就是杂物间。"她说完就上楼了。

她说得对,而且停在这儿确实很方便,下楼就能骑走。第二天我刻意回的早点,她依然像整晚没睡觉似的无精打采,听到我的再次警告后,没说话直接上楼了。

第三天看到她时,我直接告诉她:"如果再看到你的车堵门我就推倒,如果你不怕摔坏就继续。"说完我退回门里,砰的一声把储藏间的门关上。

第四天她依然如故,看她上楼后,我把她的车轻轻放在地上,手机架在鞋柜上录下整个过程,录视频是怕她车坏了,真会赖我。第五天她把车停到了我对面的储藏间门口。对面的夫妻每天从车缝里进出,毫无怨言,一时间我开始怀疑自己是不太不好相处了,毕竟我住的是储藏间,和买单元房的不能比。

因为是储藏间的缘故,我晾晒衣裳只能挂在外面窗下。开始我没意识到会遇到问题,在过往的生活里没有这样的问题,直到有天我发现晒的内裤上都是烟头烫的洞,那一刻我像也被这烟头点燃了,气冲冲地朝物业去了。物业的人听完我的叙述却笑了。

"你笑什么?这很可笑吗?请你给我调监控,我要看看是谁。"

"调不了。"说完他不再笑,转身看着监控屏幕不理我。

"为什么调不了?"

"那地方没监控,你那是储藏间。"说完他跷起二郎腿点起一支烟,看我还没要走的意思又斜眼看了我一眼。

我被这种态度伤到了自尊,气得站起来跌跌撞撞往外走,眼前的房子高高低低地从我的视线里走过,啪的一声,我踩到了一块活动的地砖,砖下的污水喷了我一裤子。

巧的是第二天我又见到了这位物业工作人员。这次他很客气,请我把物业费交一下。

"不好意思,我这儿没监控,你们也没为我服务,我从这月开始不交了。"说完我把门重重关上。他可能是在我门口愣了一会儿,从我窗前经过时也气冲冲的,我不知道他等会儿是不也会踩到那块活动的地砖,弄一脚污水。

储物间仅有的两扇窗户都在一侧,对着小区的草坪,也是这个单元上班的必经之路。我醒得早,从四点多开始就听到清晰的脚步声,以至于时间久了,我大概就知道单元里谁几点出门。对门储物间的那对夫妻对人很客气,除了对我不太热情,他们看我的眼神是向下的,带着我看不懂的傲慢。

一股水流倾泻而下,马上就要淹没我,到这儿我醒了,可水依然哗哗地流下来,原来不是梦。小暑刚过,我睡前没关窗户,只拉着纱窗,这股水流还在落下,只是水流减弱,接着是拉上拉锁,扣皮带的声音。"有人在我窗前尿尿?"这个想法吓得我彻底清醒了,但没敢揭窗帘看。

第二天依然如故,还是那个时间,熟悉的水流和拉锁皮带的声音。第三天我轻手轻脚下床,从厨房的窗看出去,看到一个穿蓝色横杠上衣的男人背影。傍晚,我边做晚饭边看着窗外三三两两的人,直到那个穿蓝色横杠上衣的人迎面向我走来。他没看到我,应该说他没看我这个方向,而是端端正正地从我的窗前走过去了。

第四天,他下班时和"白加黑"一起往回走的,这让我有点奇怪,晚上倒垃圾时碰到对面储藏间的女人。

我问她:"车停你门口那女的和那蓝色横杠上衣的是两口子吧?"

她笑着扫了我一眼:"人家是公公和儿媳妇,以后不知道的问我,可别瞎说。"

那股水流在我窗前出现的第五天,当"白加黑"和横杠男下班从我窗前经过时,我拿菜刀拍了拍窗上的铁栏杆:"哎,你们俩别急着走!"

两人显然被我的喊声吓一跳,愣怔了瞬间,"白加黑"说:"你这个人怎么这么难缠,又怎么了?"

"我不是跟你说话,说你呢,"我拿菜刀指着横杠男,清了清嗓子,大声说,"请你以后不要在早上四点钟到我窗前尿尿了,如果你们家没尿尿的地方,外面有公厕,听到了吗?"最后那句我刻意又放大了声音。横杠男脸上的肉抖了抖,什么也没说就径直上了楼,"白加黑"紧跟着也上去了。

18

转眼,在禾木县的生活也已有三年,一切似乎都上了正轨,让我有点沾沾自喜的是我的生活能力在变强,无论工作还是与人相处,以前我生活的圈子很狭窄,从没出现过这么丰富的状况,当然被人欺负也是常事,可举目望去,谁会在生活中一帆风顺到老呢。细数我人生的前三十多年,有一半以上的时间都活得过于简单,把我单独放在禾木县也许是耗子想锻炼我,也可能是无心之举,但不管怎么样,效果都是明显的。我在这种历练中变得坚韧,这从宗盛对我的态度中就看得出。经历了几年的相处,他仍不喜欢我,经常给我甩脸子,但我自己已经不太在意这些了。

也是在这样的成长下,我才有勇气请假回了一趟山城,在警察局里说了王影男的情况,希望他们能帮我找找她。可能看我千里迢迢回来不容易,也可能看我言辞恳切,一个警察把我带到了郊区墓园——不是烈士陵园,是一块普通的墓地。这让我还心存一丝侥幸,觉得他们带我来这儿有其他原因。可在一块无名烈士碑上,我看到了那张熟悉的脸,她瘪进去的小嘴,似乎正要叽叽地说什么,这个能言善道的家伙怎么就躺在这儿了?我回头看那个警察,他把帽子摘了下来,托在左手上,右手在裤兜里掏出个信封看了看,说:"你是李凤衣吧。"我点了点头。他把信封递给我,说:"这是在她遗物里发现的,信封上有你名字。"我急忙打开信,王影男娇媚的声音仿佛萦绕在我耳边。

凤衣:

　　本来打算明天的任务后再给你打电话的,其实早就该给你打个电话,说说你惦记的事。可忙起来就忘了,趁着今晚有空,我想和你说几句,查到的那批箱子我都看了,其中有只底下能看出是个"邻"字,箱体上还刻着"悬壶济世"几个字,不过也不是很清晰了。箱子作为证物,已经和其他证据一起上交,估计它最后会进博物馆。这是我听经办的同事说的,所以你也不用担心,起码它被保管起来了,这样你就有机会在博物馆遇到它,遗憾的是我也不知道具体在哪个博物馆。明天我还要出任务,就写到这儿吧,等我回来,有些话我还是想在电话里跟你说。

看我把信折好放进兜里,他说:"那是个贩毒团伙,我们警力不足……"他停顿了一下又说,"她还有家人,不能公开埋葬。"后来他又说了什么,我就听不清了,只觉得有好多小蜜蜂在我眼前飞,这是我们那年最后一次见面时,她裙子上的图案,好多小蜜蜂啊,好多。

"发什么呆?还不快收拾东西,让人等。"宗盛冲我吼道。

看着他涨得紫红色的脸,我不得不赶快抬起地上的箱子,向外搬去。"这箱子真好看。"我低头目光正好落在箱子的花纹上。

"别大大咧咧的,这都是文物。"宗盛又吼了一声,站在他身后的司机看了我一眼,我的脸就有点热了。

今天我们要去功桥镇送这几个箱子,箱子是他借来的,是功桥镇的农户陪嫁时的老物件。我不知道这属不属于文物,但知道文物归文物所管,我们只是为了记录箱子的制作工艺。听说禾木县的篾匠街还有个能做陪嫁箱子的老匠人,宗盛之前去拜访过,如果这次资料收集得齐全,我们就能先申报市级非遗,慢慢还可以申报省级和国家级,申报下来会有经费应用到保护这项手艺的项目当中,而且还可以加大宣传,让大家都能重视起文化保护这方面的事。这些话是宗盛经常和我念叨的,反正不管怎么样,篾匠街会做箱子的老匠人啥都不会,我们要帮他完成申报步骤。

在功桥镇一户老房子里,我们看到了那位农户,她看起来很老了,和她的房子在一起,像是从一百年前穿越来的。

"那时小,爹娘做主,把我嫁过来……"我听不懂功桥话,她的孙女,一个长得结结实实的女孩主动做起了翻译。老人的皱纹细密地把她包裹起来,从稀疏的头发到脸上,再到没几颗牙瘪进去的嘴巴都在告诉我,她在讲一个久远的故事。

"那时日子还过得去,家里开了个铺子,卖糖,花生糖、芝麻糖、冬瓜糖。穿着我奶给我缝的新衣裳,蓝底白花的夹袄。那时有个姓张的后生总来我家买糖,他也买不起,就是找我说说话。他家里以前也住功桥老街上,和我家隔着两户人家,人都叫他爹张木匠。后来木匠家日子过不下去,就搬走了,直到有天……他又来了,那时我都快长成个大姑娘了,说媒的人多,来了又走,不得歇。"对往事的记忆不断从她嘴里出来,她还不时咂巴下嘴,仿佛说什么,嘴里就能尝到什么味道,就能感受到那时的光景。

"原来还有个小故事呢?"宗盛笑着接过话题。

老人有点害羞地笑,露出粉白的牙龈:"什么小故事,再后来爹娘看出他是来看我的,就赶他走,打那以后就没见了。"

看着老人因为谈到过去笑起来,我们也笑了,尤其宗盛。他是功桥人,对这块土地有着深厚的感情。他有意无意对我的挑剔,透着一种对异乡人的不信任。记录好老人念叨的事,我们就回了,定好明天去篾匠街了解老匠人。

老匠人对我们的到来不似昨天的老奶奶那样热情,他听了我对非遗的介绍,只抬头看了看我们,就继续做他的小板凳。

过了会儿,可能是看我们都在盯着他,就说:"你们也看到了,我现也不做什么大物件,年纪大了,做不动,也不想搞什么非遗。"说着他把那只刚做好的小板凳托起来给我们看。凳子做得很精细,一看就是个老手艺人手里的东西。我站起来四下看了一下,墙边上还放着一堆搓衣板和小板凳、菜板之类的小木工活儿。

他回头看了下墙边,像是自言自语般说:"都是些小东西,赚点零花钱,有人来收。"

他的软抵抗让宗盛和我觉得尴尬。宗盛站起来,拍拍皱巴巴的牛仔裤说:"老师傅先忙,我们回头再来,您老贵姓?我还不知道呢。"

老头看我们要走也没抬头:"什么贵不贵的,姓张。"

我们同时愣怔了一下,对视了一眼,然后向外走去。

才隔了一天,我们就又到了篾匠街,张师傅看我们来,只微微点了点头,他干活儿的小木器店向后走就是家,篾匠街的商户基本是这样的生活状态。宗盛依然是不用招呼就找个板凳坐下了,不然老头也不会喊他坐。我没坐下,站在店里向后张望,隔着一道老旧的木门能看到后院狭长幽深,眼睛能看到的地方除了木质的窗户、门,就是植被,花草茂茂实实长了一院子。我从没进去过这样的院子,篾匠街外是现代生活的景象,而在闹市中却有这么条街,带着古朴与寂静。

"没人了,就我一个人住。"他说。

我回道:"这小院收拾得怪干净的。"

他听我这么说,似乎笑了一下,也许是我看错了,反正瞬间就没了,像水中泛起轻微的涟漪,一不留神就没了。

"您老家里以前是不在功桥街上的木匠啊?"

听宗盛这么问,张师傅把头转向了他:"你知道的还不少呢,年轻人。"

"我可不年轻了，"宗盛继续说，"我也是听说的。"

"还有人认识我这糟老头？这倒是意外，大概认识我的人，也没几个活着的了。"

"一个家里开糖铺子的奶奶告诉我的。"宗盛说完就看着他笑。

停顿了一会儿，张师傅说："看来她还活着。自给她做完嫁妆箱子，我就再没往那边走，也不再打听她。"说完张师傅叹了口气。

"是，都结婚了，也不用再想，我理解。"说这话时宗盛很正经，没再嬉笑。

"她都好吧？"张师傅试探着问，问完他就低头继续整理手里的搓衣板，仿佛不期待宗盛能告诉他。

"都好，硬朗着呢。"这回宗盛又笑了。

"那就好，那就好，你们今天不问了吧。等过两天，我忙完这批货，好好跟你说一下我家里这点手艺的事。"

我们再去时，张师傅的精神面貌都不一样了，胡子刮了，衣裳也干净，人似乎都年轻了。后来我们成功帮张师傅的雕花手艺申请上了市级非遗。再后来，耗子帮我在市里一家文化公司又找到一份工作。

19

我在小县城的生活在接到耗子的电话那一刻就意味着结束了，这几年的日子像电影胶片那样从眼前缓缓而过。忘了那天怎么走回储藏间的，我像平时那样做上饭，趁着做饭的工夫躺到了床上，看着左边空荡荡的位置发呆，原来我一直只睡在右边，我笑了起来，笑着笑着捂住了脸。

哭了会儿，我擦了擦脸，嘟囔着："回家，我要回家。"说着就开始收拾行李,自言自语,"明天,不,今晚就回去,有空再回来收拾东西。"想到这儿,我开始给拼车的司机打了电话,两头跑的人手机里都有拼车司机的联系方式。他们不是出租车,也是两头跑的人,拉人是为了赚点油钱和过路费。把行李放进后备厢上车,我才看见车上还坐着一个人。

一路上我看着窗外的树木和建筑在我眼里变得飘忽又遥远,像一只只风筝被放飞在夜里。我伸出手,在眼前挥了挥,向沉在夜色里的禾木县告别。坐在我身边的人始终没有任何反应,也没说话,后来我先下了车,下车后我回头看了一眼,心里嘀咕了一句:"莫不是个假人吧?"转念想,也许有的人相遇只是为了做别人的背景,就像我也曾和背景一样暂存于别人的生活中。

一切都像安排好的一样顺利,回到家没多久,耗子的高中同学买走了储藏间,我到新公司报道,公司是本市日报社下属的文化公司,我的主要工作是写宣传本地历史文化及风土人情方面的短文。午夜醒来,我也会想起禾木县,它与我越来越远,除了偶尔下乡调研,我再没踏上那块土地,可我却在梦里一遍遍回到那里,想起宗盛躺在地上听民歌的样子;想起金莲和张美唱歌,我在后台做舞台监督的日子;有时还会梦到我扛着摄像机在田野间狂奔,也不知要奔向哪里。

和禾木县都是土著不同,诗城是移民城市,这里的人多是钢铁公司成立时从上海、山东、辽宁等地聚拢到这儿的,人们都带着对新生活的憧憬和对支援新钢厂建设的豪情。几十年过去了,他们当中许多人已去世了,活着的也老了,可还说着家乡话。我经常在街上听到老人说上海话或者东北话,这两种语言最突出,南方的软语和北方话的直爽奇怪地融合了,这种融合比改革开放后各城市人口突增的融合还要早,他们在这里几十年的相处中,早就习惯了南腔北调,在这里没有人觉得谁是异乡人,大家都是异乡人,这让我想到了大院,大院里的人也来自天南海北。

两年后我写的文章《从文化气息看诗城生活》获得了一个文化系统的小奖,我写的文章也受到了一些业内好评。自此我的工作似乎真正走上了正轨,再也没有像以前那样跟着宗盛在乡下跑,没啥安全感的时候。可我却很怀念那段日子,我的文章里经常会有一些过去的人,他们以不同方式出现在我眼前。事实上一直到离开,我和宗盛、金莲还有张美都谈不上关系好,更不是朋友,可他们有血有肉的丰满样了,却牢牢锁进了我的记忆里。

此时,离开大院七年,不过这七年对我来说太长了,在我身上发生和看见的事,像海上返回的捕捞船般丰富,我像个没见过世面的人那样围着它们,发出没见识的赞叹。这样密集地经历也会让人产生厌倦,现在大部分时候,我都一个人待着。不知别人是否有不想和世界产生任何接触的时候,比如我喜欢鱼,就会在脑子里摆个鱼缸,想到鱼会受到鱼缸的约束,索性就引了一条河进来,这样就会有许多鱼,还有水草,有岸,岸上有野花。清晨,我会来到河边,洗洗脸,再把脚丫子放进水里,看着鱼游过来,又游向远方,我知道等会儿还会有鱼游过来,再游走,周而复始。我也喜欢狗,已经在脑子里养了两只,它们叫话痨和冷静先生。冷静先生从不安静待着,话痨却几乎不叫唤,像个哑巴。它们会陪我去散步,我们通常会去节庆广场,那里原是一片荒地,荒地上有一个大水泡子,水泡子连接着长江,里面的鱼都很大。

现在,水泡子变成了水上公园,边上有两栋高层住宅楼,钢厂的家属房。钢厂是个神奇的存在,这座城市建市就是因为要盖钢厂,所以城市里原来到处都是大烟囱和厂房,与其说城市里有个钢厂,不如说钢厂里有个城市。随着人口增多,城市开始注重环境,污染少了,叫不上名字的树木和花草多了。

水上公园周围原来只有那两栋家属楼。慢慢的,这就和城市的其他地方一样,不断冒出新楼。我带着话痨和冷静先生过来时,水边有了栏杆,种满了香樟树、柳树和水杉,还有些我不认识的花。不过,我们只喜欢婆婆丁,婆婆丁成熟的时候会变成一个个饱满的球,球里都是它的种子,我们会比赛吹婆婆丁的球,看谁吹得多,不过别人看不到这两只狗,所以他们会看到有个女人喜欢蹲在草地里不停地吹婆婆丁,而且吹着吹着就笑了。好在这座城市里的人都很宽容,他们能接受别人以各种形式生活,只要不影响别人就行。

除了喜欢狗,我还喜欢与人谈论艺术,可为了避免打扰人,我只邀请人到梦里来,这件事就比较有难度,因为也有人不接受邀请,所以这个事还看运气。无论是否接受邀请,我睡前都会摆一个得体的姿势,免得看起来不够尊重人。最近我已经三次梦到一位前辈了,他平日里就是个宽容的人,所以很少拒绝我的邀请,我们除了在梦里谈论那些让我困惑的问题,比如怎么才能把我喜欢的两只狗放进小说里,或者让它们来到我的生活里,让别人也能感受到我丰富的业余生活,他对这个问题也一筹莫展,事实上他也有许多烦恼,这从他的作品中就能看出来,后来我只能开解他,让他知道生活就是有烦恼也有快乐的。他突然冲我笑了起来:"你不是啥都明白吗?"打那以后他再也没来过我的梦里。

20

我回到市里工作的当年,婆婆也因为公公去世来到了我家,在此之前他们先是住在禾木县的后港粮站。粮站家属楼没有公厕和洗浴间,家里的亲戚希望我们拿钱给老人盖一间洗漱间，我们都觉得很有必要，只是洗漱间盖好后才一个多月，家里的亲戚又来说有家养老院不错，于是公婆就住进了禾木城郊的养老院。

养老院的生活想必很孤单，两位八十岁的老人身体还可以，没啥严重的基础病，不过他们要是闹毛病也会一起闹，这种事只有耗子来解决，我和他哥哥一家都很忙。直到耗子有天给我打电话，我可能要抑郁了。这时我才如醒悟般知道他承受的心理压力，一边要照顾爱伊，一边还要开车在市区和禾木两头跑照顾爹妈。公公去世后，耗子干脆把婆婆带回家照顾，此时爱伊也已快高考，奶奶来后直接住进了她的房间。

2023年是婆婆在我家生活的第六年，爱伊已是首都师范大学二年级的研究生。

四月三十号凌晨，砰的一声，子弹射进了我的背，但没有丝毫疼痛，我意识到是在做梦，也就是说我在梦里意识到现在是在做梦，所以就没怕什么，甚至没回头看开枪的人是谁，任子弹在我身后疯狂飞过。醒来后，我拿起手机看了下时间，三点五十一分。

这么早，今天是五一假期的第一天，不用起早上班，我为什么会醒这么早，做这么奇怪的梦。刷了会儿手机，打算等困了就睡个回笼觉。隔壁房间传来脚步声，耗子的拖鞋轻拍着地面路过我的房门，到婆婆房间去了。过了几分钟，他从婆婆房间出来打电话，声音微微颤抖，刚才怕吵醒人的顾忌没有了。

我冲门外说："这么早给谁打电话？"

"我妈不行了。"他说完又去了婆婆房间。

我从床上起来，看到他蹲在地上抽泣，把鼻涕甩进垃圾桶又在睡裤上蹭蹭。我站在地上，一时不知该怎么办，在屋里转了一圈才找套衣裳穿上。我平时不喜欢在家穿得整整齐齐,但现在,我必须郑重起来,仿佛谁在监督我,也许是刚脱离肉身的婆婆,这么想时我抬头看了看天花板,我怕她此时就像女儿买的氢气球那样,吸在天花板上看我。

我不知该怎么办,也不敢去房间看她,只好蹲在阳台盯着菜园子。今年的西红柿、茄子、辣椒都长得很好,耗子把菜地种满后又把我闲置的花盆都种上了菜,一院子的蔬菜和花也整整齐齐的。此时,一点声音都没有了,莫名的肃穆。

蹲了会儿,我说:"你别太难过,她也是解脱了,省得拖着个九十多岁的肉身痛苦地活着。"

说到这儿,我又想起她那张每天都要喊几遍想死的脸,不知什么时候开始,也许就是刚才,这张脸在我脑子里变得很模糊,一瞬间就让我想不起她的模样了。想死是她生活里很重要的事,也是她的生活目标,每天除了说,还要践行,比如拒绝吃药和绝食。

可今天她真的死了,她的身体就在我隔壁躺着,我再也不会看到她那张衰老的脸和嘶哑的吼叫。说实话我讨厌她,我昨天还在和母亲打电话时吐槽她的恶习,可今天她就以这样的方式离开,还是让我手足无措。我不知该怎么办,也不知怎么安慰耗子。他六年前失去父亲,今天又失去了母亲,一夜之间变成了孤儿,这时我才开始流泪,我背对着他,像刚才在梦里背对着冲我开枪的人一样。

"你把衣裳穿好出去吧。"

我回头看他,他又说:"去办公室,免得被吓着。"这才想起我之前跟他说过怕死人。

"我走了不好吧?"

"不用想那么多。"他边催促我离开,边拨电话,我听到他说:"喂,是殡仪馆吗?"

简单收拾一下,我拿着随身包出了门,可却不知该去哪儿,谁会在假期早上六点多就去单位?再说我是不是应该买点早饭?这样想着就朝菜市场的方向走去,家离菜市场不远,走路十分钟左右就到了。我在一排卖早饭的铺子前停下来,有煎饺、煎包和油条豆浆,也有卖煎饼、鸡汤面的。我一般都是买两个韭菜饼带回去吃,面皮煎得焦黄,里面是满满的韭菜,偶尔也会吃隔壁家的杂粮煎饼,我喜欢多放点生菜不放辣椒酱。

可今天我没去看它们,而是继续朝前走,一直走到街的尽头,那里有个好哥俩超市,这是我们以前早上出来的最后一站。在店里溜达一圈,也不知买啥,就去了胡同菜市场。这里是菜市场的旧址,菜市场虽搬到对面街去了,可胡同里依然有小型菜市场的规模,我沿着卤菜店和早餐铺子向前,快到胡同尽头,才在一家馒头店前停下来。馒头店生意也不错,进进出出的都是人,我站在门口停顿了一下,不知要买啥。看我盯着馒头店的招牌发呆,店家问我想吃啥,我想起老家有人去世,都是吃粗粮馒头,就说:"要两个粗粮馒头。"

从店里出来回头看看喧嚣的人群和这条街,其他的地方都在正常运转,不会因为谁死去就停下,更不会为陌生的人死去而难过,而且他们也不知道,这是只属于我们的痛苦。我想起五岁那年,妈妈曾带我去参加过一场葬礼,人们穿着麻衣,腰间扎起白布,安静地吃着粗粮馒头,就着葱和咸菜。想到这儿,我从胡同的另一头向外走,在超市买了一根葱和咸菜。从超市出来,我扛着那根长长的大葱向单位走去,在保安诧异的目光里上了电梯。

一直到下午,我也不敢给耗子打电话,不知道说啥,我无法想象他们怎么把婆婆抬走的。离开家时,他说还有点脉搏,不知还能不能抢救一下,甚至想到她是不是又醒了,像平时那样开始吆喝她儿子,让他做饭,做好了却不吃。就这样胡乱想着,下午五点钟左右给他打了电话。他在电话里说:"已经拉到殡仪馆,我和大哥大嫂在商量葬礼的事,今晚不回家了。"我一时不知该说什么,想起昨天她和亲戚视频的画面,才过一晚,她就躺在殡仪馆了。

平时,耗子承包了所有家务,婆婆每天只要张开嘴吃,像年幼的鸟儿那样就行。她没有任何爱好,这么说也不准确,事实上她喜欢听戏,只是这里没有乡下的戏台子,也没有乡邻围坐在一起听戏的气氛。城里不能听戏,也没人陪她打麻将。我见过她在乡下打麻将,那是她最神采奕奕的时候,两只眼睛像鼹鼠般发出灼灼的微光,这点微光能让她的脸色看着也红润起来,尤其是赢了牌,跟人要钱时。只是自从来到儿子家,这点仅有的爱好便断得干净了。

我们家没有电视,耗子就用平板给她放电影。一部《地道战》能放十几遍,因为记性不好,她每次看都像第一次看,每次看到杀鬼子的枪声响起她都特别高兴,嘴里嘟囔着:"死了好,死了好。"但因为不识字,也没其他事做,大部分时间她只能枯坐在那儿,仿佛一棵年迈的树那样把根深深扎进沙发里。

傍晚时,耗子会催促她去睡觉,她洗漱时,暗红色的牙刷在她暗红色的唇边缓慢地移动,像一块褪色的红布在擦拭另一块。她很少照镜子,不想承认镜子里那个丑陋又衰老的老女人是自己。她无法接受她的衰老,这一点我们都知道。

她回屋以后就再没动静了,偶尔我们会在半夜就听到她凄厉地喊:"儿子哎,儿子哎……"

这时她的儿子会匆匆从床上跳起来问她:"怎么了?"

她回到:"我血压上来了。"

于是就吃药。有时吃完药她还会补一句:"我饿了。"

耗子就会应着,去厨房煮碗馄饨端过去。

婆婆以前住后港粮站时,不是这样的个性。后港粮站在禹顺河边,禹顺河是长江支流。在长江整治前我婆婆家门前的河里泊有七八条渔船,一条船就是一家人,和陆地上一栋房一样。船上的人以打鱼为生,少与陆地的居民来往,对我来说他们是个神秘的群体。他们住在船舱里,在狭小的空间生活惯了,连走路都养成了弯腰的习惯,可能是很少舒展的缘故,看着也比普通人矮小些。陆地上的居民也使用河水,河边上经常有洗菜、洗衣的人,我婆婆就经常去河边洗菜,即便是冬天,手冻得通红也全然不在意。

那时我们都是过年回去,带着爱伊,婆婆身体还很硬朗,全家的年饭都是她操持。知道我们要回去,门前的煤炉子上就会咕嘟上两只老母鸡。在这块土地上,人们过年最重要的年菜就是老母鸡汤,这样吃过几次后,我在路上就已经开始惦记这碗汤了,汤里除了软嫩的鸡肉还会放上一大把炒米或者锅巴。除了鸡汤,年前她还要炸肉圆子、藕圆子、炸鱼、排骨……好多荤菜都要在油锅里滚一圈,这是几代人传下来的习俗,这样易于保存,方便来客时再烹饪。

婆婆在厨房是个运筹帷幄般的存在,在部队当过炊事班长的公公只能负责包饺子,耗子只能负责洗洗刷刷,我和爱伊多半在吃三叔做的花生糖和芝麻糖。这是三叔的手艺,每到年前,三叔便要去白桥镇的糖作坊,带着原料去制作过年吃的糖。这家作坊的老板是他的老朋友,所以允许他每年都借用他的糖坊做过年的糖。三叔做好后就会给他大哥,也就是我公公,送来满满两大袋,留着过年吃。三叔自小老实,没什么脾气,只是好赌,好在他赌得小,但也没少挨他大哥的打。

南方人不擅长包饺子,即便会包,也要买饺子皮,不会和面擀皮。公公做面食是在部队学的,他会和面擀皮,过年要吃的饺子都是他做。他一般都是把荠菜和猪肉末放进一个大盆,那盆和我给爱伊洗澡的盆差不多大。调味他只加盐和酱油,然后就是用手艰难地搅动,他布满老年斑的胳膊上露出青筋,可两种食物在他僵硬的手下还是那么顽固,不可调和,我提醒他加点水,他像没听见一样继续费力地搅动那盆巨大的馅料,我看了一眼晒在窗外的白床单,觉得那可能就是公公要用的饺子皮。

过年那几天,无所事事的我,除了吃饭就是沿着屋后的禹顺河溜达,其实多半是盯着船屋上的人看,他们倒是坦然,全然没在乎我的目光。耗子说他们吃喝拉撒都在船上,我想象着他们如何把排污的水和食用的水分开,看着船上窄小的窗户,不由得会生出些怜悯,身旁的人似乎看出我的心思,在边上说:"人家过得好着呢,想去哪儿,启航就行了。"这样一想,船家倒像是活得最洒脱的人,在大江大河里安家,只要有合适的水域就可以留下。

婆婆去世前一段时间,开始在我家唱戏,严格来说不算唱戏,我听不懂她唱的什么,拉长的音调横贯在空气中,听起来倒像是在哭。如果真把它当哭声,我又觉得更像一种古老的长调,缓缓从她嘴里流淌出来,我甚至能看到禹顺河的水流在她体内流转。在我看来,被禹顺河滋养过的人都有河水在体内流转。

21

婆婆去世的第三个月,我和耗子回到了几年没回的梅城。

到家第二天,南星开车载我和妈妈去早市,经过一处绿树掩映下的仿古建筑,挂着"自然博物馆"几个字的牌子,牌子是木质的,很随意地挂在门边上。

"这个自然博物馆就是你小时候经常来的公园。"妈妈说。

"公园,"我重复了一遍,又看了一下说:"这变化也太大了。"

记忆里,公园建在梅河边的大埂上,离我们来梅城住的第一个房子很近。那时,沿着福民大桥边上的大埂走 里地左右,就能看到公园的大门,严格点说,原来是有门的,后来很快就免票了,只有里面游乐园啥的还在收票。我们小时候来,都是沿着大埂向下先到动物区,动物区的动物不多,只有猴子、黑熊和鸟。那只胸前像挂着红色内脏的鸟,我已经忘了它叫啥。珍珠鸡的名字我是记得的,就是身上有白白小点的黑鸡。猴子大概只有四五只,它们似乎过得不太如意,屁股上的毛都秃了,两只母猴手上有小猴子。我们会从家里带点瓜子、花生和香蕉给它们吃,猴子剥瓜子和花生的手速真快,不像我总要盯着看才能剥开,吃香蕉更是厉害,有时剥皮,有时连皮一起吃。我最怕的是熊,尤其那件事发生后,几乎所有家长都不让孩子靠近熊笼子。想亲近也不行了,笼子边上被拧满密密麻麻的钢丝,就算熊长出翅膀都飞不出来了。其实也不能怪熊,当时那个女孩和爸爸在熊笼子边转悠,女孩趁着爸爸不注意把手伸进去逗它们,等爸爸发现跑过来时,她的手已被熊抓住,后来虽然大家都过去帮忙,可听说那个女孩还是被熊带倒刺的舌头,舔得半个身子的肉都没了,这是我们年幼时听过的最可怕的事,一度让我对公园的这个角落产生强烈的恐惧。

如今这里郁郁葱葱,动物早不知所踪,建了中药园,过去的痕迹很难找到了。弟弟在一个坡道拐弯时,我看到一个熟悉的房子,它是用柱子搭起来的,有顶棚。以前是简易舞厅,有许多人在里面跳交谊舞。我还记得门口站的卖票阿姨头上系着块绸子,有一双红肿的眼睛和涂得比眼睛还红的嘴,她会边让人排好队,边提醒买票的人用零钱,嗓门比动物区的猴子叫起来还大。房子很旧了,现在是花房,许多盆花静静地摆在里面,像许多精灵般看着我,我们互不认识,它们又是谁的童年记忆呢。

因为疫情,我四年没回娘家,不知梅城怎么就变成旅游城市了,这次回来,我感觉年少时的印象正被一点点抹去,增加了许多我从没参与过的东西,这让我有点无所适从,儿时那种强烈的异乡感,再次涌上来。

我又想起在一小门口站着的自己,那年我七岁多,在学校幼儿园读了半年后,就升入了一年级。在幼儿园,我很孤单,周围的孩子都是直接去上一年级,像我这么大的适龄儿童很少,他们都比我小,没人能和我玩到一起,老师也不怎么理我,他们觉得我已经很大了,能照顾好自己。上学的第一天,看着班级里全都是和我同龄的孩子,我憨憨地笑出声来了。这让几个从我身边过的小孩看到了,一看他们就是本地人,连我这样的小孩都看得出,他们的眼神没有那种身在异乡的怯懦。

有个男生也冲我笑了,但那笑似乎不太友好,因为他接下来说:"你傻吧。"

我没搭理他,赶快朝教室走去,我粉色的书包在背上一蹿一蹿的,像个粉色的老鼠。第一节课是班会,老师做完自我介绍后就开始让同学自我介绍。

轮到我时,我说:"俺叫李凤衣,俺大大和俺娘都是中医大夫,俺还有……"

还没等我说完,教室里就响起了笑声,响亮的笑声在那个秋日像个干燥的鼓槌把我的头敲得咚咚响。那天之前我从没觉得自己说话土,再想起妈妈把我们打扮得很洋气,可能并不单是因为她小时候没享受过这些,也许是为了抵消我们几个在当地小孩眼里的土。

班里大部分同学都是氧气厂职工的孩子,他们多是自小就认识,有的还是朋友,很快就打成一片,热热闹闹地在操场玩了。我那天不记得老师上课讲了什么,只记得,在那么热闹的时候没人理我。这让我想起常去老刘饭店的那个乞丐,他是个年迈的老人,总端着破搪瓷缸子走进饭店,饭店里有好几桌客人,老刘客气地招呼着他们,可这些客人和老刘,包括那个长着丝瓜脸的服务员,没有人把目光落在乞丐身上,仿佛只要走进去,他就成功隐身了。我站在操场上时,似乎瞬间变成了个小乞丐,我环顾四周,等待着哪个同学能看出我的处境,过来施舍我点什么。

班主任刘老师可能注意到了这点,在开学前的暑假,她曾去我家诊所看过病,给她把脉的是妈妈,她们似乎很投缘,在那个暑期的下午,她从为什么月经不调开始讲起,让妈妈详细地了解了她的病程。等我再大一点,看到妈妈和病人这样交流,就会想起蒲松龄,这个靠支茶摊收集民间故事的小说家,和妈妈此时颇为相似,只是她要的不是故事,只是想在这些事中找到病的源头,因什么致病在她看来是开方下药的关键。我喜欢坐在一边静静听,眼前展开她们所说的故事,作为旁观者我知道刘老师的家庭不太幸福,她有个经常会气她的老公,可能因为和母亲脾气相投,她对我的爱护是明显的。

"凤衣,你可以慢慢学说普通话,别急。"

站在操场上的我,听到刘老师这么说重重点了点头,像立下一个伟大的志愿那样。

上课回答老师问题时他们只是笑笑,但下课,我只要往他们跟前去,他们就学我,学得不像,但不影响他们的好心情,取笑我,让他们很快乐。

"赶紧走,我们才不跟外来户玩儿。"一个矮个子的男同学跳过来和我说:"人家爹妈都是厂里上班的,你是农村来的土包子。"

"那你是啥?"我也不甘示弱地回问他。

"我家是菜队的,我家种的菜都卖给厂里食堂,我妈说你家是个体户,还不如我们。"男孩说着冲边上几个同学讨好地笑笑。

我一时不知该说啥,耷拉着脑袋走了。

可有句话在我脑袋里扎了根——个体户,这个我爸妈似乎也说过,他们说起自己是个体户时是那么高兴,当时是抱着刚发下来的营业执照,说这样做个体户就合法了,那我家又没犯法,他凭啥说个体户不好,我在心里嘟囔了一句。

晚饭时我问妈妈:"个体户是啥?"

她告诉我:"个体户就是自己管自己,只要不犯法谁也管不了。"

"那你咋不去工厂上班,我看同学的爹妈都去了。"

"那里有人管,我更适合干不用人管的工作呗。"妈妈说完还笑了一下。

后来我就不往同学跟前去了,和在幼儿园时一样自己玩儿。第一节课下课后,我蹲在楼前的台阶上玩嘎拉哈,他们先是看看,然后抓起我的嘎拉哈和沙包,几个人在手上传来传去就传没了,然后冲我说:"嘎拉哈没了。"我一时不知该怎么办,蹲在地上哭了。第二节课下课后,刘老师拦住几个正要出去玩的男生,喊上我,一起去了办公室。办公室很大,还坐着好几位老师,他们向我们的方向看了一眼。

刘老师问:"王福生,是不是你拿的?"

矮个子男生说:"老师不是我。"说着抬头扫了一眼边上的男同学。

老师拉过那个男同学,在他裤子口袋里翻到了我的嘎拉哈。

"还有个沙包。"我在边上小声说。

男同学说:"沙包我真不知道,王福生就把嘎拉哈给我了。"

老师又一把拽过王福生,他吓得一抖,赶快从裤腿里掏出我的沙包。当时我拿着嘎拉哈和沙包回去时,还一蹦一跳的,完全没意识到我的噩梦就要开始了。

第二天一早,我到校门前,就看到王福生和几个同学站在校门口的小道上,这条小道通往与学校一墙之隔的几家人,有一家还上我妈那儿看过病,是个很胖的老奶奶。他们冲我招手,我走过去才发现和昨天比还多了个女生,这个女生也没跟我说过话,我只知道她爸妈都在工厂上班。我之所以注意她,是因为她总穿好看的裙子上学,还扎着很复杂的辫子,看起来像个洋娃娃。

我刚走近,王福生就把我往小路上拉了一把,我回头看了一眼校门口,几棵矮树挡住了我的视线。还没等我问他们要干吗,王福生就说:"看你就不顺眼,土得掉渣,还爱告状,我让你告。"说到这,他用胳膊狠狠怼了我肚子一下。

我向后退了一步哭了起来:"你们这样我告诉老师去。"

"你不告诉老师,我们少打你一点知道不?"那个洋娃娃一般的女孩说着,过来点着我的脑门说:"你要告诉老师,我们天天打你。看看放学后老师管不管你。"

她说完后身边几个男同学都过来推我,后来我不知还被谁掐了一把,开始放声大哭,他们看我声音太大就走了。我站在原地缓了一会儿,不知该去找妈妈还是刘老师,最后还是朝教室的方向走去。

学校的主楼是一栋两层楼的建筑,虽只有上下两层,但每层都很长。教室在一楼的最后一间,等我穿过长长的走廊到教室,老师已经开始讲拼音,她看了我一眼,就让我回座位了。那天她讲了什么我一点没听进去,只是耷拉着脑袋,想到矮个子和洋娃娃的样子就害怕,我原来对同学的亲近感在今早都消失了。

自那天以后,他们似乎对欺负我产生了兴趣,拧耳朵,掐脸,他们并没把我打得多重,想到妈妈那么忙,想到要去麻烦刘老师,我就忍下了。可这却增加了我对上学的恐惧,我怕门边上的小道和学校的大门,怕那两层刷得雪白的教学楼,仿佛它能随时张开雪白的嘴把我吞下,我讨厌同学们的笑声,那里没有我的。

直到有天,我和妈妈说:"我不想上学了。"

妈妈无法理解我,当初她为了能上学挨过打,多干过许多家务活,付出那么多家人才勉强同意她上学,可我才上学没多久就说出这样的话。那一刻她看我的眼神都是无法理解,但还是耐着性子问了一句:"为什么?"

"没什么,不想去。"我不知道怎么跟她说,甚至觉得有些害羞,我怕妈妈说:"人家咋不打别人?"

她没再问第二遍,在门后抄起笤帚把我夹起来抽了一顿屁股,看着妈妈因为生气而涨红的脸,我忍着屁股疼拿起书包,朝学校走去。

不出意外,他们几个早在学校门口的小道上等我,命令我过去,我犹豫了一下,今早我已经被妈妈打了一顿,不想再挨打了。

我正想要怎么快速跑到教室去的时候,王福生突然冲过来踢了我一脚。其他几个人,看他明着打我,也跟出来打,我只好把我粉色的书包举过头顶,蹲下来。

"住手!"这个声音好熟悉,不但他们住了手,我也转身回头看,是妈妈抱着南星,她脸涨得比刚才打我时更红了。几个同学看她怒气冲冲的样子就往教室跑,她在后面拉起我,不紧不慢地跟在后面。

"我说孩子咋不想上学呢,我这不是跟着过来看看,还看不到这事,这叫什么事?"妈妈的大嗓门在一楼长长的走廊回荡着,我低着头被她拉着朝教室走去,刚才她是去老师办公室说明情况,弟弟已经习惯了妈妈的大嗓门,像母亲手上的道具般安静地啃着手指。

一进教室,刘老师就让我回到座位,看得出她也很生气,把打我的同学一个个揪了出来批评,我忘了那天上午妈妈和刘老师对欺负我的孩子们说了什么,只记得恐惧感被驱散了,学校看起来也没那么可怕了。后来直到小学毕业,他们也没再打过我。当然,很快我也学会了说普通话,掺和在同学里也看不出有什么区别了。

22

南星把车停好,看我还在发呆,就说:"想啥呢?快下来,前面就是早市。"

我跟着妈妈和南星,沿着这条环河的早市开始转悠。有卖包子、饺子的,我在油炸糕和苏耗子的摊子前停下来,买上两袋,我和南星边走边吃,早市有几公里长,卖蔬菜和水果的摊子一直延伸到树林里,我们从河东边溜达到西边。

快八点时,我们开始往回走,光照在妈妈花白的头发上,她轻哼着那首《莫斯科郊外的晚上》,看着她的背影,我又想起那个冬夜。出于对爸妈的担心,我那些年经常半夜醒来。有次是妈妈主动叫醒我,她要去找爸爸,但自己去又害怕,我醒来时她已经穿好衣服,仿佛要带着我逃去哪儿,语气里都是催促:"快起来,跟我出去。"我只好胡乱穿上衣裳,坐到她自行车的后座上,她不再像小时候那样给我放坐垫,铁架子冰凉,还硌屁股。雪太大,她骑得很慢,我把脸埋在她背上,把她冰冷的身子焐热了一点点,只有那么一点点,剩下的只能在风雪里变得冰冷,即便我没摸也知道。

后来她又一次半夜把我叫醒,带着兴奋的语气告诉我:"你爸说要带我去钓鱼。"

我的话给她的兴奋泼了一盆水:"谁家半夜去钓鱼,再把你推河里。"我后来回忆过为啥说出这样一句话,它不符合我十几岁的年龄,更不符合我说话的习惯。妈妈说我说完这句话就睡着了,这时她似乎才清醒过来,没跟爸爸出去。

爸爸去世前,在医院里悄悄告诉她:"我那次说要带你去钓鱼,是想把你推到水里去,你管我太多了。"

妈妈愣在当场,甚至忘了继续给这位病入膏肓的病人喂饭,好在她只是停顿了会儿,就继续用手里的勺子送饭到这张刚才还喋喋不休的嘴里。后面肯定还有几次我半夜醒来发生的事,可都没让我留下什么印象。

最后一次在夜里醒来是爸爸去世后,妈妈去他诊所带回他的私人物品,也许是对将要面对的局面的恐惧,也许是别的,反正那天夜里醒来后我就找不到她了。我慌张地披起衣裳就跑到了街上,那是凌晨两点钟左右,街上空无一人,只有漫天的大雪不断飘下来。直到发现妈妈坐在一盏路灯下,不知她在那儿多久了,头上和身上都已厚厚一层雪,远远看起来像是披着件白色的外套。在我发现她之前,她从没抽过烟,可此时她手指间夹着根烟,抽一口,眉头舒展一下,仿佛那是一种解药,能解开生活给她下的毒。自此,就经常看到妈妈抽烟,此后数十年都戒不掉,病人们更是投其所好给她买各种牌子的烟,她并不挑剔,也不看牌子,只是抽,直到近几年,因为身体负荷不了,才戒了。

从早市回来,南星开始忙活着处理买的多宝鱼,我到院子里采薄荷,妈妈在树下坐着,她脚下趴着一只成年的黑背。这只狗是南星养的,叫坦克。

南星自二年级时的消失事件后,就一直是班里的差生,我猜他和我一样是受爸爸去世的影响,无法把注意力集中在一件事上,眼神空洞,对大部分事都提不起兴趣,除非让他画画。没人教他怎么画,可他笔下的毛驴和马这样的动物竟都画得那么像,仿佛松开缰绳就会跑起来。上初中时,他和妈妈说想学美术。

可妈妈说:"你看哪个画家是活着出头的,远的不说,你余姨的对象是美院毕业的,毕业开个装裱店给人裱字画,好几天都没个客人,吃饭都费劲,要不是穷成那样,你余姨哪能年纪轻轻就病死了。"

妈妈说的余姨是她多年前的朋友,也是个师范大学的高材生,只是身体一直很弱,学校又拖欠老师的工资。她的对象就是那个开装裱店的画家,总给人一副左摇右晃的酒鬼模样,也确实是没钱,余姨得癌症后他们就被房东赶走了,妈妈去找过几次,都没找到,说是在山里住。过了没多久,妈妈就从别人那听到余姨死了的消息,伤心了好多天。那个画家我们也再没见到,不知去了哪儿。

南星的画家梦就这样碎了。其实如今想起也不能赖妈妈反对南星学画,反对我考师范,那些年她许多朋友都是老师,她看过太多因为待遇低而生出的拮据,而她认识的画家又给她留下一种不靠谱的形象。

凤仙好几个月没回家了,她已从家里的小透明变成了一个正在准备高级职称答辩的医生。她所在的医院是国内心脏治疗领域的权威。只要有人提到这所医院的名字,人们的第一反应都是:"你是心脏不舒服吗?"还有些爱开玩笑的会说:"是心坏了吧?"不过凤仙从事的是老年病的治疗研究,她丈夫的工作比她还忙,所以她主动提出要去老年病中心工作。如今凤仙也四十岁了,作为老年病人信任的医生,她身上再找不到小时候的痕迹。那时她还是我的小跟班,是个会向欺负我的人扔砖头的两岁奶娃,我还记得她怎么吃力地举起半块砖头,一路抓着,把对方撑回家的壮举。

爸爸去世,最受伤害的就是她,她和爸爸关系最好,只要有空爸爸总是骑车带着她去钓鱼,反正不管去哪儿,爸爸都带着她。爸爸去世后,她陷入长时间的沉默中,变成了那个专心为妈妈煎药和洗澡的乖孩子,她很少笑,也不再立起吊眼梢和我犟嘴,那个机灵神气的凤仙找不到了。

直到妈妈身体渐渐好转,她去读了医学院,弟弟在此之前也说不要学医,只有她没得选。医学院毕业没多久凤仙就结婚了,丈夫是个"凤凰男"。她觉得一个家,有一个凤凰就够了,自从决定结婚她就放弃了考研,生了个比她还古灵精怪的女儿。在与婆家的相处中,她一一验证了我们之前对她的担心,在婆媳、姑嫂和叔嫂这些复杂的家庭关系里打滚。十几年过去,把自己滚得都有白头发了,才从不断地吃亏中获得了一点尊重,当然这种尊重要从她继续向外掏钱的动作里获得。这些年,她不断从旧有的凤仙中脱离出来,成为另一个凤仙,在不断地失去与告别中完成自我的成长。

23

走着走着有些朋友就走丢了,王闯和他姐姐雪梅很长时间没消息了,那天妈妈无意中说起,带着惋惜:"闯子,想不开啊,跟他爸吵架,拿刀捅了自己。"

"后来呢?"我追问。

"没抢救过来。"

"那他爸妈和姐姐可怎么办?雪梅太瘦弱了。"

"闯子人高马大的,说没就没了,雪梅先天瘦弱,还没有一米四,前几年结了婚,现在跟她爸妈生活在一起。"

我眼前出现了闯子拿弹弓打葫芦的场景。

妈妈接着说:"这些年,好多人都不在了,我们这茬人没剩下多少了。你凤珍阿姨已经老得走不动路了,你胡大爷瘫痪,胡大娘身体也不好,你庄大爷已经死了好几年了。"

如今走在路上,我能感觉到自己的身形和父亲越来越像,我也到了他离开时的年纪,会想他如果还活着会是什么样子。认识父亲的人会在看到我的瞬间愣神,我知道他们为什么愣神,这就像看到我父亲从他们记忆里缓缓走出来似的。这样想,我便觉得他似乎从没真正离开我,他一直在,和他活着时一样,默默存在于我的生活。随着年纪越长,我竟开始理解他的沉默和荒唐。对,几乎所有亲人,包括我都觉得他是个荒唐的人。他和现实生活从没贴合过,就算活到现在,他的个性也不讨喜,但人为什么一定要讨喜?如果人就是要按照自己的心意活着,那他倒是做到了,且从不在意谁的目光。

我八岁那年,姥娘来梅城暂住过。有天晚上,我忘了因为犯什么错,被妈妈拿笤帚揍了一顿,家里人都出去后,我和姥娘坐在院子里说话。

我问:"姥娘,你见过凤凰吗?"

"凤凰?"

我回:"对,听我娘说凤凰来过。"

"我没见过,我也是听我娘说的。"

"那你娘见过?"我又问。

姥娘说:"我娘也是听娘说的。"

我仍不死心地问:"那到底谁见过?"

"不知道,只听说它只去有梧桐树的人家,飞起来忽闪忽闪的大尾巴能盖住整个院子,世间就没有那么好看的羽毛,只要羽毛碰到的地方就会变成金子。"

我回:"怪不得咱们那儿,家家都有梧桐树。"

"是啊,可也有人说咱这穷了好几代人,也是因为家家都在院子里种树。"

"谁说的?"我问姥娘。

"村里一个教书先生。他说树在院子里就是困,我们被这棵树困住,就越来越穷。"

"是真的吗?"

"不知真的假的,世上的事本就真假难辨,只是有些人真听他的把树砍了。"

"后来那些人富有了吗?"我又问。

"不知道,我只低头过自己的日子,不抬头去看别人。"

"你俩真怪,我奶就抬着头,天天去看别人的日子。我还听我奶说梧桐树上没有凤凰,只有吃人的妖怪。"

"妖怪?"姥娘瞪圆了她陷在眼眶里的眼睛,仿佛一汪湖水被扔进了石子。

"是啊,她说那妖怪只吃不听话的小孩,把手指头像胡萝卜一样吃,嘎嘣嘎嘣地吃下去。"

"哈哈！"姥娘笑着伸出干树枝一样的手摸摸我的头。

我看了看她干巴巴的手，又盯着她额头上的大瘊子，紧张地说："你怎么这么像奶奶嘴里的妖怪？"

"哈哈哈！"姥娘听我这么说，笑得更大声了。

想到姥娘，我又想起王影男跟我提过的嫁妆箱子。我没告诉家里人箱子的事，也没想过要走遍博物馆寻找它，想到它能在博物馆展示解放前木匠的精湛手艺，受到悉心保护，就够了，不一定非要回到我们身边。就像一个人，不一定非要在家乡才算落叶归根。

想完这些，我沉默了很久，话唠和冷静先生也没再打扰我。眼前的河流向前延伸，继续往前，不知过了多久，我感觉到它们流进我的身体，和血液在一起。紧接着它们开始有了温度，进而热了起来，即便如此还是不断有水流涌进来，我的身体越来越宽大，成为了一条四通八达的河流，越来越多的水进入我的身体，开始汹涌，它们不分地域地从我身体流过，又进入新的身体。我觉得每个人都在经受水的洗礼，每个我见到的人都有一股水流在体内流过，我们成了水域的代言人，我们像不同水域的鱼见面那样先是互相观望，紧接着互相触碰，然后就顺理成章地有了交集，成为朋友、亲人、恋人或者仇人。

我们的生活因为这种复杂的地域变得丰富，我们开始更多的交流，流通，成为大江大河。

后 记

自2017年以来，在写作诗歌的同时，我开始尝试短篇小说写作。福克纳认为，短篇小说是最接近诗歌的文体。我的小说大都故事性不太强，更加注重语言，和我的诗歌创作有相似之处。

梦在我的写作中占有重要的位置，可我心里盘桓不去的却是现实。我一直希望文学能照进现实，以我熟悉的生活和成长经历写部长篇小说，以此作为我活过的佐证。自有记忆以来，我的母亲就不断讲述她的种种遭遇，这种类似于无意识的讲述，多发生在晚上。她总是讲起过去，有时讲到很晚，甚至讲到我沉沉睡去。

有人说齐国人爱讲鬼故事，这也许是蒲松龄能够写出《聊斋志异》的原因之一。而我的故乡高密就是春秋时期齐国的领地。我小时候经常听奶奶给我讲鬼故事。我相信她的讲述和齐地的习俗对我的写作产生了一定影响，小说中那个住在树上，把人的手指当胡萝卜吃的妖怪，就是奶奶讲给我的。而母亲则喜欢讲族人的经历。比如：我姥娘的父亲是一个好木匠，可他在姥娘十多岁时就病死了。族人觊觎她们家的财产，在她十五岁时就逼她早早嫁人，又把两个妹妹送养，而她的母亲也被迫嫁人。姥娘成年后，经多方打听才找到了自己的母亲和两个妹妹。

在我的记忆里,这个二十六岁就开始守寡的小脚女人从没抱怨过命运的不公。她对我非常疼爱,总是把她认为最好吃的东西都留给我。小学毕业那年,母亲带我回高密老家看望姥娘——这也是我最后一次见到她。她还和以前那样不善言语,只是身子越发干瘦。我和姥娘一直很亲,有阵子她去我家住,我被母亲打了,她坐在边上陪我。我赌气说:"如果不是看你在,我就离开这个家。"她什么也没说,只笑着摸了摸我的头,脸上的褶子聚到一起又慢慢散开。

我七岁那年,举家自山东高密迁到吉林省的一个小城市。多年后,我蹲在部队大院的松树下,看蚂蚁大军浩浩荡荡钻进洞里,头顶上传来一种奇怪的叫声,是只小猫头鹰蹲在松枝上,我试着叫它,白天它的视力受限,只能靠巴掌般大小的头旋转方向找我,那真是神奇的一幕。这个奇怪又可爱的小家伙,让我想到了七岁那年离开家乡的事。那是在部队大院门口的电话亭里,我听母亲哭诉姥娘去世的消息,对姥娘的记忆在那一刻全涌到了眼前。想起她给我们擀的面条,不舍得放肉的炒菜,只放一个鸡蛋的西红柿鸡蛋汤。她喜欢吃猪头肉,却不舍得买,只是每天去卤肉摊转转。姥娘是这样节省,她去世后,母亲发现她给姥娘的钱都被存在柜子里,姥娘一点儿也没舍得花。

这是我第一次写长篇小说。2022年春天我就写完了第一章,而2023年春天又推翻重写了,直到当年十月才完成全篇。那段时间,我规定自己每天最少要写一千五百字。如果不下决心一气呵成,不知道还会延宕多久。《凤起》这个名字来自老家高密的一个称呼——凤城,而且我小名也带个"凤"。这部作品以女性为主体,人物中有我的亲人、朋友、熟人的影子,也有虚构的人物,我想以此来呈现近现代女性坚韧、聪慧、鲜活的形象。

在写作的十几年间,我越来越笃定,是我需要文学,不是文学需要我,以往那个敏感脆弱的自己在逐渐消失。如今,作为一个不断阅读、思考、写作的人,我已能坦然面对生活的繁杂。我热爱的诗人费尔南多·佩索阿说:"写下就是永恒。"这部作品的写作更加坚定了我坚持自己写作理想的信心和决心。

感谢马鞍山市委宣传部把《凤起》作为重点文艺项目加以扶持。感谢百花文艺出版社。感谢审读《凤起》初定稿并提出建议、给予鼓励的文学前辈和编辑老师。感谢在《凤起》写作中给过我帮助的所有师友。最后,感谢我的家人。